Christina Wermescher – C. K. Zille

Die Weihnachtsdiebin

Eiskalt erwischt

Christina Wermescher – C. K. Zille

Die Weihnachtsdiebin

Eiskalt erwischt

PIPER

Mehr über unsere Autoren und Bücher: www.piper.de

Wenn Ihnen dieser Roman gefallen hat, schreiben Sie uns unter Nennung des Titels »Die Weihnachtsdiebin. Eiskalt erwischt« an empfehlungen@piper.de, und wir empfehlen Ihnen gerne vergleichbare Bücher.

ISBN 978-3-492-50387-7

Redaktion: Cornelia Franke
Satz auf Grundlage eines CSS-Layouts von digital publishing competence (München), mit abavo vlow (Buchloe)
Covergestaltung: Annika Hanke
Covermotiv: Bilder unter Lizenzierung von Shutterstock und Pixabay genutzt
Printed in Germany

Für unsere Geschwister
Britta, Stefan
und Johannes

Kapitel 1

»Das ist er!« Niklas' Flüstern war so leise, dass Kira es zwischen den Geräuschen des Weihnachtsmarktes kaum verstand. Passanten plauderten, ihre Stimmen vermischten sich mit dem Gedudel von Weihnachtsliedern, die vom Chinesischen Turm zu ihnen herunterdrangen, und dem Rauschen einer Fritteuse. Der Geruch von Fett, Mandeln und Glühwein lag in der Luft. Ein behagliches, fast schon karamelliges Wintergefühl hüllte sie ein. So kurz vor Weihnachten fehlte nur noch der Schnee, um den Münchener Weihnachtsmarkt in ein Winterwunderland zu verzaubern.

Mit ihrem Blick folgte Kira Niklas' Fingerzeig in Richtung eines kaum besuchten Standes, die wenigsten schenkten der Auslage ihre Aufmerksamkeit. Kira rieb ihre Hände aneinander, die nur in dünnen Handschuhen steckten. Zu dünn für diese Kälte. Doch nicht der Stand wurde von ihr ausgiebig gemustert, sondern der bärtige Mann, der an dessen Rand den Vorbeiziehenden lächelnd zunickte, vermutlich in der Hoffnung, sie würden ihn ansprechen.

Es würde ein Kinderspiel sein, ihn in ein Gespräch zu verwickeln, da war Kira sich sicher. Trotzdem haderte sie noch einen Augenblick, ihr Puls beschleunigte sich. Wochenlang war sie mit Niklas und den anderen beiden in ihrem Team diesen Plan durchgegangen, nun durfte sie den Start nicht vermasseln. In Gedanken sagte sie sich immer wieder ihre Decknamen. Sie würde sich als Antonia Sorokin vorstellen, und Niklas spielte ihren Bruder Sascha. Angeblich waren sie hier, um ihre Großmutter zu besuchen, und der Rest würde sich hoffentlich von allein ergeben.

Ungeduldig stieß Niklas ihr seine Hand in den Rücken. Es war Zeit, loszulegen.

Langsam und mit interessiertem Blick ging sie auf den Stand zu. Beim Näherkommen erkannte sie, dass auf dem Verkaufstresen Poster, Postkarten und Prospekte lagen. Die flüchtigen Blicke der Passanten huschten darüber hinweg, kaum einer interessierte sich für die Auslage, die schließlich mit kandierten Äpfeln, Schmalzgebäck und gebrannten Mandeln konkurrierte. Die Frau hinter den Papierbergen wärmte sich ihre Finger an einem Heißgetränk, vielleicht ein Glühwein oder ein Kräutertee, und erwiderte Kiras Lächeln.

»Oooh, schau mal, Bruderherz! Weißt du noch, wie wir als Kinder mit Oma und Opa immer in das Museum gegangen sind?« Mit gespielter Begeisterung griff Kira nach einem der Flyer. »Ach, wie gerne würde ich wieder hingehen. Über die Feiertage hat es bestimmt geschlossen.«

»Schön, dass junge Menschen noch Freude an unserer Ausstellung haben«, erklang die warme Stimme des dunkelhaarigen Mannes mit Vollbart, auf den sie es abgesehen hatten. Sein russischer Akzent war unverkennbar. »Alexander Petrikov, Museumsleiter.«

»Ist nicht Ihr Ernst!« Mit weit aufgerissenen Augen drehte Kira sich zu Niklas um. »Hast du das gehört? Der Museumsleiter! Ich bin Antonia Sorokin, das ist mein Bruder Sascha.« Innerlich atmete Kira auf, dass sie trotz ihrer brodelnden Aufregung die ausgemachten Decknamen benutzt hatte.

»Beruhige dich, Antonia. Er ist auch nur ein normaler Mensch.« Schmunzelnd legte Niklas seinen Arm um Kira, was sich seltsam vertraut anfühlte. Sie kannten sich schon lange, hatten intime Momente geteilt, aber das lag mehrere Jahre zurück. Kira war überrascht und geschmeichelt gewesen, als Niklas sich bei ihr gemeldet und sie um Hilfe gebeten hatte. Nun spielte er ihren Bruder, mimte die Vertrautheit in abgewandelter Form nach, die sie einst empfunden hatten.

Niklas war ein typischer Bad Boy gewesen, die Art Mann, die Mädchen vergötterten und auf die sie sich einließen, um ihre Eltern zur Weißglut zu treiben. Der heiße, geheimnisvolle Nachbar von schräg gegenüber, dem man ständig über den Weg lief. Eine schillernde Abwechslung zu ihrem tristen und deprimierenden Leben.

Nicht nur äußerlich hatte er sich verändert, seine dunklen Haare waren länger geworden, erste Falten zogen sich über sein Gesicht. Außerdem war er früher deutlich charmanter gewesen. Vielleicht lag seine angespannte Gereiztheit auch an diesem wichtigen Coup. Hatte er Angst, dass sie dem nicht gewachsen war?

Niklas wandte sich an Petrikov: »Meine Schwester studiert Kunstgeschichte und liebt Museen. Ihres haben wir als Kinder sehr oft besucht.«

»Sie müssen mir unbedingt erzählen, wie das so ist, ein Museum zu leiten.« Kiras Augen funkelten begeistert, das Lächeln brachte ihr eiskaltes Gesicht zum Brennen. Trotzdem legte sie einen Hundeblick auf, denn sie wusste, wie überzeugend ihre großen, blauen Augen wirkten.

Petrikov lachte kurz, ihm schien die Aufmerksamkeit zu gefallen. Schnell wurde er jedoch wieder ernst. »Es ist nicht leicht. Jedes Jahr kämpfen wir erneut ums Überleben. Dieses Mal rettet uns ein Künstlerwettbewerb mit Auktion, bei dem uns die Stadt nicht unwesentlich unterstützt. Daher findet über die Feiertage unsere Winterzauber-Aktion statt.«

Schockiert hielt Kira sich eine Hand vor den Mund. So würde es zumindest auf Petrikov wirken, obwohl sie bloß den Hauch eines Triumphlächelns verbarg. Dieser Kerl war tatsächlich so redselig, wie sie sich erhofft hatten. »Ich wusste gar nicht, wie schlecht es um das Museum steht. Unsere kranke Oma wäre am Boden zerstört, wenn sie es noch realisieren könnte. Dieses Museum war wie ein zweites Zuhause für sie. Ein Stück Heimat.«

Niklas war während des Gesprächs an die Auslage herangetreten und hielt Kira nun einen Zettel unter die Nase. An Petrikov gerichtet sagte er: »Künstlerwettbewerb, Auktion, Sie fahren wirklich einiges auf. Alles im winterlichen Ambiente? Mit Weihnachtsmann und allem Drum und Dran?«

»Weihnachtliche Dekoration, Lichterketten, ...«, zählte der Museumsleiter auf, bis ihn Niklas unterbrach.

»Kein Weihnachtsmann?«

»Nein«, antwortete er leicht verwirrt.

Das war Kiras Einsatz. »Ich weiß, worauf du hinauswillst, Brüderchen. Wir waren schon auf einigen Veranstaltungen und den größten Erfolg erzielt man, wenn man etwas Besonderes bietet. Herr Petrikov, gestatten Sie uns, Ihnen zu helfen? Bitte! Uns liegt wirklich eine Menge an diesem Museum. Unserer Oma würde das so viel bedeuten.«

»Ich weiß nicht, wie wollen Sie mir denn helfen?« Leicht überfordert sah er von Kira zu Niklas.

»Ich habe da schon eine Idee! Wie wäre es, wenn ...«

Ihr Redefluss wurde durch den plötzlichen Gesang von Katy Perry unterbrochen.

Petrikov hob eine Hand und griff nach seinem Handy. »Entschuldigen Sie mich, bitte. ... Ja? ... Natürlich, es läuft alles wie geplant, Frau Bürgermeisterin. ... Nein, machen Sie sich keine Sorgen.« Während er sprach, wandte er sich von Kira und Niklas ab und lief einige Schritte weiter, sodass sie nicht mithören konnten.

»Wo will er hin?«, fragte Kira vollkommen perplex.

»Shit, ich glaube, der hat nicht vor hierzubleiben.« Fluchend murmelte Niklas vor sich hin, sodass Kira sich erschrocken umschaute, ob jemand mitgehört hatte. Die Frau vom Museum starrte jedoch gedankenverloren an ihnen vorbei in die Menge der vorüberziehenden Passanten, von denen nur wenige kurz stehen blieben. Keiner nahm wirklich Notiz von ihnen, alle waren in dieser hektischen Zeit, wenige Tage vor Weihnachten, in ihre eigenen Probleme vertieft. Hatte Kira vorhin noch das Gefühl gehabt, der Weihnachtsmarkt wäre besinnlich, so wurde ihr nun die Unruhe und Angespanntheit bewusst. Von wegen verträumtes Wunderland. Nicht nur der Schnee fehlte, sondern auch die Feierlichkeit. Ebenso Petrikov, der sich immer weiter von ihnen fortbewegte.

»Wir müssen hinterher!« Kira wollte dem Museumsleiter schon nachlaufen, der sich von der Menge an Wintermänteln davontreiben ließ.

Jäh hielt Niklas sie am Arm zurück und zog sie einige Schritte vom Stand weg, mitten in die drängelnde Menschenmenge hinein. »Nein, ich habe eine andere Idee. Wir haben ihm die erste Saat ins Hirn gepflanzt. Lass sie erst einmal keimen. Morgen wirst du ihn rein zufällig treffen und mit ihm unsere Idee besprechen. Bis dahin wird er sich selbst Gedanken gemacht haben.«

Drängend schob er sie in die Menge, auch sie ließen sich treiben und schieben. Kiras Blick blieb an der Eisstockbahn hängen, zwei Jungs sprangen jubelnd in die Höhe. Gerne hätte auch Kira ihr Glück bei diesem Spiel versucht, aber sie war nicht zum Vergnügen hier. Niklas zog sie am Chinesischen Turm vorbei, dessen warme Lichter die Besuchermenge einhüllten. Die Musik dröhnte hier unangenehm laut, doch nach einer Weile bogen sie in eine Seitengasse ein, in der es keine Stände mehr gab. Kalter Wind blies ihnen entgegen, als wolle er sie zurück in die wärmende Menschenmenge treiben. Die Geräuschkulisse mit ihren schwermütigen Weihnachtsliedern rückte in den Hintergrund, sodass Kira sogar das Klacken ihrer Absätze an den Wänden widerhallen hörte.

»Wo soll ich ihn treffen? Ich glaube kaum, dass er morgen wieder hier sein wird. Er bereitet mit Sicherheit im Museum alles vor.« Frustriert zog sie ihre kalten Hände in die Ärmel ihres langen, hellgrauen Mantels, um sie ein wenig aufzuwärmen.

»Petrikov ist ein Gewohnheitstier. Jeden Morgen geht er auf dem Weg zum Museum bei einem kleinen Café vorbei und frühstückt. Dort wirst du ihn abfangen. Rein zufällig natürlich.« Wie gut Niklas doch vorbereitet war. Deshalb war er solch eine Bereicherung für das Team, er war der Planer. Er wusste über jede Person genau Bescheid.

Wenn sie seinen Bericht ein wenig sorgfältiger gelesen hätte, dann hätte sie sich bestimmt an dieses Detail erinnert. Doch sie hatte sich zu sehr auf ihren eigenen Lebenslauf und den Kerl von der Polizei konzentriert. Dieser Grassl, der sich um die Sicherheit beim Winterzauberevent kümmerte, durfte ihnen nicht in die Quere kommen. Für ihn hatte Kira sich eine große Palette an Ablenkungsmanövern ausgedacht. Nicht umsonst war Kunstgeschichte ihr Alibistudium.

Jetzt war es aber zunächst wichtig, dass sie überhaupt ins Museum reinkamen. »Ich werde mein Bestes versuchen.«

Niklas antwortete mit eindringlicher Stimme: »Versuchen ist nicht genug, Kira. Du *musst* dich da einschleusen! Und wenn du dich an Petrikov heranmachen musst, dann wirst du es tun! Mach ihm den Mund wässrig, in jeglicher Hinsicht. Darum bist du schließlich dabei!«

»Ist ja gut!« Ein wenig störte es sie schon, dass Niklas auf einmal meinte, sie wäre bloß dafür da, um den Museumsleiter zu verführen. Hatte es nicht ursprünglich geheißen, sie habe durch ihre russische Abstammung beste Voraussetzungen, ein freundschaftliches Verhältnis zu Petrikov aufzubauen? Ihr Vater war Russe, ihre Oma war wie eine Mutter für sie gewesen und hatte ihr die russischen Traditionen beigebracht. Je länger sie jedoch mit Niklas und den beiden anderen Typen zusammenarbeitete, desto mehr fühlte sie sich wie ein billiges Ablenkungsmanöver. Zumal sie nicht einmal die echten Namen der beiden kannte, die sich Sandmann und Frikadelle nannten.

Bis auf Niklas, der sich selbst Trojaner nannte, hatte sie die beiden Herren nur ein einziges Mal gesehen. Niklas war derjenige, der das Team aufgestellt hatte, und er hatte ihr auch ihren Decknamen verpasst: Sirene. Wie diese Fantasiegestalten, die ahnungslose Seemänner in ihr Verderben lockten. Der Name machte klar, was von vornherein Niklas' Absicht gewesen war.

Sandmann war der Hintermann des Projektes, er hatte die Kontakte, und er würde später dafür sorgen, dass das Zielobjekt unbemerkt den Besitzer wechselte. Der Kerl musste ein angesehener Verbrecher sein, vollkommen integriert, angeblich ließ er meist andere für sich arbeiten.

Frikadelle hingegen, warum auch immer dieser Kerl so hieß, kümmerte sich um diverse Materialien und kannte sich mit allerlei Sicherheitstechniken aus. Wobei Niklas in dieser Hinsicht der eigentliche Profi war. Er sollte das Schloss knacken und den tatsächlichen Diebstahl durchführen. Und Kira? Nun, die Jungs brauchten weibliche Ablenkung, um an die nötigen Informationen zu kommen. Informationen, die Niklas trotz sorgfältigster Recherche fehlten.

Kurze Zeit später hatten sie die kleine Ferienwohnung erreicht, die sie für diese Woche gemietet hatten. Schweineteuer, wenn man um Weihnachten einen Platz in München suchte, aber so waren sie zumindest in Laufnähe des Museums. Niklas erstattete den anderen sogleich Bericht von Phase 1 ihres Plans, während Kira sich unter der Dusche aufwärmte.

Das Rauschen des Wassers hüllte sie für den Augenblick in eine warme Umarmung, ließ ihre Haut prickeln und ihre Gelenke auftauen. Sie musste sich etwas einfallen lassen, um auch im Wintermantel sexy auszusehen, wenn sie Petrikov mit ihrem Sirenengesang verführen wollte. Es behagte ihr nicht, sich an einen mindestens zwanzig Jahre älteren Mann heranzumachen, der einen Bierbauch vor sich hertrug und nach Altmännerparfüm roch. Aber manches ließ sich nicht vermeiden. Trotz der Abneigung würde sie es durchziehen. Der Plan hing immerhin davon ab, dass sie die nötigen Informationen besorgte. So war das nun einmal. Bei einem normalen Job bekam man auch nicht immer Aufgaben, die einem Spaß machten.

Am nächsten Morgen musste sie Petrikov unbedingt von ihren guten Absichten überzeugen, sonst würde ihnen der größte Coup aller Zeiten durch die Lappen gehen. Und daran wollte sie nicht schuld sein.

Kapitel 2

Als Jan die U-Bahnstation verließ, hatte er das Gefühl, er könne den Schnee bereits riechen. Das entsprang jedoch mehr seinem Wunschdenken als der Realität, denn es war zwar klirrend kalt, doch München hüllte sich noch in ein düstergraues Vorweihnachtskleid. Jan sehnte sich nach dicken, fluffigen Schneeflocken – nicht aus romantischen Gründen, aber sein Snowboard stand bereits frisch gewachst im heimischen Wohnungsflur bereit. Grinsend dachte er an das Boarding-Eldorado, das in den nächsten Tagen auf ihn wartete. Wenn er erst bei seinen Eltern in Garmisch angekommen war, würde es kein Halten mehr geben, egal, ob die Münchner ihre Weihnachten weiß oder lilablassblau feierten.

Er blies sich in die kalten Hände, während er die Maillingerstraße entlangging. Grassl würde heute aus dem Urlaub zurückkommen. Er war ein gutmütiger, von allen geschätzter Kollege, der, seitdem seine Kinder erwachsen waren, die ungeliebte Weihnachtsschicht übernahm und über die Festtage in ihrer Abteilung die Stellung hielt. Jan würde die offenen Fälle mit ihm besprechen, und schon hieß es für ihn: »Ab auf die Piste!« Wieder blies Jan in seine steif gefrorenen Finger. Es war ein bisschen voreilig gewesen, seine Handschuhe bereits in den Koffer zu packen. Doch heute Mittag wollte er keine Zeit verlieren, wenn er Richtung Süden aufbrach.

Bei dem Gedanken an den Weihnachtsverkehr beschleunigte er seinen Schritt und lief zügig auf den hohen Metallzaun des Bayerischen Landeskriminalamts zu. Die jungen Linden, die der Straße in den warmen Monaten das typische Münchner Flair verliehen, reckten ihre kahlen, dunklen Äste in den Himmel, als wollten auch sie um Schnee bitten. Das Drehkreuz quietschte leise, als Jan das Gelände betrat.

Oben im Büro angekommen zog er sich den Mantel aus, obwohl er so durchgefroren war, dass er ihn am liebsten anbehalten hätte. Dann holte er sich einen heißen Becher Kaffee, dessen Duft ihm aus der kleinen Küche auf der gegenüberliegenden Seite des Gangs entgegenwaberte. Während der Computer hochfuhr, legte er beide Hände um die Tasse. Wohltuend kroch ihm die Wärme in die Finger. Ein Geräusch lenkte seinen Blick zur Tür. Gerade wollte er Grassl freudig begrüßen, da trat stattdessen sein Chef ins Büro.

»Herr Berger, guten Morgen!«, grüßte der Dienststellenleiter überschwänglich und zog sich Grassls leeren Stuhl heran.

Jan runzelte die Stirn. Wenn Herr Hartmann so fröhlich daherkam, war Vorsicht geboten. Nicht umsonst nannten sie ihn insgeheim Teflon-Klaus. Denn kein zweiter verfügte über eine Aalglätte wie er, mit der er sich stets aus unangenehmen Situationen herauswand und auf dem politischen Parkett herumglitschte. Egal, was Teflon-Klaus auch tat, versprach oder verbockte – an dem Kerl blieb nichts hängen.

»Herr Hartmann?«, antwortete Jan verhalten.

Sein Chef zeigte strahlende Schneidezähne und legte behutsam die Fingerspitzen aneinander. »Der arme Kollege Grassl hatte einen Unfall.«

»Oh, das tut mir leid«, antwortete Jan aufrichtig. Viel zu langsam ging ihm auf, worauf Teflon-Klaus hinauswollte.

»Er hat sich beim Skifahren die Schulter schwer verletzt und ist bis auf Weiteres krankgeschrieben. Es tut mir leid, aber Sie werden für ihn einspringen müssen, Herr Berger.«

»Ich? Wieso denn ich?« Jan ahnte bereits, dass es keinen Ausweg für ihn gab, außer sich vielleicht selbst die Schulter zu brechen. Kampflos wollte er seinen Snowboardurlaub jedoch nicht aufgeben.

»Es tut mir leid, Herr Berger. Sie sind der Einzige hier ohne Kind. Sie sind mit ihrem Urlaub nicht an Schulferien gebunden.« Teflon-Klaus lächelte sein aalglattes Lächeln, und Jan fühlte förmlich, wie er daran abglitt.

»Ja und? Ich habe Eltern! Es ist doch Weihnachten!«, rief er in einem verzweifelten Anflug von Rebellion. »Die freuen sich auf mich. Und ich mich natürlich auch auf sie.«

»Das glaube ich Ihnen gern.« Teflon-Klaus nickte mitfühlend. »Aber Ihre Eltern wohnen zum Glück nicht am Ende der Welt, sodass Sie sie im Grunde jedes Wochenende besuchen können. Und sicherlich verstehen die völlig, dass Familien mit Kindern bei der Urlaubsplanung Vorrang haben. Schließlich machen Kinder erst den Zauber der Weihnacht aus.« Er beugte sich über den Schreibtisch und klopfte Jan aufmunternd auf die Schulter.

Mit gerunzelter Stirn überlegte Jan fieberhaft, ob es sinnvoll war, spontan ein bisher unerwähntes Kind aus dem Ärmel zu schütteln, da fuhr Teflon-Klaus fort:

»Außerdem habe ich einen Spezialauftrag für Sie, Herr Berger.« Er zwinkerte Jan verschwörerisch zu, was ihm beinahe Angst machte. »Herr Grassl hatte die Aufgabe,

Sicherheitsfirmen und Polizeieinsatz bei den *Winterzauber Museumstagen* zu koordinieren. Das werden Sie übernehmen.«

»Die Winterzauber-was?« Was wollte er? Sein Winterzauber war gerade den Bach runtergegangen!

»Herr Berger, Herr Berger, was sind Sie nur für ein Kulturbanause.« Teflon-Klaus hob den Zeigefinger und schaute ihn über den Rand seiner Lesebrille tadelnd an. Jan wusste immer weniger, ob er lachen, weinen oder ausrasten sollte.

»Das Museum für Russische Kunst und Kultur veranstaltet dieses wunderbare Event mit Künstlerwettbewerb, Sonderausstellung und Auktion. Das wird fantastisch!« Enthusiastisch klatschte Teflon-Klaus in die Hände. »Ich habe der Bürgermeisterin versprochen, dass alles glattlaufen wird. Ich zähl' auf Sie, Herr Berger!« Und damit glitschte er zur Tür hinaus und ließ Jan verdutzt und grimmig in seinem Büro zurück.

»Verdammt«, presste er zwischen zusammengebissenen Zähnen hervor. Unglücklich starrte Jan auf seinen Bildschirm, bis er sich schließlich seufzend aufraffte, und lustlos zu Grassls Schreibtisch schlurfte.

Sonst machte er sich über den älteren Kollegen immer lustig, dass der wohl nie im digitalen Zeitalter ankommen würde. Heute war er trotz des Spotts froh, dort einen ordentlich geführten, prallen Ordner mit der Aufschrift *Winterzauber Museumstage* vorzufinden. Bei jedem anderen hätte er sich erst durch das halbe Laufwerk klicken müssen.

Noch im Stehen schlug er ihn auf. Zuallererst hatte Grassl einen Werbeflyer der Veranstaltung abgeheftet. Die Auktion fand am ersten Weihnachtsfeiertag statt, das hieß, es blieben ihm knapp drei Tage Vorbereitungszeit.

Zumindest in diesem Punkt hatte Teflon-Klaus recht – den Besuch bei seinen Eltern konnte er sich abschminken.

Seufzend ließ er den Ordner auf den eigenen Schreibtisch plumpsen. Die Kaffeetasse machte einen empörten Satz. Jan nahm sie und ging, um sie in der Teeküche erneut zu füllen. Bevor er seine Mutter anrief, musste er sich stärken. Dass sie sich wirklich auf seinen Besuch freute, war keine Lüge gewesen. Weihnachten war ein besonderes Familienfest für sie, auch wenn ihr Junge inzwischen schon erwachsen war. Hinzu kam, dass sie sich seit ihrem Geburtstag im Oktober nicht mehr gesehen hatten.

»Das ist nicht dein Ernst!?«, schrillte ihre Stimme wenig später aus dem Telefonhörer. »Bub, das kannst du mir nicht antun!«

»Tut mir leid, Mama, aber nicht ich tu dir das an, sondern mein Chef.« In dem Moment, in dem Jan diesen Satz aussprach, bereute er ihn sogleich.

»Vielleicht sollte ich dann mit deinem Chef reden!«, rief seine Mutter wie befürchtet. Jan konnte förmlich sehen, wie sie resolut die Faust in die Seite stemmte. Doch selbst sie würde an Teflon-Klaus abglitschen. Und wenn die anderen Kollegen Wind davon bekamen, dass seine Mutter den Chef anrief, weil sie ihn an Weihnachten unbedingt nach Hause holen wollte, wäre ihm deren Spott sicher. Er musste eine andere Taktik ausprobieren, wenn er nicht als Muttersöhnchen gelten wollte.

»Das wird nichts bringen, Mama«, sagte er in beschwichtigendem Tonfall. »Ich habe über die Feiertage einen Spezialauftrag, den nur ich erledigen kann.« Die Worte erzielten die gewünschte Wirkung. Seine Mutter beruhigte sich augenblicklich.

»Einen Spezialauftrag?«, fragte sie mit unverkennbarem Stolz in der Stimme.

»Ja, aber das ist geheim, Mama. Das musst du für dich behalten«, versuchte er den Schaden, den er gerade anrichtete, zu begrenzen.

»Natürlich, Jan, du kannst dich immer auf mich verlassen. Das weißt du doch. Was ist das für ein Spezialauftrag?« Nun war seine Mutter neugierig statt wütend – vom Regen in die Traufe.

»In München findet über die Feiertage eine große Kunstauktion statt. Ich muss dafür sorgen, dass dabei alles glatt läuft.« Er senkte die Stimme. »Den anderen Kollegen traut mein Chef das nicht zu, Mama. Das ist eben zu wichtig.«

Nun schien seine Mutter vor Stolz nahezu zu platzen. Jan trank betroffen von seinem Kaffee und fühlte sich schlecht. Allerdings würde er sich noch schlechter fühlen, wenn er ihr den wahren Grund für seine Sonderschicht erzählt hätte. Dann hätte seine Mutter wieder damit angefangen, dass aus der Beziehung mit Sibylle wunderschöne Enkel hätten entstehen können. Sie wusste, dass Jan ein Familienmensch war, und Sibylle sich irgendwann Kinder wünschte. Dass es mit ihnen trotzdem nicht geklappt hatte, wollte nicht in ihren Kopf. Als wäre eine ähnliche Einstellung zum Leben ein Garant für die ewige Liebe. Seither mied Jan das Thema lieber. Wüsste seine Mutter, dass sie sich noch gelegentlich trafen, würde sie gleich wieder die Hochzeitsglocken läuten hören. Für sie waren Liebe und Sex untrennbar miteinander verknüpft – vielleicht ein Generationenproblem. Er seufzte in seine Tasse.

Während seine Mutter versicherte, dass sie ihm Plätzchen schicken würde, und aufzählte, welche Sorten sie schon gebacken hatte, fiel sein Blick auf Grassls leeren Schreibtisch. Wie er den Kollegen beneidete. Schulterverletzung hin oder her. Wenigstens war er in diesem Winter schon auf der Piste gewesen.

Kapitel 3

Kira hatte das Gefühl, wertvolle Zeit zu verschwenden. Seit einer halben Ewigkeit kniete sie nun vor ihrem Koffer. Ihre Aufgabe war schwieriger, als sie klang: unauffällig sexy sein. Wenn eine Frau sich an einen älteren Mann heranmachte, durfte das keinesfalls geplant aussehen. Das war die Kunst. Eine Kunst, von der sie wenig Ahnung hatte, und von der sie nie gedacht hatte, dass sie sie brauchen würde. Wieder dachte sie daran, wie falsch Niklas ihr ihre Rolle bei diesem Coup verkauft hatte. Ein unwohles Gefühl machte sich in ihrer Magengegend breit. Das würde sie nicht auf sich beruhen lassen. Was bildete sich Niklas eigentlich ein?!

Nach langem Überlegen entschied sie sich für ein rotes Strickkleid, eine schwarze Strumpfhose und hohe Stiefel. Sie schminkte sich nur leicht, ein wenig Wimperntusche sowie ein passender Lippenstift zum Kleid. Einen Hauch von Parfum, ihre blonde Mähne fiel ihr locker über die Schultern. Zufrieden lächelte sie sich im Spiegel selbst zu. Sie hoffte inständig, dass sich ihre Aufgabe bewältigen ließ, ohne zu offensiv auf Petrikov zuzugehen.

Das kleine Café, in dem Petrikov immer frühstückte, lag in der Nähe des Museums. Somit auch nicht weit entfernt von ihrer Wohnung. Nach wenigen Gehminuten hatte sie das hell erleuchtete Gebäude erreicht. Die Fenster waren mit riesigen roten und goldenen Papiersternen geschmückt, umgeben von warmweißen Lichterketten. Kurz vor acht Uhr waren noch nicht alle Tische besetzt, an der Theke bildete sich jedoch eine Schlange. Als sie eintrat, kam ihr ein Schwall warmer, nach Gebäck duftender Luft entgegen.

Wie zuvor geplant, war Kira vor Petrikov eingetroffen. Sie entschied sich für einen Tisch am Fenster, von dem aus sie die Fußgängerzone gut überblicken konnte. Gespräche übertönten das leise Klappern von Geschirr, hin und wieder wehte kalter Wind zu ihr hinüber, wenn jemand die Tür öffnete. Bei einer Bedienung bestellte Kira Kaffee und ein Croissant in der Hoffnung, dass auch der Museumsleiter bald eintreffen und sich am besten zu ihr an den Tisch setzen würde. Die Schlange an der Theke wurde mittlerweile so lang, dass die Menschen bereits in der offenen Tür standen. Kira fröstelte, nicht nur wegen der kalten Luft, sondern auch aufgrund ihrer Aufgabe.

Die Kaffeetasse wärmte ihre steifen Finger, das Croissant hatte Kira kaum angerührt. Zu wild schlug ihr das Herz in der Brust aus lauter Angst, sie würde gleich alles vergeigen. Da entdeckte sie ihn. Petrikov hatte die Hände im langen, grau-braunen Mantel vergraben, dazu eine passende Mütze auf dem Kopf und steuerte geradewegs am Café vorbei.

Nein! Das durfte nicht wahr sein! Warum zum Teufel kam er nicht wie jeden verdammten Morgen herein? Sie musste hinterher. Sofort! Schnell schnappte Kira sich ihren Mantel und die Handtasche, ließ Kaffee und Croissant stehen und eilte zur Tür. Bevor sie nach draußen huschen konnte, packte sie jemand am Arm.

»Junge Frau, haben Sie nicht etwas vergessen?« Ein strenger Blick traf sie von einer Mittvierzigerin, die eine weiße Schürze mit dem Schriftzug des Cafés trug.

Verwirrt sah Kira zurück zum Tisch, zählte leise murmelnd durch: »Handtasche, Mantel, Handy und Mütze sind in der Tasche.« Sie schüttelte ihren Kopf. »Nein, ich habe alles.«

»Bezahlen!« Mit Nachdruck in der Stimme und eisernem Griff schob die Frau sie zur Kasse.

»Tut mir leid.« Kleinlaut kramte sie einen Zehneuroschein heraus und warf ihn auf die Glastheke. Sie hatte keine Zeit, auf ihr Wechselgeld zu warten. »Stimmt so!«, rief sie und drängte sich, ohne sich zu verabschieden, an den Leuten vorbei zur Tür. Hoffentlich war es noch nicht zu spät.

Ihre Absätze klackerten in lautem Stakkato auf der Straße. Das Museum lag nur wenige Gehminuten vom Café entfernt. Wie viel Zeit hatte sie gerade verschwendet? Zwei Minuten? Konnte sie Petrikov noch einholen? Sie brauchte eine Abkürzung – gab es keinen schnelleren Weg? Kiras Gedanken liefen auf Hochtouren, doch der kürzeste Weg war der, den Petrikov eingeschlagen hatte. Noch eine Ecke, dann war das Museum bereits in Sichtweite. Die kalte Luft reizte ihre Atemwege, bei jedem Schritt musste sie aufpassen, nicht umzuknicken. Wenn sie Petrikov entdeckte, würde sie nach ihm rufen müssen. Kein Zufall mehr, aber sie musste ihn treffen, bevor er im Gebäude verschwand, zu dem sie noch keinen Zutritt hatte.

Keuchend sprintete Kira um die Ecke, holte tief Luft, um nach Petrikov zu rufen, doch schon das »Pe... « blieb ihr im Hals stecken. Verdammt, wo war er? Der erste Schock ließ sie erstarren, sie hatte ihn verpasst. Sie hatte das Projekt versaut! Tränen bahnten sich an, stiegen ihr in die Augen, die sie schnell wegblinzelte, bevor sie ihre Wimperntusche verschmierten. Es war vorbei, und sie war schuld. Nicht nur Niklas würde sie verantwortlich machen, auch Sandmann und Frikadelle würden die hübsche Sirene nie mehr bei einem Coup um Hilfe bitten. Die Aussicht auf finanzielle Unterstützung war damit futsch. Sie würde nie ihr Studium beenden. Sie würde nicht für ihre Oma sorgen können.

Mit hängenden Schultern drehte Kira sich um, ihr war auf einmal so heiß. Das war mit Sicherheit die Wut und die Scham über ihr eigenes Versagen. Während sie zurück um die Hausecke stürmte, riss sie sich den Mantel von den Schultern, fluchte dabei leise über sich selbst und stieß mit voller Wucht mit jemanden zusammen.

»Pass doch auf!«, fauchte sie frustriert, ehe sie erkannte, wem sie durch den Zusammenstoß den Kaffee to go aus der Hand geschleudert hatte. Petrikov!

Sekunden verstrichen, in denen sie den Museumsleiter einfach nur anstarrte. Und dieser sah seinem Kaffee nach, der auf dem Kopfsteinpflaster eine dampfende, braune Pfütze hinterließ.

»Großer Gott, es tut mir so leid. Ich ...« Sie ging vor dem Mann in die Hocke und hob den Kaffeebecher auf, um vielleicht noch etwas zu retten.

»Schon in Ordnung. Kann jedem mal passieren. Sind Sie nicht die junge Frau von gestern?«

»Ja! Herrje, Sie sind Herr Petrikov. Das ist mir ja so peinlich.« Unglaublich, dass sich das Blatt noch gewendet hatte. Das Schicksal gab ihr eine zweite Chance. »Ich kaufe Ihnen einen neuen Kaffee, versprochen.« Sie lächelte ihn entschuldigend an, natürlich nicht ohne ihren Hundeblick.

Petrikov winkte geschmeichelt ab. »Das ist nicht nötig.«

Kira hatte lange Zeit nicht geahnt, wie dieser Blick auf

die meisten Männer wirkte. Doch Niklas hatte ihr eingeschärft, dass sie, wenn sie die Kerle unschuldig und gleichzeitig geheimnisvoll verführerisch ansah, alles bekommen würde. »Dann lassen Sie es mich wenigstens anders gutmachen, in Ordnung?«

»Das müssen Sie wirklich nicht, Frau ... äh.« Er schien ihren Nachnamen vergessen zu haben. Das war nicht schlimm, umso besser, wenn er sich nicht daran erinnerte.

»Nennen Sie mich einfach Antonia.« Mit einem Wimpernaufschlag trat sie näher an ihn heran. »Ich mache es auf jeden Fall wieder gut. Darf ich Sie ein Stück begleiten? Erinnern Sie sich noch an die Idee meines Bruders? Wir würden so gerne helfen, Ihre Aktion zu etwas Besonderem zu machen. Zu einem Ereignis, dass so schnell niemand vergessen wird!«

»Ja, stimmt. Da war etwas mit einem Weihnachtsmann, wenn ich mich recht erinnere?«

Kira deutete in die Richtung, die zum Museum führte und setzte sich langsam in Bewegung, um ihn zu begleiten. So leicht würde er sie nicht mehr loswerden.

»Richtig!« Ihre Freude musste sie nicht spielen, anscheinend hatten sie es tatsächlich geschafft, ihre Saat in sein Hirn zu pflanzen.

»Aber ich hatte überlegt, ob wir nicht auf das russische Weihnachtsfest eingehen könnten. Das ist zwar erst im Januar, aber Väterchen Frost und Snegurotschka würden so gut in das Ambiente des russischen Museums passen.«

»Genau das hatte ich mir auch gedacht!«, rief Petrikov auf einmal erfreut, doch seine dichten Augenbrauen zogen sich einen Moment später zusammen. »Die Bürgermeisterin hat diesen Vorschlag leider gnadenlos abgeschmettert. Die Deutschen seien zur typischen Weihnachtszeit deutlich spendabler als im Januar, meinte sie.

Leider sind wir auf die Spenden der Münchner angewiesen.«

Kira wurde schnell klar, dass sie hier nicht nur Petrikov, sondern auch die Bürgermeisterin überzeugen musste. Da konnte sie mit den ihr vertrauten, russischen Traditionen wenig ausrichten. Zumindest hatte sie den Kurator so auf ihre Seite gezogen. »Na dann nehmen wir einfach einen Weihnachtsmann und den dazu passenden Engel?«, schlug sie spontan vor. Das entsprach zwar nicht ihrem Plan, würde aber auch klappen.

»Ein wirklich interessanter Gedanke. Wie hatten Sie ... vielleicht sollten wir zum Du wechseln, Antonia? Ich bin Alexander.«

Das wusste sie schon längst. Viel länger, als er glaubte. »Freut mich wirklich sehr, Alexander.«

»Wie hattet ihr euch das Ganze denn vorgestellt?«

Während ihres kurzen Gesprächs hatten sie den Haupteingang des Museums fast erreicht.

»Nun der Weihnachtsmann könnte auf die Ausstellung aufmerksam machen, und wir haben Ideen zu ein paar speziellen Aktionen. Dadurch würde man das Museum weiter hervorheben und nicht nur die Ausstellung.«

»Das klingt nicht schlecht«, sagte Petrikov nachdenklich und haderte, ob er sich von ihr verabschieden oder sie mit hineinnehmen sollte.

»Wie gesagt, uns liegt wirklich viel an dem Fortbestand deines Museums. Unsere kranke Oma war so oft mit uns hier. Sie ist zwar mittlerweile dement, aber ...« Da dieser Teil ihrer Geschichte der Wahrheit entsprach, verfiel sie sogar in ehrliche Traurigkeit.

»Ich habe die Hoffnung, dass sie vielleicht bei einem Besuch im neuen Jahr ...« Nun kullerte eine Träne über ihre Wange. »Wir sind nun einmal eine Künstlerfamilie, unsere Oma ist in Krasnojarsk geboren und aufgewachsen. Tut mir leid, Alexander.« Sie lächelte leicht, woraufhin der Museumsleiter nickte.

»Eine Künstlerseele, ich verstehe.«

»Ja, wir wollen nicht bezahlt werden, uns geht es allein um die Erinnerung und die Kunst.«

»Das ist sehr nobel. Wie wäre es, wenn wir die Idee im Warmen genauer besprechen? Dann werde ich sehen, was ich machen kann.«

Puh, geschafft. Wenn sie erst einmal drin war, dann hatte sie die erste Etappe überwunden. Der Künstler in Petrikov war längst von ihrer Geschichte gepackt worden, dessen war sich Kira sicher. Es würde lediglich kleine Impulse brauchen, um ihn vollends zu überzeugen.

Als sie den Eingang passiert hatten, zögerte Petrikov kurz, sah am Empfangstresen vorbei zur Sicherheitsschleuse, hinter der die Ausstellungsräume lagen. »Ich muss kurz nachsehen, wie die Vorbereitungen laufen, danach können wir in meinem Büro die Idee besprechen.«

Die ältere, blondierte Dame in rotem Kostüm, die hinter dem Empfangstresen saß, legte ihre Zeitschrift zur Seite. »Guten Morgen Herr Petrikov.« Bei diesen Worten musterte sie Kira für den Bruchteil einer Sekunde über den Rand ihrer schmalen Lesebrille hinweg. Anscheinend wurde sie als unwichtig abgestempelt. Gut so.

»Guten Morgen Frau Sulski. Ist der Lieferant schon da gewesen?« Geschäftig trat er näher heran, mit leichtem Linksdrall, um gleich zur Schleuse zu gelangen.

»Noch nicht, ich rufe Sie nachher an.« Auf dem Gesicht der Dame erschien ein Lächeln, Petrikov nickte.

»Darf ich mitkommen? Ich war schon ewig nicht mehr hier ... Wenn ich mich besser an die Räumlichkeiten erinnere, hilft es dabei, unsere Pläne zu visualisieren«, erklärte Kira schnell, als Petrikov sich der Sicherheitsschleuse zuwandte. Das war eine erste Chance, Informationen zu sammeln, und falls etwas schief gehen sollte, einen Notfallplan zu entwickeln. Jede noch so kleine Kleinigkeit könnte wichtig sein.

»Klar, sehr gerne.« Natürlich verstand er die Notwendigkeit der Visualisierung. Sie hatte an sein Künstlerherz appelliert, das war so leicht zu manipulieren. Ganz selbstverständlich nahm er Kira mit zu dem Sicherheitsbeamten, der sie mit einem knappen Nicken begrüßte.

Kira reichte ihm sofort ihre Handtasche, sie wusste, wie es ablief, und konnte hoffentlich mit professioneller Gelassenheit punkten. Auch mit ihrem Wissen über die Ausstellungsstücke wollte sie zeigen, wie viel ihr an diesem Ort lag. Schließlich musste sie beweisen, mit ihren Großeltern regelmäßig hier gewesen zu sein.

Keck lächelte sie dem Mann zu, der in seiner blauen Uniform ihren Tascheninhalt einer strengen Untersuchung unterzog. Seine dichten Augenbrauen wippten dabei auf und ab, die Uniform spannte an seinem beträchtlichen Bauch. Da der Sicherheitsmann nichts fand, gab er ihr die Handtasche wieder zurück, seine Miene hellte sich jedoch keinen Deut auf.

»Vielen Dank«, trällerte Kira. Wenn sie eins gelernt hatte, dann war es, gegenüber grimmigen Leuten immer freundlich zu sein. Unbewusst versteifte man sich nämlich und reagierte ebenfalls unfreundlich, so würde sie bei ihm einen guten Eindruck hinterlassen.

»Einen schönen Tag noch!« Auch wenn sie zu gerne Ironie in die Stimme gelegt hätte, die war hier fehl am Platz. Die Nervosität ließ ihren Körper kribbeln, das ganze Unterfangen war eine echte Herausforderung. Unauffällig einschleusen, um bei einem Diebstahl zu helfen, hatte ursprünglich nicht auf ihrer Liste gestanden, um an Geld zu kommen. Leider drängte sie nun der schlechte Gesundheitszustand ihrer Oma dazu, diesen Weg zu gehen. Sie musste irgendwie das Pflegeheim bezahlen, damit sich geschultes Personal um die demente Frau kümmerte. Alleine würde sie die Pflege zusätzlich zu ihrem Studium niemals stemmen können. Und das Studium konnte sie nicht aufgeben, sie wollte nicht von ihrem knausrigen Vater abhängig sein, der der Meinung war, dass ihre Oma auch alleine zurechtkäme. Beim letzten Mal hatte sie den Wohnungsschlüssel im Kühlschrank deponiert, Kira wollte sich gar nicht ausmalen, was passierte, wenn sie eines Tages vergaß, den Herd auszustellen. Sie brauchte einfach das Geld. Zum Glück hatte sie nun den ersten kleinen Rückschlag überwunden und Petrikov erwischt.

Hinter der Sicherheitsschleuse schlug Petrikov sofort den Weg zu den Haupträumen des Museums ein, Kira hingegen verlangsamte ihren Schritt. Neugierig blieb sie stehen, und deutete nach links zu dem Glasbau, in dem die Kunstwerke des Wettbewerbs untergebracht waren.

»Sind dort die Werke der russischen Künstler ausgestellt?«, fragte sie neugierig nach und stoppte damit abrupt Petrikovs strammen Marsch.

»Ja, das ist die Ausstellung. Wenn du magst, zeige ich sie dir später. Nun komm, wir müssen uns sputen.«

»Ja, entschuldige. Es ist alles so aufregend.«

Petrikov lachte, es klang unbeschwert, sympathisch. Gemeinsamkeiten sind wichtig, um eine Bindung aufzubauen, und dass die Kunst seine Leidenschaft war, erleichterte es Kira ungemein. Sie selbst interessierte sich nicht dafür, aber es war ihr ein Leichtes gewesen, sich einige Fakten anzueignen. Da die erste Hürde nun genommen war, sollte der Rest ein Kinderspiel sein.

Mit schnellen Schritten führte Petrikov Kira durch die Ausstellungsräume bis zu einem hohen Saal. Inmitten von zahlreichen Glasvitrinen standen eine Handvoll Personen, die nur darauf warteten, dass der Museumsleiter ihnen weitere Anweisungen gab. Petrikov nickte ihnen zu.

»Guten Morgen. Ich komme gleich zur Sache. Herr Mertens sollte ...« Petrikov hob seinen Arm und schob den Mantelärmel zurück, um auf eine elegante, silberne Uhr zu blicken. Schick ja, aber nicht besonders wertvoll, das erkannte selbst Kira mit ihrem ungeschulten Auge. Dann fuhr der Museumsleiter fort: »... in etwa zehn Minuten auftauchen, um die Vitrinen zu räumen. Sobald hier Platz ist, kann alles aufgebaut werden. Die Bühne und das Pult sowie die Stühle sollten bis spätestens zehn Uhr hier eintreffen. Benachrichtigen Sie mich bitte, sobald alles vorbereitet ist. Solange Sie warten, schmücken Sie bitte weiter die Räume.«

Die Angestellten interessierten Kira nicht, nur flüchtig sah sie hinüber, dann betrachtete sie den Raum ausgiebig. Ihr Blick blieb an den Glasvitrinen hängen. Sie musste jedes Detail in ihren Plan integrieren, damit sich das Team bestmöglich vorbereiten konnte.

»Antonia?« Erschrocken fuhr Kira zusammen, ganz in Gedanken hatte sie gar nicht mitbekommen, dass Petrikov an sie herangetreten war. »Wollen wir?«

»Ich lasse gerade den Raum auf mich wirken«, erklärte sie nachdenklich und deutete auf die Glasvitrinen. »Werden die abgebaut?«

»Nein, die sind fest montiert. Die Ausstellungsstücke werden jedoch nach oben ins Magazin gebracht.« Wie offen er auf ihre Fragen antwortete, das musste sie ausnutzen.

»Und wie läuft die Auktion ab? Die findet hier statt,

oder? Werden die einzelnen Kunstwerke nacheinander hierhergebracht? Und bekommt der Höchstbietende am gleichen Tag noch sein Objekt?« Kira versuchte, sich alles bildlich vorzustellen. Ihr Blick huschte dabei durch den Raum, nahm jede Kamera und jeden Durchgang wahr. Sie wusste nicht, wie aktuell Sandmanns Gebäudepläne waren, daher musste sie sich jedes Detail einprägen, um später alles abzugleichen.

»Ja, die Bühne wird dort drüben aufgebaut. Die Kunstwerke befinden sich noch im Louvre, ich kann sie dir jetzt zeigen.«

Zwei Kameras hatte sie in den Ecken des Raumes entdeckt, an der gleichen Position wie in den Plänen vermerkt. Hier war sie vorerst fertig, nun war der Glasbau an der Reihe. Es lief beinahe zu glatt, doch wollte sie ihre kleine Glückssträhne solange wie möglich genießen. Bis der nächste Rückschlag kam, und der würde kommen. Hoffentlich konnte sie ihn überwinden.

»Ja, sehr gerne!« Sie folgte Petrikov zurück in den Bereich zwischen Sicherheitsschleuse und Anbau. Kurz blieb Kira stehen, hielt dabei Petrikovs Arm und schloss die Augen. »Warte, ich muss mir eben vorstellen ... ja, genau!« Ihre Hände vollführten verdeutlichende Gesten, während sie ihren Plan erklärte. »Ich würde als Weihnachtsengel verkleidet die Kunstwerke hier abholen und in den großen Saal zur Versteigerung bringen. Das würde es nicht nur besinnlicher, sondern auch zu etwas Besonderem machen. Wenn man außerdem von einem Engel beobachtet wird, fällt es einem mit Sicherheit leichter, höhere Summen zu bieten. Es ist schließlich für einen guten Zweck, und Engel stehen für das Gute in dieser Welt. Sie sind offenherzig und spendabel!«

»Ich sehe schon, du hast eine Vision. Es freut mich

wirklich sehr, dass du mir und dem Museum helfen möchtest.« Mit einem Nicken deutete er auf den breiten Durchgang, der in den hellen Glasbau führte.

Enthusiastisch begleitete er Kira zu den Ausstellungsstücken, die zum Wettbewerb gehörten und am ersten Weihnachtstag bei der großen Auktion versteigert werden sollten.

Die abstrakten Skulpturen und Gemälde wurden durch winzige Strahler ins rechte Licht gerückt. Dieser Kunst konnte Kira jedoch nicht besonders viel abgewinnen. Sie hatte ein Faible für realistische Werke, wie die von Caspar David Friedrich. Nach solchen suchte sie hier vergeblich. Sie musste sich regelrecht zu einem Lächeln zwingen, um Petrikov Begeisterung vorzuspielen.

Zum Glück dauerte die Führung nicht lang, denn Petrikov wurde durch einen eintreffenden Kollegen aus dem Konzept gebracht. Der Mann war vermutlich derjenige, der die Vitrinen räumen sollte. Petrikov entschuldigte sich bei Kira, um zumindest kurz die Arbeiten zu überwachen. Sie wartete derweil ungeduldig im Zwischenraum und warf unauffällige Blicke zur Schleuse. Als der Mitarbeiter das erste Ausstellungsstück in einer Sicherheitskassette verstaut hatte und an ihnen vorbeigelaufen war, nickte Petrikov zufrieden.

»Sollen wir nun in mein Büro gehen, um alles Weitere zu besprechen?«, fragte er Kira, die versuchte, nicht zu neugierig dem Kunstwerk nachzusehen, das im Aufzug auf der anderen Seite des Eingangsbereiches verschwand.

»Klar, ich muss dir ja noch erzählen, wofür wir den Weihnachtsmann brauchen!« Lächelnd folgte sie ihm durch den Ausgang neben der Sicherheitsschleuse. Dann hielten sie auf den Aufzug an der anderen Seite der Eingangshalle zu.

Im ersten Stock angekommen, schlug zu ihrer Linken eine dicke Sicherheitstür zu, durch die der Mitarbeiter das Ausstellungsstück gebracht haben musste. Petrikov ging den offenen Gang zu ihrer Rechten entlang. Kira musste sich beeilen, ihm zu folgen.

Im altbackenen Büro, in dem es irgendwie muffig und staubig roch, lehnte Kira sich elegant an den großen, dunklen Schreibtisch. Dabei positionierte sie sich recht unbequem, aber mit einer umso überzeugenderen Haltung. Die Körpersprache sei ein hervorragendes Mittel, um Menschen zu beeinflussen, hatte Niklas ihr eingetrichtert. Petrikov sollte sich zu ihr hingezogen fühlen und gleichzeitig in eine Art Wohlfühlphase gelangen, sodass sie sich so ziemlich alles erlauben konnte.

»Also, wie gesagt. Ich würde als Engel die Ausstellungsstücke tragen ...« Bei diesen Worten strich sie sich spielerisch durchs lange, blonde Haar und warf ihm einen verführerischen Blick zu. »Sascha würde im Glasbau als Weihnachtsmann verkleidet kleine Geschenke verteilen. Vielleicht auch Fotos mit den Gästen machen, und auf die Kunstwerke hinweisen. Das würde das Interesse bestimmt verstärken. Und er könnte eine kleine Tombola veranstalten, bei denen die Gäste für ein Los etwas an das Museum spenden. Der Hauptpreis kann etwas sein, das kostengünstig, aber eine echte Besonderheit ist. Wie eine Privatführung, oder ...«

»Antonia, das ist ja ... wie soll ich das sagen?« Nachdenklich fuhr sich Petrikov durch den Vollbart. An seinem Gesichtsausdruck konnte Kira nicht erkennen, ob er angetan, oder zutiefst enttäuscht war. Ihr Herz hämmerte wie verrückt, es musste ihr einfach gelingen, ihn von dieser Idee zu überzeugen.

Kapitel 4

Grassl hatte wirklich gute Arbeit geleistet. Vor seinem Urlaub hatte er alles geplant, organisiert und geprüft. Jeden Einzelnen, der mit der Veranstaltung zu tun hatte, vom Ticketverkäufer über die Fahrer bis hin zum Catering-Service, hatte er akribisch unter die Lupe genommen. Bis auf einen Museumspraktikanten, der wohl ab und zu mal gerne einen Dübel rauchte, und einen Fall von häuslicher Gewalt, in dem besagter Koch jedoch Opfer statt Täter gewesen war, hatte er nichts gefunden. Jan musste im Grunde lediglich dafür sorgen, dass alles, was Grassl in die Wege geleitet hatte, auch umgesetzt wurde. So hatte er kurz mit der Sicherheitsfirma, die für die Eingangskontrollen engagiert worden war, den Zeitplan abgeglichen und sich dann auf den Weg zum Museum gemacht. Er wollte dem Leiter einen Besuch abstatten, um sich vorzustellen und die nächsten Schritte zu besprechen.

Das Museum für Russische Kunst und Kultur war ein schmuckloser Bau in der Nähe der *Münchner Freiheit.* So mutete zumindest seine Rückseite an, auf die Jan von der U-Bahn-Station aus als Erstes stieß. Als er jedoch um das Museum herumlief, entdeckte er den großen gläsernen Anbau, der sich wie eine gedrungene Pyramide an das Gebäude anschmiegte. Wegen seiner Form und den charakteristischen Verstrebungen zwischen den Scheiben, wurde er auch *Münchner Louvre* genannt.

Aus Grassls Ordner wusste Jan, dass darin wechselnde Ausstellungen von zeitgenössischen russischen Künstlern stattfanden. Im Moment konnte man dort die Beiträge zum Kunstwettbewerb besichtigen. Thema des Wettstreits war passend zu den *Winterzauber Museumstagen* natürlich Weihnachten.

Jan hob beide Hände, um die Spiegelung der Scheibe zu minimieren, und lugte ins Innere des Münchner Louvre. Eine große steinerne Fratze mit Hörnern starrte ihm entgegen. Aus ihrem verzerrten Mund spie sie viele kleine Geschenke.

Kunst, das war für Jan ein guter Jazz-Song oder eine Pizza, die sowohl knusprig als auch saftig war. Mit Päckchen kotzenden Teufelsfratzen hatte sein Kunstverständnis hingegen seine Probleme. Kopfschüttelnd wandte er sich ab und schlenderte zum Haupteingang.

An einer altmodisch wirkenden Theke empfing ihn eine ältere Dame, die ihn sofort wegschicken wollte. »Der Museumsbetrieb pausiert ab heute wegen der Vorbereitungen für unser Weihnachtsevent. Ich habe lediglich nicht abgesperrt, weil wir ein paar Lieferungen erwarten.« Sie blickte ihn über ihre Lesebrille hinweg streng an.

Jan erkläre ihr, dass er kein Ticket kaufen, sondern mit dem Museumsleiter sprechen wollte, und wies sich aus.

Pflichtergeben griff sie zum Telefonhörer und drückte auf die Eins.

»Entschuldigen Sie die Störung, Herr Petrikov. Hier ist ein Herr Berger vom LKA, der Sie sprechen möchte.«

Eine Pause entstand, die sie nutzte, um Jan über ihre Lesebrille hinweg intensiv zu mustern.

»Nein, sein Name ist Berger ... natürlich bin ich sicher.« Sie lächelte milde.

Vermutlich hatte der Museumsleiter Grassl erwartet.

Der Dame stand die Neugierde ins Gesicht geschrieben, doch sie übte sich in Zurückhaltung. Schließlich legte sie auf, reichte ihm eine Schlüsselkarte und zeigte in Richtung des Aufzugs.

»Herrn Petrikovs Büro ist im ersten Stock. Bitte geben Sie mir die Karte bei Verlassen des Gebäudes zurück.« Damit rückte sie ihre Brille zurecht und widmete sich wieder ihrer Illustrierten.

Jan schmunzelte in sich hinein. So zurückhaltend sie sich auch gab, er war sich sicher, dass sie Petrikov später über Grassls Fernbleiben ausfragen würde.

Das obere Stockwerk war zweigeteilt: Während der Gang auf der einen Seite in einer massiven Tür mit elektronischer Zugangssicherung endete, war er in der anderen Richtung offen. Jan schlug den Weg des geringsten Widerstandes ein, und schon nach wenigen Schritten bemerkte er, dass die letzte Tür des frei zugänglichen Korridors offen stand. Hier war er wohl richtig.

Gerade als Jan das Zimmer betreten wollte, drang ein weibliches Lachen aus dem Büro. Verwundert warf er einen Blick auf das kleine Täfelchen neben der Tür.

»Alexander Petrikov, Museumsleiter«, stand dort. Nun gut, käme er ungelegen, hätte ihn die Dame an der Rezeption sicherlich warten lassen. Trotzdem klopfte er vorsichtshalber gegen den Türrahmen, ehe er in den Raum spähte.

Petrikov eilte ihm augenblicklich entgegen. Er hatte sich mit einer blonden, jungen Frau unterhalten. In dem etwas biederen und in die Jahre gekommenen Büro wirkte sie erstaunlich deplatziert. Jan hätte gewettet, dass sie kein Teil der Belegschaft war.

»Guten Tag! Sind Sie ein Kollege von Herrn Grassl?«

Jan nickte und ergriff Petrikovs Hand.

»Ja, Berger mein Name. Ich vertrete Herrn Grassl, er hat sich beim Skifahren verletzt.«

»Oh, wie bedauerlich! Dabei hatte er sich so auf unsere *Winterzauber Museumstage* gefreut!« Er machte ein mitfühlendes Gesicht, das sich jedoch nach einem Augenblick der Pietät sofort wieder aufhellte. »Sind Sie auch ein Kunstliebhaber wie er?«

»Natürlich«, log Jan. »Ich freue mich auf unsere Zusammenarbeit.«

Petrikov strahlte.

»Haben Sie sich schon die Beiträge zu unserem Wettbewerb im Glasbau angesehen?«

Jan nickte. Zum Glück hatte er wenigstens im Vorbeigehen einen Blick durch die Scheibe geworfen. »Mein Favorit ist die Teufelsfratze.«

Petrikov klatschte in die Hände. »Sie sagen es! Ein wunderbares Stück! Der weihnachtliche Konsum als Produkt des personifizierten Antichristen, grandios, einfach grandios.«

Gut, nun wusste auch Jan, was sich der Künstler dabei gedacht hatte, ein gehörntes Steingesicht Geschenke kotzen zu lassen.

Sein Blick fiel auf die junge Frau. Sie hielt sich im Hintergrund, obwohl sie ihn aufmerksam beobachtete. Ob sie ihn wohl als Kunstbanausen entlarven würde?

»Und Sie sind?«, wandte er sich direkt an sie.

Sie machte ein paar Schritte auf ihn zu und streckte ihm die Hand entgegen. »Antonia. Ich bespreche mit Herrn Petrikov gerade den Ablauf der Auktion.«

Ihre Hand war kühl und weich. Jan hielt sie einen Moment zu lange, während sein Blick an ihren roten Lippen haftete. Dann stutzte er.

»Antonia? Ich erinnere mich an keine Antonia in den Unterlagen. Wie ist Ihr Nachname?«

Ein Schatten huschte über ihr Gesicht. Wahrscheinlich hielt sie diese Formalitäten für unnötig.

Da schaltete Petrikov sich ein.

»Antonia ist neu in unserem Team. Die Zusammenarbeit hat sich heute erst ergeben. Natürlich lasse ich Ihnen alle Informationen zukommen.«

Natürlich. Jan glaubte ihm kein Wort. Bei Petrikovs fast schon lüsternem Blick, dachte er sicher nicht an irgendwelche Informationspflichten. Doch bei Antonias Aussehen konnte es Jan ihm kaum verdenken.

Pflichtbewusst zog er dennoch ein kleines Notizbuch aus der Innentasche seines Mantels. Grassl hatte so gewissenhaft gearbeitet, da würde er sich nicht erlauben, nun schlampig zu sein.

»Also, wie ist Ihr voller Name? Zeigen Sie mir bitte ihren Personalausweis.«

Nickend ging sie zum Schreibtisch, auf dem ihre Handtasche lag. Nach kurzem Kramen seufzte sie und schaute ihn schuldbewusst an. »Tut mir leid, den muss ich wohl vergessen haben.«

»Dann rufen Sie mich bitte an, damit wir einen Termin vereinbaren können.« Er gab ihr seine Karte.

Sie nahm sie, warf einen Blick darauf und sagte lächelnd: »Mache ich gerne, Herr Berger.«

Jan musste unweigerlich auch lächeln. »Und was ist Ihre Rolle bei diesem Event?«

Ihr Lächeln wurde breiter, sie strahlte beinahe. »Ich bin ein Weihnachtsengel.«

Er lachte auf. »Na, das passt ja!«

Sie senkte den Blick, dennoch blieben ihm die roten Wangen nicht verborgen. Ob sie das trainiert hatte?

Schließlich hatte die Hübsche sicherlich einen Spiegel zu Hause und wusste selbst, wie sie auf andere wirkte. Wie sie auf ihn wirkte.

»Ja, unser Weihnachtsengel wird bei der Auktion die Kunstwerke auf die Bühne bringen. Das gibt der Veranstaltung einen weihnachtlichen Touch«, erklärte Petrikov.

»Na, Sie ziehen ja alle Register.«

»Ich tue, was ich kann. Schließlich hängt die Zukunft unseres Museums davon ab.«

Jan nickte. Er hatte in Grassls Unterlagen gelesen, dass Petrikovs Laden in finanzielle Schwierigkeiten geraten war. Nun gut, er würde auch nie auf die Idee kommen, freiwillig Geld für einen Rundgang um kotzende Teufel auszugeben. Da waren ihm Weihnachtsengel schon lieber. Wer hätte gedacht, dass auch solche Schmuckstücke hier auf ihn warteten.

»Ja, da fehlt Ihnen nur noch ein Weihnachtsmann«, meinte Jan, um sich von Antonias hohen Stiefeln und langen Beinen abzulenken.

»Auch daran haben wir gedacht!« Petrikov grinste stolz. Dann wurde er plötzlich ernst und schaute Jan mit ertapptem Gesichtsausdruck an. »Natürlich schicke ich Ihnen auch dazu Informationen und sage ihm, dass er sich bei Ihnen melden soll.«

Jan gab ihm seine Karte und zog eine Augenbraue hoch. »Das will ich doch hoffen, Herr Petrikov.« Dann verabschiedete er sich von den beiden. Er hatte noch einen Termin bei der örtlichen Polizeidienststelle.

Antonia schenkte ihm zum Abschied einen tiefen Augenaufschlag. Oh ja, diese Frau wusste haargenau um ihre Wirkung.

»Vielleicht möchten Sie heute Nachmittag noch einmal

vorbeikommen? Unser Catering-Service bringt Probehäppchen.« Herr Petrikov schien ein schlechtes Gewissen zu haben, dass er ohne Ankündigung neue Mitarbeiter an Bord geholt hatte. Gut so.

»Gerne, danke«, sagte Jan und verließ das Büro. Ob diese Antonia ebenfalls daran teilnehmen würde?

Am Empfang wurde gerade die Sicherheitsschleuse überprüft, die den einzigen Zugang zu den Museumsräumen darstellte. Jan wechselte ein paar Worte mit den Angestellten der Sicherheitsfirma. Alles schien nach Plan zu laufen. Grassl sei Dank.

Die Empfangsdame sah nur kurz von ihrer Illustrierten auf, als er ihr die Schlüsselkarte zurückgab. Jan verließ das Gebäude und saugte die kalte Winterluft ein. Sie roch wie frisch gewaschen. In Petrikovs Büro war es zwar auch kalt, doch die Luft unangenehm abgestanden gewesen. Die Teppichböden im Obergeschoss brauchten dringend einen Austausch oder wenigstens eine Grundreinigung. Alles Dinge, für die im Moment wohl das Geld fehlte. Jan wünschte dem Museumsleiter, dass seine Winterzaubertage ein Erfolg werden würden. Ihr kurzes Gespräch über den Künstlerwettbewerb hatte seine Augen zum Leuchten gebracht. Scheinbar liebte dieser Mann seinen Beruf.

Nachdenklich schlenderte Jan am Münchner Louvre entlang, bis er bei der Teufelsfratze ankam. Wer dieses *Kunstwerk* wohl ersteigern würde? Er konnte sich kaum vorstellen, dass sich jemand ein Mahnmal gegen den Weihnachtskonsum ins Wohnzimmer hängte. Aber über Geschmack ließ sich ja bekanntlich nicht streiten.

Er wandte sich von der Glasfassade ab. Da fiel sein Blick auf Antonia, die aus dem Museumsgebäude trat. Ein Mann lief ihr entgegen. Er war schlank, fast hager, und seine zurückgekämmten, halblangen Haare betonten seine Hakennase. Ob das ihr Freund war? Oder gar ihr Ehemann? Die beiden unterhielten sich angeregt und nahmen keine Notiz von ihm.

Plötzlich fiel Jan auf, dass er nicht einmal ihren Nachnamen in Erfahrung gebracht hatte. Grassl würde sich im Krankenbett umdrehen ob seiner Schlampigkeit!

Schnell schoss er mit seinem Handy ein Foto von ihr. Er würde es durch die Gesichtserkennung schicken. So konnte man ihm wenigstens nicht vorwerfen, er hätte sich von einer schönen Frau um den Finger wickeln lassen.

Kapitel 5

»Was meinst du mit Problem?« Niklas' Gesichtsausdruck hatte sich von neugierig zu gereizt gewandelt.

»Grassl ist verletzt und wird durch einen anderen Polizisten vertreten.« Der zugegebenermaßen deutlich heißer war als Grassl. Aber das würde Kira ihrem Ex-Freund nicht auf die Nase binden. Schließlich sah dieser Berger auch besser aus als Niklas, groß, schlank und unter seiner Kleidung ließ sich ein durchtrainierter Körper vermuten. Zu gerne wäre sie mit ihm ausgegangen, denn in seinem intensiven Blick hatte sie nicht nur Skepsis entdeckt. Er wirkte tiefgründig und charmant.

Kira biss sich auf die Unterlippe, um sich diesen verbotenen Gedanken zu verkneifen.

»Ohhh, verdammte Scheiße«, lenkte Niklas sie ab. »Wie heißt er? Wir müssen so viel wie möglich über ihn herausfinden, bevor er uns in die Quere kommt. Weiß er, wer du bist?« Niklas wandte sich zum Gehen, bereits über die erforderlichen Maßnahmen grübelnd. Mit flüchtigem Blick überquerten sie die Straße.

Kira schüttelte den Kopf, obwohl Niklas sie nicht mehr ansah. »Nein, bisher kennt er mich nur als Antonia. Er will aber unbedingt unsere Ausweise überprüfen. Ich habe behauptet, meinen vergessen zu haben. Er hat mir daraufhin eine Visitenkarte mitgegeben.«

Mit wenigen Schritten hatten sie die Straße des Museums hinter sich gelassen und den direkten Weg zur Ferienwohnung eingeschlagen. Es war derselbe, den Kira erst vor wenigen Stunden in entgegengesetzter Richtung zum Museum gelaufen war. Der Kaffeefleck vom Morgen war mittlerweile gefroren und zierte immer noch den Fußweg an der Ecke, wo sie den Museumsleiter gerammt hatte.

»Das war gut, dass du ihm deinen gefälschten Ausweis nicht gezeigt hast. Bei Petrikov wäre es kein Problem gewesen, aber einer Überprüfung durch das LKA hält er nicht stand. Ich muss da rein, verdammt. Wie hat Petrikov auf deine Idee reagiert?« Niklas beschleunigte seinen Schritt, er schien es furchtbar eilig zu haben.

»Sehr gut. Er war begeistert!« Mit gewissem Stolz in der Stimme sah sie Niklas an, der jedoch seinen Blick nachdenklich nach vorne gerichtet hatte.

Anstatt sie zu loben, murrte er nur ein »Wenigstens etwas«.

Was hatte sie erwartet? Früher hatte sie es für Coolness gehalten, nun erkannte sie die Arroganz in seinem Verhalten. Sie hatte sich seit ihrer Trennung weiterentwickelt, er anscheinend nicht. Niklas war und blieb ein Egoist. Aber er war professionell und strukturiert, das musste man ihm lassen.

Wenige Gehminuten später erreichten sie die Wohnung. Nachdem Niklas von ihr die Visitenkarte des LKA-Beamten eingefordert hatte, zog er sich damit ins Wohn- und Arbeitszimmer zurück. Kira hingegen stellte sich in die Küche, um zwei Portionen Tiefkühllasagne in den Ofen zu schieben. Später würde sie im Museum noch an der Häppchenverkostung teilnehmen, bis dahin wäre sie aber sonst verhungert. Ob Niklas mitkommen wollte? Wohl eher nicht, denn sein Gesicht war bei der Polizei bekannt. Wie bekannt, konnte Kira nicht einschätzen, er hatte nur erwähnt, dass er einige Male aufgefallen war, man ihm bisher aber nichts nachweisen hatte können. Da würde er es nicht riskieren, auf einen Beamten des LKA zu treffen.

Um nicht eine halbe Stunde in der sonst aufgeräumten Küche herumzustehen, ging Kira ins Wohnzimmer. Auf dem Esstisch, der nicht in die winzige Küche gepasst hatte, standen zwei Laptops, dazu jede Menge Unterlagen. Auch auf dem niedrigen Couchtisch lagen Ordner herum, alles perfekt strukturiert. Niklas hatte ein System, jede eigens angelegte Akte hatte ihren Platz und ihren Nutzen. Er selbst lief mit dem Handy am Ohr hin und her, lauschte der Stimme am anderen Ende, die vielleicht zu Sandmann gehörte, oder zu irgendeinem Kontakt, der etwas über diesen Jan Berger herausfinden sollte. Um eine Strategie zu entwickeln, brauchten sie seine Schwachstellen. Doch je länger Kira darüber nachdachte, desto bewusster wurde ihr, dass es viel zu spät dafür war. Sie konnten sich keine großen Pläne mehr ausdenken, so wie bei Grassl, für den sie das perfekte Ablenkungsmanöver geschaffen hatten. Ihn hätte sie durch seine Liebe zur Kunst und einer erfundenen Geschichte, ihn bereits getroffen zu haben, um den Finger wickeln sollen. Sie hatte eine Ausstellung vor zwei Jahren recherchiert, die er besucht hatte und dazu kannte sie von ihm ein kleines Geheimnis. So wäre er vollkommen aus dem Konzept gebracht worden, und die Überprüfung wäre deutlich einfacher gelaufen. Dieser Jan schien nämlich, im Gegensatz zu Grassl, weder Ahnung von Kunst zu haben, noch wussten sie irgendetwas Brauchbares über ihn. Eine prekäre Kleinigkeit könnte schon ausreichen, aber eine solche aufzudecken, war nicht leicht, vor allem in so kurzer Zeit.

Nach dem Telefonat ließ Niklas sich auf einen Stuhl fallen. »Ich habe alles in die Wege geleitet. Hoffentlich erhalten wir rechtzeitig hilfreiche Informationen.« Sein ernster Blick fixierte Kira. »Du wirst dich heute noch mit Petrikov treffen. Wir müssen sichergehen, dass er dir vertraut, dass du ihm den Kopf verdrehst. So sehr, dass es ihm egal ist, wie du heißt und woher du kommst.« Sein Befehlston gefiel ihr nicht, aber er hatte recht, das war der einzige Weg, die Kontrolle zu behalten.

»Das hatte ich sowieso vor«, antwortete Kira seufzend und setzte sich auf das Sofa. Aus der Küche wallte der Duft von Lasagne zu ihnen herüber. »Heute Nachmittag findet eine Häppchenverkostung statt. Petrikov hat mich eingeladen, um mir die Werke der Ausstellung zu zeigen. Leider hat er auch den Bullen eingeladen.« Bei dem Gedanken lief ihr ein Schauer über den Rücken. Sie wollte nicht beobachtet werden, sie hasste dieses Gefühl. So skeptisch wie dieser Jan Berger war, würde er alles tun, um ihre Identität herauszufinden. Nur um seine Pflicht zu erfüllen, würde er sie keine Sekunde aus den Augen lassen.

»Umso besser«, antwortete Niklas weit euphorischer als sie. »Beobachte ihn, finde heraus, was er für ein Typ ist.«

»Das weiß ich jetzt schon. Er besteht auf Formalitäten und wird nicht lockerlassen. Ich bin mir sicher, dass er nachhaken wird. Was soll ich machen, wenn er mich wieder nach meinem Ausweis fragt?«

»Dann sagst du einfach, du hättest ihn vergessen.« Schulterzuckend öffnete er eine Mappe auf dem Tisch, vermutlich, um zum hundertsten Mal den Ablauf durchzugehen. Niklas mochte es nicht, wenn sich Variablen veränderten, und dies seine Planung durcheinanderbrachte. Auch sie hatte er stundenlang auf ihre erfundene

Geschichte geeicht, bis sie alle Informationen auswendig wusste. Die Hälfte davon war nun für die Tonne, da Grassl im Krankenhaus lag.

»Das ist nicht so einfach. Er wird mich nach meinem Namen und meiner Adresse fragen.« Insgeheim hoffte Kira sehr, dass Jan Berger nicht erscheinen würde. Auch wenn er ziemlich heiß war.

»Perfekt, wenn ihm das ausreicht, will er keinen Ausweis. Damit holen wir mehrere Stunden raus. Du gibst ihm die falsche Adresse. Bis er herausgefunden hat, dass unter dieser keine Antonia Sorokin existiert, ist die Auktion vorbei und wir mit unserer Beute über alle Berge.«

»Das klingt viel zu einfach. Meinst du wirklich, dass es funktioniert?«, zweifelte Kira und stand wieder auf. Sie musste sich bewegen, das half ihr beim Denken. Wie sollte sie nur den Bullen von ihrer Unschuld überzeugen? Andererseits ... Sollte das nicht eine ihrer leichtesten Übungen sein? Auf den ersten Blick würde sie niemand für eine Verbrecherin oder die Komplizin eines Raubs halten. Auch Jan Berger würde einsehen müssen, dass Kira bloß eine einfache Studentin war, die das Museum retten wollte, weil sie hier aufgewachsen war.

»Dann wirst du dafür sorgen, dass es funktioniert«, bestimmte Niklas und sein Tonfall duldete keine Widerrede. »Lenk ihn ab. Zeig ihm, dass er dir vertrauen kann.«

Ihre Aufgabe war ihr durchaus klar, aber wie sollte sie das anstellen?

»Tu einfach das, was du am besten kannst«, brummte Niklas abfällig. Kira hatte gedacht, dass er sie ins Team geholt hatte, weil sie sich mit russischen Traditionen auskannte, wegen ihrer Vergangenheit und dieser Gemeinsamkeit zu Petrikov, aber nun klang es so, als ob sie mit jedem ins Bett hüpfen sollte. Er schien sie schon lange nicht mehr zu schätzen, das wurde ihr nun schlagartig bewusst. Falls er das jemals getan hatte. Ein Glück, dass sie kein Paar mehr waren.

»Ist das Essen fertig?« Damit beendete Niklas das Gespräch.

Um kurz vor 16 Uhr erreichte Kira das Museum. Sie hoffte noch immer, dass Jan die Einladung von Petrikov nicht annehmen würde, und wenn doch, dann musste sie eben improvisieren. Eine falsche Adresse hatte sie sich bereits herausgesucht, die zu einem Studentenwohnheim in Köln gehörte. Dort konnte man Kunstgeschichte studieren, und sie kannte sich ein bisschen in der Stadt aus, falls man sie darauf ansprechen sollte. Sie musste nur aufpassen, dass sie bei dieser Geschichte blieb und sie nicht mit ihrer wahren Identität vermischte. Bis Jan über die Feiertage jemanden erreichte und herausfand, dass sie bei dieser Adresse nicht gemeldet war, war das große Event bereits vorbei.

Der Mann an der Sicherheitsschleuse musterte sie nur kurz. »Schön, Sie wiederzusehen«, trällerte Kira freundlich. »Petrikov kann froh sein, Sie zu haben. Bei Ihnen fühlt man sich direkt sicherer.« Der Anflug eines Lächelns erschien auf seinem pausbäckigen Gesicht. Doch sonst ließ er sich nichts anmerken.

»Vielen Dank«, sagte sie, als sie ihre Handtasche zurückbekam. Zumindest der Sicherheitsbeamte würde ihr bald vertrauen.

Die Häppchenverkostung fand im Glasbau statt. Keiner von den bereits anwesenden Gästen war Petrikov, daher sah Kira sich erst einmal um. Sie hatte zwar am Vormittag bereits die Skulpturen und Gemälde betrachtet, doch nun konnte sie sich in Ruhe mit den Gegebenheiten des Glasanbaus auseinandersetzen. Denn mit diesen seltsamen Gebilden, die eine vermeintliche Botschaft ausdrückten, konnte sie nicht viel anfangen. Angewidert musterte sie das päckchenspeiende Monster, als sie ein »Ist es nicht wundervoll?« aus der Vorstellung riss, wie viel Spaß es machen musste, es mit einem Vorschlaghammer zu zerschmettern.

»Es ist ... interessant.« Sie gab sich Mühe, ihre Abneigung zu verbergen, und drehte sich lächelnd zu Petrikov herum.

»Schön, dass du gekommen bist, Antonia.« Sein Lächeln war echt, seine Augen funkelten, der Blick huschte kurz zu ihrem großzügigen Ausschnitt. Natürlich hatte sie sich umgezogen, trug nun ein schwarzes Kleid und Pumps, um sich ihr Spiel ein wenig zu erleichtern. Ihren Mantel hatte sie über den Arm gelegt.

Nach diesem griff Petrikov nun. »Darf ich?«

»Gerne«, hauchte sie und sah ihm direkt in die Augen. Ein wenig offensiv, aber sie brauchte schnelle Ergebnisse. Petrikov reagierte geschmeichelt, auch wenn sein Vollbart die Röte gut verdeckte. Die geschäftliche Atmosphäre der Verkostung ließ ihre Blicke noch verbotener wirken. Kira war dankbar dafür, denn hier würde Petrikov es sich niemals erlauben, ihr näher zu kommen.

Und sie behielt recht, kaum dass er ihren Mantel an der mobilen Garderobe aufgehängt hatte, verwickelte ein Anzugträger ihn in ein Gespräch.

An einer der Glaswände war ein Büffet aufgebaut, dessen Häppchen hielten optisch locker mit den grässlichen Objekten mit. Kira konnte nicht einmal erkennen, aus was die filigran angerichteten Speisen bestanden. Aber sie wollte sich nicht zu sehr von den bunten Häppchen ablenken lassen. Sie war hier, um den Raum genauer unter die Lupe zu nehmen. An den Querstreben der Glaswände hingen leuchtende Girlanden, kleine Engel baumelten an einem Lichternetz, das unter dem Glasdach befestigt war, und die Kameras waren genau dort, wo sie sein sollten: neben dem Eingang, rechts und links, sodass sie den Raum im Blick hatten. Kira überlegte, wo sie Niklas als Weihnachtsmann am besten positionieren sollten, den Trojaner, einen Dieb im Weihnachtsmannkostüm. Die Vorstellung war amüsant, sein Deckname passte perfekt.

Der Glasbau füllte sich mit immer mehr Gästen, sollte die Häppchenverkostung nicht in einem kleinen Rahmen stattfinden? Petrikov wurde in ein Gespräch nach dem anderen verwickelt, was Kira nicht störte. Es reichte aus, ihm hin und wieder einen speziellen Blick und ein unschuldiges Lächeln zuzuwerfen. So musste sie sich wenigstens nicht mit ihm unterhalten.

Irgendwann wurde Sekt verteilt, was Kira bei einem Probeessen überraschte. Petrikov war schon ein seltsamer Kerl. Kein Wunder, dass er sein Museum nicht halten konnte, wenn er aus einem einfachen Probeessen eine feierliche Vernissage machte. Dennoch nahm Kira sich dankbar ein Glas. Ohne eine genaue Vorstellung, wie der Nachmittag verlief, würde ein Sekt ihre flatternden Nerven beruhigen. Einziger Lichtblick bisher: Jan Berger war nicht aufgetaucht.

Kaum, dass sie diesen Gedanken ausformuliert hatte, entdeckte sie ihn. Ihr Herz setzte für einen Schlag aus, um danach doppelt so schnell zu pochen. Sie wurde furchtbar nervös und rätselte, ob es daran lag, dass er ein Polizist war, oder weil sie ihn unheimlich anziehend fand.

»Das kann nicht wahr sein«, murmelte sie so leise zu sich selbst, dass sie hoffentlich niemand verstanden hatte.

Jan hatte noch seinen Mantel an und schob sich unauffällig zwischen den wartenden Gästen hindurch.

Derweil hatte Petrikov sein Sektglas erhoben und richtete sich an die Zuhörer.

»Ich freue mich sehr, dass Sie so zahlreich erschienen sind. Wie Sie bereits wissen, werden wir heute die eingereichten Werke des Wettbewerbs begutachten. Die Künstler sind ebenfalls anwesend und freuen sich sehr auf angeregte Diskussionen. Das Publikumsvoting läuft noch bis heute, das heißt, jeder darf gerne noch an der Wahl des Gewinnerwerkes teilnehmen und einen Stimmzettel ausfüllen. Die dafür vorgesehenen Urnen befinden sich am Eingang. Und nun wünsche ich Ihnen einen wundervollen Nachmittag. Das Büffet ist eröffnet.«

Kira konnte ihren Blick nicht von Jan abwenden. Seine Haare waren leicht verstrubbelt, dadurch wirkte er unheimlich lässig. *Er könnte einen guten Bad Boy abgeben*, dachte sie kurz, verbot sich diese Gedankenspielerei aber sofort wieder. Ob sie ihm einfach aus dem Weg gehen sollte? Es gab nicht genug Gäste, dass sie den ganzen Nachmittag vor ihm hätte flüchten können. Trotzdem wollte sie es versuchen. Er würde sie bestimmt nicht ansprechen, wenn sie immer beschäftigt war. Also reihte sich Kira ein, um sich einige der Häppchen auf einen winzigen Teller zu laden. Dabei tat sie so, als ob sie dem Gespräch der beiden Frauen folgte, die vor ihr in der Reihe standen.

Kapitel 6

Irritiert schob Jan sich durch die Leute. Schon von außen hatte er durch die Glasscheiben des Anbaus die unerwartet vielen Gäste bemerkt. Der feierliche Rahmen wurde noch verstärkt, als ein Kellner ihm ein Glas Sekt in die Hand drückte. Jan runzelte die Stirn. Er war im Dienst. Unauffällig stellte er das Glas auf einem Podest ab und hielt Ausschau nach Petrikov, der gerade eine kleine Begrüßungsrede gehalten hatte. Nun nahm ihn eine Traube Menschen in Beschlag, die mit ihm über ein Gemälde diskutierte. Der Künstler oder die Künstlerin hatte den Eiffelturm als geschmückten Weihnachtsbaum dargestellt. Interessant. Irgendwie.

Jan beschloss, den Museumsleiter noch ein bisschen in seiner Kunst schwelgen zu lassen, und ging zurück zum Eingang, um das Sicherheitspersonal auszufragen.

»Alles ruhig«, meinte einer der Männer achselzuckend. Er hatte ein gutmütiges Gesicht, und seine Weste spannte über dem Bauch.

»Werden Sie bei der Auktion auch Dienst haben?«, fragte Jan und war erleichtert, als der Mann den Kopf schüttelte. Die Sicherheitsfirma hatte heute wahrlich nicht ihre fittesten Kandidaten ins Rennen geschickt. Draußen erblickte Jan einen befreundeten Kollegen der örtlichen Polizei.

Er verabschiedete sich und ging hinaus.

»Servus Walter!«

»Ach, hallo Jan! Schön, dich zu sehen. Wie läuft's da drinnen?«

Jan blies geräuschvoll die Luft durch die geschlossenen Lippen. »Das weiß ich selbst nicht so genau. Petrikov hat für heute Nachmittag keine Veranstaltung angemeldet, nur ein Testessen.«

Der Kollege nahm die Mütze ab und kratzte sich am Kopf, während er seinen Blick durch die Glaswände des Münchner Louvre schweifen ließ. Er musste etwa zehn Jahre älter sein als Jan. Sein hellblondes Haar trug er stufig und kurz. Es verlieh ihm ein fast nordisches Aussehen, auch wenn er ein gebürtiger Münchner und kein Zugezogener war, wie er immer wieder betonte. Außerdem war Walter immer perfekt rasiert. Egal, bei welcher Gelegenheit oder zu welcher Tages- oder Nachtzeit Jan ihm begegnet war, nie hatte er nur den Schatten eines Stoppels in seinem Gesicht gesehen. Es war Jan ein völliges Rätsel, wie er das fertigbrachte.

»Diese Kunstmenschen machen scheinbar aus allem 'ne Party, was?«, murmelte Walter nachdenklich.

Jan lachte. »Ja, scheint so. Und wie läuft es bei euch? Alles klar soweit?«

»Klar ist alles klar«, sagte er grinsend und setzte die Mütze wieder auf. »Wir haben hier draußen alles im Griff. Kannst wieder reingehen, ehe dein Sekt warm wird!«

»Nur kein Neid!«, scherzte Jan und zwinkerte dem Kollegen zu. Dann wandte er sich ab und schlenderte zum Eingang des Museums zurück. Hinter der Fensterfront standen die Leute in kleinen Grüppchen zusammen, waren überwiegend schick angezogen. Doch ein rotes Kleid stach aus der dunklen Masse nicht heraus. Er hatte angenommen, diese Antonia würde noch im Museum beschäftigt sein, da sie bisher nicht die Zeit gefunden hatte, sich bei ihm zu melden. Er warf einen prüfenden Blick auf sein Handy.

»Herr Berger, wie schön, dass Sie es einrichten konnten!« Petrikov schälte sich aus einem Grüppchen und eilte geschäftig auf ihn zu.

»Ich hatte nicht so viele Leute erwartet. Sagten Sie nicht etwas von einer Verkostung?« Jan gab sich keine Mühe, seinen Ärger zu verbergen. Dieser Petrikov nervte ihn. War es wirklich so schwierig, sich an ein paar simple Absprachen zu halten?

»Das sind alles Interne und ein paar sehr enge Freunde des Hauses«, behauptete er und hob abwehrend die Hände. Jan legte den Kopf schief und schaute sich skeptisch um. Petrikov fuhr sogleich in beschwichtigendem Tonfall fort. »Ich dachte, es wäre eine schöne Geste, die Verkostung etwas auszudehnen und die Künstler dazu einzuladen. Sie sind schließlich der Grundstock der ganzen Veranstaltung, nicht wahr?«

Insgeheim musste Jan ihm recht geben, es war eine schöne Geste. Doch einmal angestachelt, ließ sich die schlechte Laune nicht sofort vertreiben. »Haben sich bezüglich des Abtransports der Stücke für Kopenhagen noch Änderungen ergeben?«

»Sie werden sich wunderbar machen in der dortigen Sonderausstellung. Am Samstagmorgen nach der Auktion gehen sie per Sicherheitstransport auf die Reise. Alles wie geplant.«

»Gut, ich werde hier sein und mich darum kümmern. Sie haben mit dem Event ja genug zu tun.«

Ein dankbares Lächeln huschte über Petrikovs Gesicht.

»Und haben Sie die fehlenden Unterlagen zu Ihren neuen Mitarbeitern?«

Das Lächeln erstarb. »Ähm ...«

»Mann, Petrikov!«, fuhr Jan ihn an.

»Entschuldigen Sie bitte, bei all dem Trubel ...«, stotterte Petrikov unbeholfen und knetete die fleischigen Hände.

»Ich entschuldige nicht.« Jan kam gefährlich nahe an den Museumsleiter heran. »Wenn Sie nicht zuarbeiten, kann ich dieses Kasperletheater jederzeit absagen.« Konnte er das? Jan war sich nicht sicher, doch seine Stimme verriet keinen Zweifel.

Petrikov reagierte wie ein verschrecktes Kaninchen. »Es tut mir leid. Sie können sich auf mich verlassen.«

»Kann ich das?«

»Natürlich!« Als wollte er seiner Bestätigung Nachdruck verleihen, nickte Petrikov ausgiebig. »Antonia ist auch hier. Wir gehen am besten gleich zu ihr und erledigen dieses leidige Thema.«

Antonia war doch hier? Jan ließ sich seine Überraschung nicht anmerken. »Das erledigt maximal die Hälfte des Problems. Oder treibt sich Ihr Nikolaus auch hier herum? Von dem weiß ich nicht einmal den Namen!«

»Alles gut, alles gut! Der Weihnachtsmann ist Antonias Bruder. Kommen Sie!« Damit watschelte Petrikov in die Mitte des Glasanbaus, vermutlich, um nach Antonia Ausschau zu halten. Plötzlich strahlte er quer durch den Raum, winkte und setzte sich in Bewegung. Sie passierten die Teufelsfratze und gingen bis ans Ende des *Münchner Louvre*.

»Im letzten Winkel hast du dich versteckt!«, rief Petrikov und Antonia machte ein ertapptes Gesicht. War sie ihnen womöglich wirklich aus dem Weg gegangen? Zumindest schien sie wenig erfreut zu sein, Jan wiederzusehen. Schade eigentlich.

»Nicht doch. Ich habe mir nur dieses außerordentliche Gemälde hier angesehen.« Jan starrte auf das farbenfrohe Etwas hinter ihr. Er hatte nicht die leiseste Ahnung, was es darstellen sollte. Fahrig strich Antonia sich eine Strähne hinters Ohr und ließ ihren Blick unstet durch den Raum wandern. Aber hätte Jan zu lange auf diese wirren Kleckse geschaut, würde es ihm vermutlich ähnlich ergehen.

Endlich lächelte sie. »Hallo Herr Berger, schön Sie zu sehen.«

Jan nahm ihre Hand. »Die Freude ist ganz auf meiner Seite. Und jetzt machen Sie mich bitte glücklich und weisen sich aus.«

Okay, als Charmeoffensive ging das nicht durch. Sie musste ihn für einen fürchterlichen Korinthenkacker halten. Tatsächlich huschte ein Schatten über ihr Gesicht und abrupt ließ sie seine Hand los. »Es tut mir leid. Ich konnte nicht ahnen, dass ich Sie hier treffen würde.«

Jan unterdrückte ein Seufzen. Grassl hatte jeden Einzelnen, der mit den *Winterzauber Museumstagen* in Verbindung stand, auf Herz und Nieren überprüft. Nur zwei Menschen waren für Jan übrig, und er war nicht in der Lage, diese kleine Restaufgabe zu erledigen. Das konnte doch nicht wahr sein!

Er musste ein äußerst grimmiges Gesicht aufgesetzt haben, denn Antonia machte eine schuldbewusste Miene, und Petrikov knetete überfordert seine haarigen Finger. »Sie bekommen die Ausweise morgen, versprochen! Nicht wahr, Antonia?«, versuchte der Museumsleiter, die Wogen zu glätten.

»Selbstverständlich!« Antonia lächelte ihn entwaffnend an. Ihre blauen Augen ließen ihn beinahe seinen Groll vergessen.

»Eigentlich war das Ganze hier als Verkostung geplant, oder?«, sagte sie plötzlich.

Petrikov nahm den Faden dankbar auf. »Genau, meine Liebe. Kommen Sie, Herr Berger, probieren Sie!« Und damit scheuchte er Jan in Richtung des Häppchentisches.

So leicht wollte er sich nicht geschlagen geben. Im Gehen zog Jan sein Handy aus der Tasche und schickte das Foto, das er am Vormittag von Antonia geschossen hatte, an Rüdiger. Sein Bekannter beim BKA war pflichtbewusst und immer im Dienst, bestimmt auch an Weihnachten. Der sollte das Bild schnellstens durch die Datenbank schicken. Sicher war sicher.

Als er die Mail abgeschickt hatte, entspannte er sich etwas.

»Sie haben wohl nie frei, was?«, fragte Antonia mit vorwurfsvollem Blick auf sein Handy.

Er lächelte entschuldigend und steckte es weg.

»Und Sie? Sind Sie zum Vergnügen hier?«, fragte er zurück.

»Teils, teils.« Ihr Blick wanderte über die angeblich essbaren, filigranen Kunstwerke auf dem Buffettisch. »Wenn ich mir das so anschaue, dann wohl eher nicht. Obwohl die Häppchen besser schmecken als erwartet.«

Jan lachte auf. Wenn sie ihm nicht gerade die Zuarbeit verweigerte, war Antonia durchaus nach seinem Geschmack.

»Was hätten Sie denn lieber?«, wollte er wissen.

»Pizza!«, kam die prompte Antwort.

»Ihre Wahl gefällt mir.« Sie grinsten sich an. Das Eis schien gebrochen zu sein.

Plötzlich zeterte eine schrille Frauenstimme hinter Jan: »Das darf doch nicht wahr sein! Wer hat es gewagt, mein Kunstwerk als Ablage zu missbrauchen!?«

Verwundert drehte Jan sich um, und auch alle anderen Augen im Raum wanderten zu der Gestalt, deren pinker Poncho ebenso schrill war wie ihre Stimme. Mit angewidertem Gesichtsausdruck hob die Künstlerin das Sektglas hoch, das Jan vorhin dort abgestellt hatte. Erst jetzt fiel ihm auf, dass dieses vermeintliche Podest einen abgesägten Baumstamm darstellte, dessen Rinde silbrig glitzerte. An einer Seite ragte ein menschlich anmutender Zeigefinger aus dem Stamm hervor, an dem eine einzelne Glaskugel hing. Das war dann wohl Kunst. Jan schluckte trocken und biss sich auf die Unterlippe.

Plötzlich spürte er eine Hand an seiner Schulter. Antonia beugte sich so dicht an ihn heran, dass er ihr Parfum riechen konnte. Ihr Haar kitzelte ihn leicht an der Wange.

»Sie sind mir nicht mehr böse, dass ich meinen Ausweis vergessen habe, und ich verrate dem pinken Weihnachtsgrinch nicht, wer das Kunstwerk entweiht hat«, flüsterte sie ihm ins Ohr. Als er sie anblickte, grinste sie ihn schelmisch an. Auch er musste grinsen.

»Abgemacht«, flüsterte er.

Auf diesen Schreck hin machten sie sich über die Häppchen her, während Petrikov alle Hände voll zu tun hatte, die aufgebrachte Künstlerin zu beruhigen. Dafür, dass man keine Ahnung hatte, was man sich in den Mund steckte, schmeckte es erstaunlich lecker. Vielleicht lag das teilweise am Überraschungseffekt. Oder an der netten Gesellschaft.

Antonia fragte ihn ein bisschen über sich aus und erzählte, dass sie Kunstgeschichte studiere. Scheinbar hatte er mit seiner ersten Vermutung, sie würde nicht in ein Museum passen, falschgelegen.

Schließlich trank sie demonstrativ ihr Glas leer und machte Anstalten, sich zu verabschieden. Das war seine

Chance. Jan folgte ihr bis zur Garderobe, half ihr in den Mantel und sagte dann: »Ich werde Sie nach Hause begleiten.«

»Was? Wieso das denn?« Antonia schien von seiner Idee wenig angetan.

»Wieso nicht? Man hat nicht alle Tage polizeilichen Geleitschutz auf dem Nachhauseweg, oder?«

Sie wirkte weiterhin skeptisch. Dachte sie etwa, er wolle ihr an die Wäsche? Abwehrend hob Jan die Hände.

»Keine Bange, von mir geht keine Gefahr aus«, sagte er lachend. »Ich will mir nur Ihre Papiere ansehen, und die Adresse kann ich mir dann auch gleich notieren. Morgen, einen Tag vor Heiligabend, werden Sie wohl Besseres zu tun haben, als sich mit diesen leidigen Formalitäten zu beschäftigen, oder?«

Einen Moment zögerte sie, als ob sie über eine Möglichkeit nachdachte, ihn noch abzuwimmeln. Schließlich nickte sie, und sie verabschiedeten sich von Petrikov.

Der bedauerte wortreich, dass Antonia schon nach Hause wollte.

»Dann musst du aber auf jeden Fall morgen zu unserer Weihnachtsfeier kommen!« Er ergriff ihre Hand und schien sie erst loslassen zu wollen, wenn sie zustimmte. Antonia wirkte überrumpelt und entzog sich ihm, was Jan innerlich grinsen ließ.

»Ja, ich komme gerne.« Ihr schmeichelnder Tonfall wollte nicht zu ihrem abweisenden Gesichtsausdruck passen. Jan hatte das Gefühl, sie hätte Petrikov in diesem Moment alles versprochen, nur um wegzukommen.

Dann wanderte Petrikovs Blick zu ihm. »Sie brechen auch auf?«, fragte er sachlich, fast geschäftsmäßig. Sein Abschied schien ihm wesentlich weniger auszumachen.

»Ja, ich begleite Antonia nach Hause.« Jan hatte den

Satz unüberlegt ausgesprochen, umso interessanter war seine Wirkung auf Petrikov. Seine Miene verfinsterte sich, während er die buschigen Augenbrauen zusammenzog. War er etwa eifersüchtig? Dass er Antonia anhimmelte wie einen leibhaftigen Engel, konnte niemandem im Museum entgangen sein.

»Warum das denn?«, blaffte er ungehalten. Jan würde ihm nicht auf die Nase binden, dass der Grund das leidige Ausweisthema war. Dafür genoss er es viel zu sehr, wie Petrikovs Blick düster und unstet zwischen Antonia und ihm hin- und herwechselte.

»Warum nicht?«, sagte er nur und zuckte grinsend mit den Schultern. Er spürte Antonias irritierten Blick. Gleich würde sie vermutlich die angespannte Situation auflösen. Er hörte, wie sie Luft holte, um zu einer Erklärung anzusetzen, da änderte sich Petrikovs Miene plötzlich. Freundschaftlich tätschelte er Jan den Arm.

»Aber lieber Herr Berger«, säuselte er, »ich wollte Ihnen noch Katharina vorstellen. Sie ist eine außerordentliche Künstlerin, und sicherlich sind nicht nur ihre Werke nach Ihrem Geschmack.«

Er zwinkerte Jan verschwörerisch zu. Was sollte das denn jetzt? Hatte Petrikov irgendeine Identitätsstörung? Nun war es an Jan, irritiert dreinzuschauen.

»Sehr freundlich von Ihnen, aber das müssen wir verschieben«, sagte er verwundert und verließ mit Antonia die Glashalle.

Draußen schlug ihnen kalte Luft entgegen. Jan klappte den Kragen seines Mantels hoch und nickte Walter kurz zu, der noch immer seine Runden auf dem Vorplatz drehte. Der Wachmann grinste über das ganze Gesicht und warf einen anzüglichen Blick auf Antonia. Was er sich wohl zusammenreimte ... Jan wollte es gar nicht wissen. Geflissentlich ignorierte er den Kollegen.

»Wohin?«, fragte er stattdessen.

Antonia hatte die Hände in den Taschen ihres Mantels vergraben. Mit dem Kopf nickte sie nach links. »Da rüber. Es ist nicht weit.«

Eine Weile gingen sie schweigend nebeneinander. Beinahe plagte Jan ein schlechtes Gewissen, dass er sich so aufgedrängt hatte.

Antonia hob den Kopf und saugte die Winterluft ein. »Es riecht nach Schnee«, stellte sie fest.

»Ja, das Gefühl habe ich auch. Bisher lässt er uns jedoch vergebens warten.«

»Weiße Weihnachten brauche ich nicht unbedingt«, sagte sie. »Aber zwischen den Jahren will ich zum Boarden zum Brauneck.« Antonia gefiel ihm immer besser.

»Pizza, Snowboard – Sie sind ja eine richtige Traumfrau!«

Sie lachte ihr glockenhelles Lachen und zog einen Schlüssel aus der Manteltasche. Das Haus, dessen Tür sie aufsperrte, war in die Jahre gekommen, wirkte jedoch gepflegt. Jan warf einen Blick auf die Klingelschilder: Mayer und Swoboda. Das Mittlere war leer.

Antonia hatte sich definitiv nicht als Frau Mayer vorgestellt. Swoboda war es auch nicht gewesen, oder? Jan blieb still, wollte er doch sein Image als Korinthenkacker nicht weiter ausbauen. Er würde die Adresse im Nachgang ohnehin überprüfen.

Wie erwartet stoppte Antonia im ersten Stock. Auch hier war nirgends ein Name angeschrieben.

Umständlich steckte sie den Schlüssel ins Schloss. Plötzlich wirkte sie nervös. Alle Souveränität schien beim Betreten des Gebäudes von ihr abgefallen zu sein.

Wieder fühlte Jan sich unwohl, dass er sich aufgedrängt hatte. Brachte er sie womöglich in Schwierigkeiten? Wartete hinter dieser Tür ein eifersüchtiger Ehemann, der ihr die Hölle heißmachte, wenn sie in Begleitung nach Hause kam?

Sie öffnete die Tür einen Spalt breit.

»Sascha, Bruderherz! Komm bitte her, wir haben Besuch!«, rief sie laut in die Wohnung hinein. Abwartend blieb sie stehen und lauschte. Die Beziehung zu ihrem Bruder schien recht angespannt zu sein, was so gar nicht zu der liebevollen Anrede passen wollte.

»Sascha, Bruderherz!«, rief sie wieder und ging einen Schritt in den Wohnungsflur hinein. Jan folgte ihr zögerlich. Da öffnete sich eine Tür und besagtes Bruderherz tauchte auf. Der Mann lächelte gezwungen. Jan erkannte ihn sofort. Es war derselbe, der sie vor dem Museum abgeholt hatte. Das war also ihr Bruder gewesen, kein Ehemann. Soweit so gut.

»Das ist Herr Berger von der Polizei«, erklärte Antonia. »Er braucht unsere Ausweise, da wir bei den Museumstagen mitarbeiten.«

Sascha legte die Handflächen aneinander, eine Geste, die wohl Bedauern ausdrücken sollte. In seinen Zügen las Jan eher Wachsamkeit. Aus irgendeinem Grund schien Sascha ihn nicht leiden zu können. War er womöglich einer dieser überbesorgten, großen Brüder, die ihre Schwester von allen männlichen Wesen abschirmten?

»Das tut mir leid, dass Sie den Weg umsonst auf sich genommen haben, Herr Berger.« Jan traute seinen Ohren nicht. Was war denn nun wieder?

»Antonia, die Ausweise sind in deinem Rucksack, den wir bei Oma vergessen haben.«

Ja, wollten ihn denn hier alle verarschen?!

Kapitel 7

»Verdammt, Kira, wieso hast du diesen Kerl hergebracht? Das wäre beinahe vollkommen aus dem Ruder gelaufen! Nicht auszudenken, wenn er unsere Unterlagen gesehen hätte.« Völlig außer sich lief Niklas im Wohnzimmer auf und ab, bis er schließlich nach seinem Handy griff. »Wir sollten Sandmann und Frikadelle informieren.«

Nachdem sie Jan davon überzeugt hatten, dass die Ausweise nicht in der Wohnung waren, hatte er nur darauf bestanden, dass sie die Ausweise bitte am nächsten Tag nachreichen sollten.

Da Niklas sich wie ein unüberwindbarer Türsteher vor dem Wohnzimmer aufgebaut hatte, hatte Jan sich schnell verabschiedet.

»Ich hatte keine andere Wahl. Was hätte ich denn machen sollen?«, rechtfertigte sich Kira.

Niklas schüttelte grimmig den Kopf und legte das Handy auf den Tisch, nachdem er die Lautsprechertaste gedrückt hatte.

»Was?«, fragte eine dunkle Männerstimme. Es war die von Sandmann, der ein wenig wie ein Reibeisen klang, was so gar nicht zu seinem Äußeren passte. Der Mann war klein und zierlich, hörte sich jedoch an, als wäre er ein Koloss.

»Statusupdate«, kündigte Niklas kurz an. »Warte noch

einen Moment, ich füge Frikadelle hinzu. Sirene ist bei mir.«

»Ja?«, meldete sich nun auch Frikadelles Stimme aus dem Smartphone.

»Hier ist Trojaner. Es gibt einige neue Entwicklungen.« Er sah kurz zu Kira, die sich auf einen der Esszimmerstühle niederließ. »Sirene ist auch hier. Sie hat den neuen Bullen am Hals, der nicht lockerlässt und immer wieder nach unseren Ausweisen verlangt.«

»Gebt ihm doch die gefälschten«, murrte Frikadelle aus dem Telefon.

»Das LKA bemerkt sofort, dass die nicht echt sind! Für Petrikov hätten sie allemal gereicht, aber bei Berger ist das viel zu riskant«, entgegnete Niklas gereizt. »Sandmann, kannst du uns welche besorgen, die der Untersuchung beim LKA standhalten?«

Sandmann lachte heiser auf. »Nicht in so kurzer Zeit. Was ist mit denen, die ihr habt? Macht ihm eine Kopie, das muss reichen. Das hättet ihr gleich tun sollen, dann hätte der Bulle sich nicht festgebissen.«

Kira räusperte sich und wartete Niklas' zustimmendes Nicken ab, bevor sie sprach. »Der Kerl ist verdammt hartnäckig und glaubt, wir haben die Ausweise bei unserer Großmutter in der Stadt. Ihm würde ich zutrauen, persönlich zu ihr zu gehen.«

»Versucht es doch einfach«, mischte sich Frikadelle ein. »Oder soll ich mich um ihn kümmern? Mit Glück fällt es keinem auf und die Bullen denken, er hätte bloß sein Handy verlegt. Über die Feiertage ist er bestimmt nicht im Büro.«

»Nein! Keine Gewalt!«, rutschte es Kira etwas zu schnell und zu laut heraus. »Das hatten wir so nicht abgemacht ... Und wenn es doch auffällt, dann haben wir gleich mehrere Probleme. Die Polizei wird die Veranstaltung abblasen, wenn ihr leitendender Ermittler plötzlich spurlos verschwindet.«

»Ist ja gut, beruhig dich, Sirene.«

»Wir werden es mit den Kopien der Ausweise versuchen müssen«, beschloss Niklas nachdenklich und wechselte glücklicherweise das Thema. »Sirene ist am Direktor dran. Sie wird ihn morgen um den Finger wickeln.« Er warf ihr einen fragenden Blick zu und deutete auf das Telefon.

»Ja, morgen findet eine Weihnachtsfeier statt. Ich treffe mich mit ihm zuvor in seinem Büro im Museum. Für meinen Plan brauche ich aber Frikadelles Hilfe.«

Am nächsten Nachmittag, bevor die Weihnachtsfeier steigen sollte, machte Kira sich auf den Weg zum Museum. Ihre Masche, dass sie einen furchtbar schlechten Orientierungssinn hätte und das Restaurant, in dem die Feier stattfand, niemals allein finden würde, hatte gewirkt. Männer wie Petrikov standen auf hilflose Frauen, die sie beschützen konnten. Daher auch der Treffpunkt im Museum. Sie hatte eine große blaue Plastiktasche dabei, die sie über einer Schulter trug und sprach sich in Gedanken Mut zu. Der Plan war einfach super, und wenn sie es clever genug anstellte, dann würde Petrikov nichts merken.

Es würde schon alles klappen.

Als sie die Eingangstür erreichte, atmete sie tief durch. Petrikov wusste, dass sie noch etwas vorbeibringen wollte, weshalb sie das Treffen mit einem kleinen Zeitpuffer eingeplant hatten. Der Museumsdirektor wartete im Eingangsbereich auf sie und kam lächelnd mit seinem dicken Schlüsselbund auf die Glasfront zugeeilt, um ihr aufzuschließen.

»Puh, ist das kalt geworden«, brachte Kira das Gespräch in Gang und trat an ihm vorbei, damit er hinter ihr absperren konnte. »Kann ich die Sachen in deinem Büro abstellen?«

»Warum denn im Büro? Reicht es nicht hier? Ich werde Freitag der Erste sein, der hier ankommt und kann die Tasche gleich mit raufnehmen.«

Kira lächelte verlegen, während sie die Tasche von ihrer Schulter gleiten ließ. »Das geht leider nicht ...«

Bevor Petrikov nachfragen konnte, zog Kira ihren Mantel aus und zeigte ihm, warum sie noch hinauf wollte.

»Hier unten ist es viel zu kalt, um mich umzuziehen.« Mit einem kecken Lächeln warf sie den Mantel zu der Tasche auf den Boden und drehte sich in ihrem kurzen weißen Engelskleidchen einmal um die eigene Achse. »Aber ich wollte dir unbedingt mein Kostüm zeigen.«

»Ohh! Jaa, ich verstehe!« Sein Lächeln wurde zu einem Grinsen, er nahm Kiras Tasche und lief schnurstracks auf den Aufzug zu. Das war ja einfacher als gedacht. Petrikov hielt seine Schlüsselkarte vor das Control Panel, und die Tür schob sich mit einem leisen Summen auf.

Kira trat nach ihm ein und mit einem Schlag wurde ihr bewusst, wonach ihre Show aussah. Petrikovs Gesichtsausdruck verriet, was er dachte, es fehlte nicht viel, und er hätte gesabbert. Großer Gott, ihr Plan war doch nicht gewesen, den Kerl wirklich zu verführen, selbst wenn Niklas das von ihr erwartete. Ihn ein wenig wuschig machen, aber mehr nicht, das hätte völlig gereicht. Sie wollte nur einen Grund haben, um in sein Büro zu gehen. Und zwar allein.

Der Aufzug raste geradezu nach oben, zumindest kam Kira es so vor, denn ihr Herz überschlug sich bei dem Gedanken, von Petrikov angefasst zu werden. Sie durfte jetzt keinen Fehler machen. Noch war sie nicht allein in seinem Büro. Allein mit seinem Schlüssel.

Mit einem Unheil verkündenden *Ping* hielt der Aufzug und Kira trat in den Flur. Sie durfte bloß nicht panisch reagieren. Ganz ruhig, tief einatmen. Sie durfte ihm keine direkte Abfuhr erteilen, musste behutsam vorgehen, um ihn ohne Schlüsselbund aus dem Büro zu verbannen. Der Bund, der leise zwischen seinen Fingern klapperte. Seine Hände brauchten mehrere Anläufe, um das Schloss aufzubekommen, Petrikov war anscheinend noch nervöser als Kira. Sie schob die Gedanken an seinen nackten, vermutlich viel zu behaarten Körper zur Seite. *Denk an was Schönes*, befahl sie sich, als sie ihm in das Büro folgte. Vermutlich war es eine alte Gewohnheit, dass Petrikov seine Schlüssel in die Tasche seines Mantels gleiten ließ. Etwas ratlos stand er vor der nun geschlossenen Tür, bevor er Kira einen anzüglichen Blick zuwarf, seinen Mantel auszog und samt Schlüsselbund über einen Stuhl warf. Dann kam er, sich die Lippen leckend, auf sie zu.

»Antonia, ich kann dir gar nicht sagen, wie froh ich bin, dir begegnet zu sein.«

Ein Schwall seines Altherrenparfüms stieg ihr in die Nase. Unwillkürlich wich sie vor ihm zurück, die Hände erhoben, um ihn auf Abstand zu halten. »Aber Alexander, du willst doch nicht jetzt schon ...« Sie schnalzte mit der Zunge und schob ihn Richtung Tür. »Nicht vor der Feier. Weißt du, wie lange ich für diese Frisur gebraucht habe?«

»Ähm«, brachte Petrikov sichtlich überrascht hervor und ergriff ihre Hände. »Ich bin auch ganz vorsichtig«, raunte er ihr entgegen, Kira schüttelte allerdings entschieden den Kopf.

»So geht das nicht, mein Lieber. Erst die Arbeit, dann das Vergnügen. Husch, husch, ich muss mich umziehen, sonst kommen wir zu spät zu deiner Feier. Wie sieht das denn aus?«

»Aber …«, versuchte er zu protestieren, gab jedoch schnell auf, vermutlich weil sie ihm indirekt versprochen hatte, dass nach der Feier etwas laufen würde. Kira schob ihn aus dem Büro und schloss schnell die Tür von innen. Ein Schauer lief ihr über den Rücken. Sie musste sich unbedingt etwas einfallen lassen, ehe Petrikov sie darauf festnagelte.

Erleichtert, dass sie den ersten Schritt geschafft hatte, atmete sie aus und konzentrierte sich auf das Positive. Jetzt musste sie sich beeilen, umziehen und einen Abdruck von dem Schlüssel machen.

Mit eiskalten, zittrigen Fingern suchte sie nach dem Schlüsselbund in Petrikovs Mantel, zog ihn heraus und lief zu ihrer Tasche, die der Museumsdirektor neben dem Schreibtisch abgestellt hatte. Zum Glück baumelte nur ein Sicherheitsschlüssel am Bund. Mit einem schnellen Handgriff zog sie das vorbereitete Kästchen heraus, öffnete es und drückte den Schlüssel von beiden Seiten in das weiche Material, um einen deutlichen Abdruck zu hinterlassen. Danach lief sie zum Fenster und blickte nach draußen.

Eine Gestalt lief an der Straße entlang, doch nein, das konnte nicht Frikadelle sein, denn der Mann trug eine Uniform. Das war ein Polizist, so ein Mist. So lange der hier herumstreifte, konnte sie das Kästchen nicht aus dem Fenster werfen. Nun gut, sie konnte die Zeit sinnvoll nutzen. Das Engelskleid war schnell ausgezogen, als es vorsichtig klopfte.

»Bist du fertig?«, fragte Petrikov durch die geschlossene Tür.

»Kleinen Moment noch, ich bin an einem Ohrring hängen geblieben.«

»Soll ich dir helfen?«

Kira griff nach dem blauen Cocktailkleid, streifte es sich über und rief dabei hektisch: »Nein! Ich hab's schon. Bin gleich soweit.«

Er sollte bloß nicht hereinkommen, sonst würde er noch merken, dass etwas nicht stimmte.

Wieder eilte sie zum Fenster, mittlerweile war der Streifenpolizist verschwunden. Stattdessen stand eine breite, unauffällig gekleidete Person unten im Hof. Frikadelle. Kira öffnete das Fenster, blickte abschätzend nach unten und wartete, bis Frikadelle näherkam. Dieser deutete ihr an zu werfen, im gleichen Augenblick klopfte Petrikov erneut. Seine Stimme klang ungeduldig.

»Bist du sicher, dass du es allein schaffst?«

Vor Schreck ließ Kira das Kästchen fallen, das mit einem dumpfen Aufprall in einem Müllcontainer landete. Frikadelles Fluch hallte bis zu ihr hinauf.

»Keine Sorge«, rief sie, doch Petrikov trat zur Tür hinein, gerade, als sie das Fenster schloss.

»Ist alles in Ordnung?«, fragte er besorgt nach.

Kira winkte lächelnd ab. »Alles gut. Ich habe nur etwas Kopfschmerzen und dachte, ein wenig frische Luft würde mir guttun. Lass uns gehen.«

Unauffällig griff sie nach dem Schlüsselbund, der noch auf dem Schreibtisch lag, während Petrikov sich seinen Mantel überzog. Sie selbst legte ihren Mantel über die Hand, die seine Schlüssel trug. Bevor er diesen suchen konnte, beugte sie sich nah an ihn heran, gab ihm einen Kuss auf die Wange, sein Bart pikste unangenehm. Dabei ließ sie den Schlüsselbund zurück in seine Tasche gleiten. »Danke!«

»Wofür?«, fragte er irritiert, aber lächelnd nach.

»Für alles. Dass ich dabei sein darf, das Museum zu retten, und so viel Zeit an deiner Seite verbringen kann.« Hoffentlich war das nicht zu dick aufgetragen.

Petrikov störte sich daran nicht, er reagierte eher geschmeichelt. »Ich weiß schon, wie du dich später revanchieren kannst.«

»Ach du ...« Gespielt empört schlug sie ihm sanft gegen den Arm und lief in den Flur. »Wir sollten jetzt los, damit wir nicht zu spät kommen.«

Kapitel 8

Jan streckte sich in seinem Schreibtischstuhl und gähnte ausgiebig. Die *Winterzauber Museumstage* waren dank Grassls Vorbereitungen alles andere als ein stressiger Job. Und weitere Themen lohnte es sich kaum, in Angriff zu nehmen, da er erst wieder Zuarbeit bekäme, wenn die Weihnachtstage vorbei waren. Das Stockwerk war nun, einen Tag vor Heiligabend, bereits völlig verwaist. Nur Helena war da. Sie trug stets einwandfrei gestärkte Blusen mit Stehkragen und gab sich auch sonst recht zugeknöpft. Kein Wunder also, dass sie von allen die »fromme Helene« genannt wurde. Auf ihre Gesellschaft konnte Jan gut verzichten. Trotzdem war er froh, dass sie da war. So war die Kaffeekanne wenigstens immer voll. Denn Kaffee schien ihre einzige Leidenschaft zu sein.

Wenn er sich jetzt noch eine Tasse holte, würde er heute Nacht kein Auge zutun. Stattdessen klingelte er bei Rüdiger durch. Bisher hatte er keine Antwort auf seine Fotoanfrage bekommen, obwohl er die Mail mit höchster Priorität gesendet und mit vielen Ausrufezeichen versehen hatte. Es klingelte und klingelte. Keiner ging ans Telefon. Sollte er doch Urlaub genommen haben, hielt man es beim BKA mit der Vertreterregelung nicht so genau. Das hätte er sich denken können.

Jan schnaubte. Er würde es so lange versuchen, bis jemand abhob. Etwas anderes hatte er sowieso nicht zu tun.

Es dauerte knapp eine Viertelstunde, bis sich die Stimme einer Frau meldete, die verschlafen und träge klang.

»Na endlich!«, rief Jan zur Begrüßung in den Hörer. »Hier ist Jan Berger vom BLKA. Rüdiger Kling ist nicht da, oder?«

»Nein, der hat Urlaub.«

»Wer ist seine Vertretung?«

Schweigen. Dann ein Seufzen. Die Dame hatte offensichtlich keine Lust ihm weiterzuhelfen.

»Sie also, verstehe ich das richtig?«

»Ja, schon.«

»Warum beantworten Sie dann meine Mail nicht?«, hakte Jan nach.

»Hören Sie, Herr Berger vom BLKA, ich bin allein hier. Nur die allerdringendsten Sachen werden bearbeitet.«

»Deshalb wundere ich mich, dass Sie meine Mail nicht beantworten, denn es *ist* dringend«, gab Jan zurück. »Öffnen Sie bitte Rüdigers Postfach. Es ist die Nachricht mit den vielen Ausrufezeichen.«

»Ist ja gut. Ich schau es mir an«, gab sie endlich nach.

»Das will ich hoffen.« Damit legte Jan auf.

Im Grunde konnte er der Frau kaum böse sein. Er hatte auch keinen Blick in die Mails seiner Kollegen geworfen. Wenn es dringend war, rief man ohnehin an, wie er soeben bewiesen hatte.

Auf einmal schrillte das Telefon. Fast dachte er, Rüdigers Vertretung wäre aus ihrer Lethargie ins andere Extrem gefallen und hätte seine Anfrage in Sekundenschnelle bearbeitet. Am Apparat war jedoch eine Männerstimme. Es war Herr Mattes, der Chef des Sicherheitsdienstes, der den Transport der Kunstwerke nach Kopenhagen übernehmen sollte. Das russische Museum würde nach dem Winterzauber-Event bis zur Neueröffnung Mitte Februar geschlossen haben. Und die Kopenhagener zahlten ein hübsches Sümmchen, um die Stücke in ihrer Sonderausstellung zu zeigen.

»Hallo Herr Berger, Sie sind ja noch im Büro. Ich hatte gar nicht erwartet, Sie zu erreichen.«

»Ja, in den nächsten Tagen werde ich im Museum sein, aber alle Anrufe werden an mein Handy weitergeleitet.« Jan gab ihm dennoch die Nummer durch, nur zur Sicherheit. »Was kann ich denn für Sie tun?«, fragte er dann.

»Es geht um den Transport nach Kopenhagen. Herr Petrikov möchte die Dienstleistung ausweiten.«

»Ausweiten? Was meinen Sie damit?« Schon spürte Jan, wie sich Spannung in seinem Körper aufbaute. Was hatte Petrikov nun wieder ausgeheckt?

»Ja, er meint, wir sollen am Samstag lieber mit einem großen Transporter kommen, und dann die versteigerten Kunstwerke, die auch Richtung Norden müssen, gleich mitnehmen.«

»Wie bitte? Das ist nicht Ihr Ernst.« Jan bemühte sich, ruhig zu bleiben. Der Sicherheitsmann konnte schließlich nichts dafür.

»Er meinte, das wäre eine schöne Geste gegenüber den Käufern, wenn ihnen der Transport abgenommen wird.« Petrikov mit seinen schönen Gesten. Oh, Mann.

»Das kommt überhaupt nicht infrage«, beschloss Jan. »Wir hatten besprochen, dass es für die Eier am sichersten ist, das inkognito zu machen. Ich möchte, dass wir beim Geheimtransport im gesicherten Koffer bleiben.«

»Das dachte ich mir schon. Deshalb habe ich Sie gleich angerufen.« Jan meinte, ein Grinsen durch die Leitung zu hören.

»Das weiß ich zu schätzen. Vielen Dank dafür«, sagte

Jan. Petrikovs *schöne Gesten* hatten ihren Ruf wohl selbst bei der Sicherheitsfirma weg. Auch wenn die seine Alleingänge scheinbar mit mehr Humor nahmen als Jan.

»Gerne. Ich wünsche Ihnen noch eine gute Zeit. Wir sehen uns dann übermorgen.«

»Alles klar, bis dann!«

Kaum hatte Jan aufgelegt, wählte er schon Petrikovs Nummer. Er musste dem Kerl ordentlich die Leviten lesen, ehe er weitere dumme Ideen ausbrütete. Natürlich hob er nicht ab. Jan warf einen prüfenden Blick auf seine Armbanduhr. Vermutlich war Petrikov längst unterwegs. Schließlich stand am heutigen Abend seine Weihnachtsfeier auf dem Plan. Jan war dabei gewesen, als er Antonia dazu in die *Bodega Dali* eingeladen hatte. Allerdings war das spanische Restaurant nur drei U-Bahnstationen vom LKA entfernt. Zu Fuß würde Jan eine halbe Stunde brauchen, und die Winterluft würde ihm nach dem Nachmittag im Büro sicherlich guttun. Kurzentschlossen fuhr er den Computer herunter und schlüpfte in seinen Mantel. Der Gedanke an den Spaziergang durch die Stadt und vor allem die Vorfreude darauf, Petrikov den Kopf zu waschen, ließen ihn grinsen.

Schnellen Schrittes verließ Jan das Gelände des BLKA und trat hinaus in den Winterabend. Die Windschutzscheiben der umstehenden Autos waren bereits vereist. Er schlug den Kragen hoch und zog sich seine Handschuhe über.

Jan mochte die Stadt. Zwar liebte er es, zum Boarden oder Klettern aufs Land zu fahren, doch lebte er gern im dynamischen und vollen München. Er schlenderte die breite Nymphenburger Straße entlang und ließ die bunten Lichter und das Rauschen des Verkehrs auf sich wirken.

Es beruhigte ihn. Wenn er nicht aufpasste, wäre sein Ärger bereits verpufft, bevor er bei der *Bodega Dali* ankam.

Vor dem Kino standen ein paar Grüppchen Jugendlicher. Es war so kalt, dass man die Raucher nicht von den Nichtrauchern unterscheiden konnte. Sie alle bliesen helle Wolken in die dunkle, kalte Winterluft.

Als er Richtung Norden abbog, wurde es etwas stiller. Zumindest Autos fuhren hier weniger, dafür waren mehr Menschen unterwegs. Die eine Hälfte von ihnen wirkte gehetzt, die andere lachte und scherzte. Jan vermutete, dass die erste Gruppe wohl von der Arbeit kam oder dabei war, letzte Besorgungen für Weihnachten zu machen, während die anderen ausgingen und Freunde trafen. Zu welcher dieser Gruppen gehörte er selbst? Er kam von der Arbeit, doch Petrikov war sicherlich nicht sein Freund. Aber gegen einen Drink mit Antonia hätte er nichts einzuwenden. Vielleicht würde er sogar seine Korinthenkackerei zurückfahren und nicht auf ihren fehlenden Papieren herumreiten. Schließlich hatte er ihre Überprüfung bereits angestoßen. Ihre Wohnung hatte sich wie erwartet als eine kurzfristige Bleibe herausgestellt. Wahrscheinlich waren sie und ihr Bruder wegen der Feiertage nach München gekommen, um die Oma zu besuchen. Was wohl mit Antonias Eltern geschehen war? Ein Kloß bildete sich in seinem Hals bei dem Gedanken daran, welchen Verlust sie erlitten haben mochte.

Die *Bodega Dali* war im Kellergeschoss eines hübschen, lachsfarbenen Eckhauses untergebracht. Verzierte Kacheln über der Eingangstür unterstrichen das mediterrane Flair und das Erste, was man sah, war ein gut gefüllter Getränkekühlschrank, durch dessen Glasfront verschiedene Riojas den Besuchern zuzwinkerten. Die spanische

Weinschenke empfing ihn mit Wärme, goldenem Licht und Knoblauchduft. Hier ließ es sich aushalten. Jan hätte Petrikov kein so gutes Händchen bei der Wahl des Lokals zugetraut. Wahrscheinlich hatte die Empfangsdame es ausgesucht und gebucht, weil Petrikov die Weihnachtsfeier völlig verschusselt hatte.

Als er die Stufen nach unten ging, hörte er schon verschiedene Stimmen und das Klappern von Geschirr. Eine Bedienung wollte ihn mit den Worten »geschlossene Gesellschaft« abwimmeln. Als er ihr jedoch seinen Ausweis unter die Nase hielt, verkrümelte sich die Frau so schnell, wie sie aufgetaucht war.

Petrikov thronte inmitten seiner Jünger, hielt ein halb volles Rotweinglas in der Hand und schwadronierte über Zusammenhalt und Neubeginn. Mit vor der Brust verschränkten Armen lehnte Jan sich an einen rustikalen Torbogen. Er hatte sich nicht vorstellen können, wie die Mitarbeiter eines kleinen Museums ein Lokal füllen konnten. Selbst wenn jeder einen Tisch für sich allein beansprucht hätte, wäre nur ein Drittel des Raumes besetzt gewesen. Doch als Jan die farbenfrohe Künstlerin erblickte, die er mit seinem Sektglas auf ihrem Baumstumpf fast aus der Fassung gebracht hatte, dämmerte ihm, dass wieder alle Wettbewerbsteilnehmer dabei waren. Das gefiel Petrikov, inmitten einer großen Künstlerfamilie war er in seinem Element.

Als der Museumsleiter Jan erblickte, schienen ihm die Gesichtszüge trotz ihrer wohligen Rötung plötzlich einzufrieren. Die *Sympathie* war durchaus beiderseitig. Jan quittierte seine Reaktion mit einem süffisanten Lächeln und nickte ihm zur Begrüßung zu.

Petrikov schien aus dem Konzept gebracht, hob sein Glas und prostete allen zu. Dann watschelte er mit fragendem Blick zu Jan. »Herr Berger! Was kann ich für Sie tun? Sie sind doch nicht etwa noch immer im Dienst?«

»Nein, bin ich nicht. Aber mit besonderen Härtefällen muss ich mich auch in meiner Freizeit beschäftigen.« Er fasste Petrikov am Ellbogen und schob ihn in den Treppenaufgang. So viel Taktgefühl, dass er den Museumspapa nicht vor seiner Künstlerfamilie bloßstellte, besaß er gerade noch.

»Was ist denn, gibt es Probleme?« Petrikov schien ehrlich besorgt.

»Nicht wirklich«, gab Jan zurück. »Herr Mattes hat mich vorhin angerufen.«

»Wer?«

Jan unterdrückte mühsam den Impuls, die Augen zur Decke zu verdrehen. »Der Chef der Sicherheitsfirma, die die Farbergé-Eier nach Kopenhagen bringt.«

»Ah.« Falls Petrikov erkannte, worauf dieses Gespräch hinauslaufen sollte, so verbarg er es oscarverdächtig gut.

»Wir bringen die Stücke per Geheimkurier nach Kopenhagen. Es wird keinen großen Transporter geben und irgendwelche schönen Gesten für Ihre Käufer schon gar nicht!«

Endlich zeichnete sich auf Petrikovs Gesicht ab, dass er verstand, worauf Jan hinauswollte. Hinnehmen wollte er es jedoch nicht.

»Kann man das nicht ändern? Solche Vereinbarungen sind bestimmt nicht in Stein gemeißelt.« Plötzlich klang er wie ein trotziges Kind – zugegeben, ein trotziges Kind mit einem ungewöhnlich tiefen Bass.

»Nein, das kann man nicht.« Jan versuchte, ruhig zu bleiben. »Die Sicherheit der Stücke hat oberste Priorität. Irgendwelche überflüssigen Schleimereien und Gefälligkeiten gegenüber ihrer Kundschaft können Sie allein planen.«

Petrikov schnappte nach Luft. »Pah! Sie haben doch keine Ahnung!«, rief er empört.

Wütend packte Jan ihn am Kragen, was Petrikov plötzlich unkontrolliert zwinkern ließ.

Dieser Typ hatte etwas an sich, das Jan zur Weißglut trieb. Wie hatte so ein unüberlegter Wurschtler nur solch eine Position ergattert? Sähe er besser aus, würde Jan ihm insgeheim unterstellen, mit der Bürgermeisterin zu schlafen. Aber bei allen Schandtaten, zu denen die Frau fähig war – das traute Jan ihr nicht zu, zumal sie einen recht passablen und durchtrainierten Ehemann hatte.

Am besten war es wohl, er machte sich aus dem Staub, bevor er Petrikov noch eine reinhaute. Denn das würde Teflon-Klaus gar nicht gefallen. Er ließ ihn los und wandte sich ab.

Peinlich berührt fuhr er sich durchs Haar. Er musste versuchen, sich besser unter Kontrolle zu haben. Vielleicht sollte er meditieren. Grassl schwor auf Vipassana und war die Gelassenheit in Person. Wenn er aus dem Krankenstand zurück war, würde er ihn darüber ausfragen.

Ohne ein weiteres Wort ging er in Richtung des Ausgangs.

»Herr Berger, wie schön, dass Sie auch gekommen sind. Wollen Sie etwa direkt wieder gehen?« Überrascht drehte Jan sich um. Antonia war aufgetaucht und sah ihn fragend an. »Alexander, wäre es nicht schön, wenn Herr Berger mit uns feiern würde? Schließlich sind die *Winterzauber Museumstage* auch sein Projekt.«

Jan hatte nicht die geringste Lust, länger Zeit mit Petrikov zu verbringen als notwendig. Und dem Museumsleiter schien es genauso zu gehen. Es amüsierte Jan, wie er sich Antonia gegenüber ein Lächeln abrang und zögerlich nickte.

»Ja, ja, natürlich«, meinte er schließlich, obwohl sein Gesichtsausdruck sagte: »Scher dich bloß zum Teufel!«

Gut, um Petrikov eins reinzuwürgen, würde Jan auf ein Bier bleiben.

Kapitel 9

Während Kira Jan den Weg zu ihrem Tisch zeigte, rasten ihre Gedanken. Sein Auftauchen hatte zwar den großen Nachteil, dass er sie weiter ausfragen konnte, doch die Vorteile überwogen. Sie konnte ihn als Schutzschild benutzen, um sich aus den vermeintlichen Versprechungen Petrikov gegenüber herauszuwinden. Wenn sie an Jans Beschützerinstinkt appellierte, würde er sie bestimmt vor dem aufdringlichen, liebestollen Museumsdirektor retten. Außerdem hatte sie gerade einige Informationen erhalten: Petrikov hatte wieder irgendetwas angestellt, das so nicht geplant gewesen war, und den gut aussehenden Polizisten damit auf die Palme gebracht. Das Gute: Die beiden konnten sich nicht leiden, was für ihren spontanen Beschützerplan perfekt war. Bei dem Gedanken musste Kira schmunzeln und drehte dabei das Gesicht zur Seite, damit Jan es nicht sehen konnte.

Petrikov folgte ihnen schweigend und wahrscheinlich schmollend.

Das Licht war gedämpft, auf den Tischen standen Kerzen, die dunklen Möbel der Bar wirkten urig und gemütlich, die hellen Tischdecken mit der weihnachtlichen Dekoration lockerten das Ambiente etwas auf. Ein Schwall Essensduft wirbelte durch die Luft, der Kira daran erinnerte, wie hungrig sie war.

In einer der Nischen des Gastraumes hatte man mehrere Tische aneinandergeschoben, um genug Platz zu schaffen für die zahlreichen Gäste, die nicht nur das Museumspersonal, sondern auch die Künstler des Wettbewerbs und einige Freunde von Petrikov waren. Kira fühlte sich ziemlich außen vor, bis auf Petrikov kannte sie niemanden. Ihre Hauptaufgabe war bereits mit dem Schlüsselabdruck erledigt gewesen, aber nun musste sie aus Petrikov herausbekommen, was er mit Jan besprochen hatte.

Da noch zwei Plätze frei waren, einer davon neben Kira, deutete sie lächelnd auf den Stuhl. »Herr Berger, Sie sitzen neben mir, wenn es Ihnen nichts ausmacht.« Ihr entging der abschätzende Blick nicht, den Jan auf Petrikov warf. Der thronte nämlich am Kopfende und somit war nur Kira als Puffer zwischen ihnen. Umso besser. Die angespannte Stimmung spürte sie geradezu, und die würde sie voll und ganz ausnutzen. In ihrem Kopf hatte sie sich bereits einen genialen Plan überlegt.

»Wir haben Tapas für alle bestellt, aber die Kellnerin kommt bestimmt gleich noch einmal, falls Sie etwas anderes wollen.« Kira seufzte und schüttelte den Kopf. »Tut mir leid, aber müssen wir hier wirklich beim Sie bleiben? Ich finde das bei einer Weihnachtsfeier irgendwie ... unpassend.« Mit einem zauberhaften Lächeln sah sie ihn direkt an. Sie konnte förmlich beobachten, wie er mit sich rang und dann schließlich nachgab.

»Na gut, heute Abend ist das sicherlich in Ordnung.«

Heute Abend reicht, dachte Kira bei sich. Hauptsache, er blieb lang genug, um sie später vor Petrikov zu beschützen.

»Tapas klingen gut, ich habe nicht allzu großen Hunger«, fügte Jan etwas leiser hinzu. Vermutlich ärgerte er sich immer noch über Petrikov und war nur geblieben, um ihm eins auszuwischen.

Die Kellnerin kam an den Tisch, und Jan bestellte sich ein Bier, kurz darauf kam eine zweite Kellnerin, die Sekt an alle verteilte. Als Jan ablehnen wollte, winkte Kira ab. »Nur zum Anstoßen.« Dabei fiel ihr auf, wie leicht Jan nachgab. Hoffentlich würde Petrikovs Deckung auch so schnell sinken, damit sie an die gewünschten Informationen herankam. Sie wusste noch nicht, worum es ging, außer, dass sich etwas rund um die Auktion verändert hatte. Vielleicht würde es für den Ablauf ihres Plans hilfreich sein.

Petrikov hob sein Sektglas, und räusperte sich so laut, dass alle verstummten. Vorhin hatte er ohne Ende geschwafelt, was wollte er denn schon wieder? Eine zweite Rede? Dieser Mann schien die Aufmerksamkeit zu brauchen und vollends darin aufzugehen, denn er wartete noch einen Moment, bis auch wirklich alle Augen auf ihn gerichtet waren.

»Liebe Kollegen, liebe Künstler, Antonia ...« Er warf ihr ein Lächeln zu, das jedoch erstarb, als sein Blick auf Jan fiel. Den erwähnte er nicht in seiner Ansprache. »Ich freue mich sehr, dass alle es geschafft haben, zur heutigen Weihnachtsfeier zu kommen. Wir haben ein Jahr voller Höhen und Tiefen hinter uns.«

Die Mitarbeiter stimmten murmelnd zu. Kira fragte sich nur kurz, was wohl alles geschehen sein mochte, verdrängte aber den Gedanken wieder. Sie durfte sich nicht emotional in diese Sache verwickeln.

»Durch euer alle Mithilfe und die schönen Ideen von Antonia wird unser Winterzauber-Event mit Sicherheit ein voller Erfolg werden.« Verschwörerisch zwinkerte er.

Fragend blickte sie zu Jan, doch der schaute nachdenklich in die Runde. Wie viel der wohl wusste? Ob es ihn überhaupt interessierte? Er hatte schließlich nur die Aufgabe bekommen, das Event zu überwachen und offensichtlich keinerlei Interesse an Kunst.

Neben der Bar hatten sich zwei Kellner aufgestellt, die große Platten mit den leckersten Speisen bereithielten. Der Duft nach Gewürzen, Speck und Fleisch drang langsam zu ihnen hinüber. Sie warteten anscheinend auf ihren Einsatz, dass Petrikov seine Rede beendete.

Der hatte währenddessen jedoch weiter geschwafelt, das konnte er wirklich gut.

»... bin ich überaus stolz darauf, dass ...« Die anderen Gäste machten jedenfalls den Eindruck, als würden sie seinen Worten aufmerksam folgen.

»... und darum ist es enorm wichtig ...« Kira musste gähnen und wandte sich von Petrikov ab, damit er es nicht bemerkte.

Dafür fiel es Jan auf, der darüber reichlich belustigt wirkte. »Redet der immer so viel?«

Ein Grinsen unterdrückend nickte Kira. Sie kannte Petrikov noch nicht lange, aber die Gespräche, die sie mit ihm geführt hatte, waren oftmals von seinen ausschweifenden Erzählungen dominiert worden.

»Ich habe Hunger«, raunte sie Jan augenverdrehend zu, dessen Laune nun wieder stieg.

»Auf das Museum!«, beendete Petrikov seine Rede, und Kira musste sich beeilen, ihr Sektglas zu heben und mit dem Museumsdirektor anzustoßen. Unter ihrem Blick stieß dieser sogar mit Jan an, selbst wenn die beiden sich finster anstarrten, wie zwei Hunde, die jeden Moment mit fletschenden Zähnen aufeinander losgehen wollten.

Ein Kellner beendete dieses visuelle Duell, indem er einen Teller in ihr Sichtfeld schob. Endlich essen!

Bevor alle Servierplatten mit den Tapas standen, schaufelte sich Kira die ersten Leckereien auf ihren Teller. Von allem etwas: Gebratene Mini-Paprika, gefüllte Kroketten, Datteln im Speckmantel, ihr lief das Wasser im Mund zusammen, und auch die anderen bedienten sich ausgiebig. Sogar Jan nahm sich reichlich.

Beim Essen sprach Petrikov mit einem Künstlerfreund, der Kira gegenübersaß, über irgendeine Ausstellung, die im nächsten Jahr stattfinden sollte, wenn das Museum seine Krise endgültig überstanden hatte. Kira schwieg hingegen und genoss das Essen, überlegte sich dabei, wo sie Petrikov am besten abfangen könnte. Nach dem Essen sollte die Feier ein wenig lockerer ablaufen. Vielleicht an der Bar? Oder wenn Petrikov von der Toilette kam? Sie musste aufmerksam bleiben, durfte sich nicht ablenken lassen.

»Mich zwingst du dazu, den Sekt zu nehmen, und selbst rührst du dein Glas gar nicht an«, sagte Jan.

»Ich brauche erst eine Grundlage«, konterte sie kauend, griff aber nach ihrem Sektglas. »Du hast auch nicht viel getrunken.«

»Ich habe mein Bier!«, sagte er grinsend, beugte sich etwas näher zu ihr herüber und flüsterte: »Außerdem schmeckt Sekt mir nicht – pappsüß!« Er schüttelte sich demonstrativ und schnitt eine Grimasse, als würde schon der Gedanke ihn anekeln.

»Bier, ich glaube, du solltest lieber etwas wählen, das weniger ...« Sie winkte ab, um ihn zu verunsichern. »Ach egal.«

»Nein, nicht egal. Was wolltest du sagen?«, hakte Jan neugierig nach. Er hatte den Köder gefressen.

Innerlich kicherte Kira, schüttelte jedoch den Kopf, so wie ihre Rolle es verlangte. »Nicht jetzt. Lass uns erst mal essen. Ich erkläre es dir später.« Dabei hatte sie ihre Stimme soweit gesenkt und ihn geheimnisvoll angelächelt, dass ihm nichts anderes übrig blieb, als zu denken, dass sie Petrikov etwas verheimlichen wollte.

»Na gut. Ich werde dich daran erinnern.« Damit wäre auch das erledigt.

Ihre Chance ergab sich weitaus früher als gedacht. Petrikov entschuldigte sich bei seinem Gesprächspartner und erhob sich. Nun musste sie etwas warten, es würde auffallen, wenn sie ihm sofort hinterherhechtete. Gerade Jan wäre mit Sicherheit misstrauisch, nachher würde er noch denken, sie und Petrikov würden ... Das wollte sie nicht.

Die Teller wurden nach und nach abgeräumt und Kira leerte ihr Glas. »Ich glaube ich muss Platz für neuen Sekt machen«, sagte sie lächelnd. Jan nickte, und sie musste sich zurückhalten, nicht zu schnell zu laufen. Kaum aus dem Sichtfeld der Feiernden sah Kira sich suchend um. Sie musste Petrikov vor der Toilettentür abfangen. Als ein Keller an ihr vorbei kam, gab sie vor, ein Bild an der Wand zu begutachten. Dann endlich kam Petrikov aus der Männertoilette heraus.

Sein Blick erhellte sich bei Kiras Anblick. Sie hingegen setzte ein sorgenvolles Gesicht auf. »Alexander, ich hoffe, ich habe dich vorhin nicht überrumpelt, als ich Herrn Berger zum Bleiben überredet habe. Ist etwas zwischen euch vorgefallen? Willst du darüber sprechen? Vielleicht kann ich helfen.«

»Das ist lieb, Antonia, aber du kannst leider nichts machen.« Seufzend sah er den Flur entlang, machte aber keine Anstalten weiterzugehen.

Liebevoll legte Kira eine Hand auf seinen haarigen Arm, wobei sie eine Gänsehaut bekam. Sie hoffte inständig, dass er jetzt reden würde, und sie nicht gezwungen war, doch mit ihm – nein, soweit durfte es nicht kommen! »Worum ging es denn?«

»Ach, Herr Berger war nicht besonders begeistert, dass ich unser Transportunternehmen darum bat, die Auktionsstücke mitzunehmen und auszuliefern. Als nette Geste, damit die Gäste sich nicht darum kümmern müssen. Aber Herr Berger sieht nicht ein, dass man zu den Käufern immer zuvorkommend sein muss.« Er seufzte.

»Das konnte er nicht verstehen?«

»Unglaublich, nicht wahr? Schließlich wollen wir bloß, dass die Bieter uns auch in Zukunft wohlgesonnen sind. Wir sind auf sie angewiesen.«

»Das tut mir wirklich so leid. Ich kann ja versuchen, ihn ein wenig zu beruhigen, was meinst du?«

»Mir wäre es lieber, wenn er bald verschwindet«, brummte Petrikov zur Antwort. Sein Blick sprühte geradezu vor Missgunst.

»Bist du etwa eifersüchtig?«, fragte Kira nach, die Überraschung musste sie gar nicht spielen.

»So ein Unsinn. Auf so einen verklemmten Bullen muss ich nicht eifersüchtig sein. Der verpestet mit seiner miesen Laune nur das gute Klima hier.« Also doch.

Petrikov hatte Angst, dass Jan und sie ..., als ihre Fantasie bei diesem Gedanken ansprang, errötete sie sofort.

»Ich werde dafür sorgen, dass er uns nicht den Abend vermiest!«, versprach sie Petrikov schnell und deutete dann zu den Toiletten. »Ich muss auch mal. Bis gleich.«

Ohne eine Antwort abzuwarten, lief sie los und schloss sich auf der Toilette ein. Mist, so ein großer Mist! Ihr Herz raste, und sie merkte, dass sie wirklich aufpassen musste, nicht alles zu vermasseln. Warum fühlte sie sich plötzlich so zu diesem Polizisten hingezogen? Jan hatte Petrikov mit seiner Anwesenheit nur ärgern wollen. Oder steckte doch mehr dahinter? Er hatte gehen wollen, er wäre definitiv gegangen nach diesem Gespräch vorhin, und erst als sie ihn überredet hatte, war er geblieben. Nein, Jan war garantiert nicht wegen ihr hier. Ganz bestimmt nicht. Trotzdem fühlte sich der Gedanke wahnsinnig gut an. Der Kerl war echt niedlich. Auch wenn er ein Polizist war. Ließe sie mal die Umstände außer Acht, dann wäre er definitiv ihr Typ. Aber so?

Welche Komplizin eines Diebstahls fühlte sich zu einem Polizisten hingezogen?

Nach dem Händewaschen betrachtete Kira sich im Spiegel. Die restliche Röte konnte man auf die Wärme schieben und auf den Alkohol, selbst wenn es nur ein einzelnes Glas Sekt gewesen war. Morgen hatte sie allerdings nichts vor, bis auf das hundertste Mal den Plan mit dem überperfektionistischen Niklas durchzugehen. Sie konnte sich also ruhig ein wenig amüsieren. Immerhin war Weihnachten.

Zuerst musste sie allerdings dafür sorgen, dass sie heil aus dieser Weihnachtsfeier herauskam, ohne Petrikov an ihren Fersen.

Als sie zurück in den Gastraum trat, war der Tisch nur noch zur Hälfte besetzt. Ein Teil der Belegschaft hatte sich an die Bar begeben, um diverse Weine zu begutachten und zu probieren. Jan saß ziemlich verloren auf seinem Platz, die Stühle um ihn herum waren leer. Auch Petrikov war lieber an die Bar gewechselt, um einer weiteren Konfrontation aus dem Weg zu gehen, vermutete Kira.

Unterwegs zu ihrem Platz bestellte sie bei einer Kellnerin zwei Whisky auf Eis. Vielleicht würde der Jans Geschmack eher treffen als der Sekt, der wirklich wie eine süße Limo geschmeckt hatte. Danach ließ sie sich auf ihren Stuhl fallen.

»Und? Verrätst du mir jetzt, was du vorhin meintest?«

Kira sah sich um, als würde ihr erst jetzt auffallen, dass die meisten gar nicht mehr bei ihnen am Tisch saßen.

»Ach, wie gesagt, eigentlich ist es nicht so wichtig.«

»Na gut, wenn es unwichtig ist, dann muss ich es nicht wissen.« Sein Bier hatte er mittlerweile bis auf eine kleine Pfütze geleert.

Es störte Kira, dass er nicht weiter nachfragte. Sie hatte auf seine Neugierde gesetzt, und er brachte sie nun vollkommen aus dem Konzept.

»Bier ist zwar hier in München ein Grundnahrungsmittel, aber in der Künstlerszene setzt man eher auf höherwertige Getränke«, erklärte sie ihm. Sie riet nur ins Blaue, dennoch schien Jan ihr das abzukaufen. Dass Petrikov mit den Künstlern und einem Teil der Mitarbeiter rotschimmernde Weingläser gegen das Licht hielt, untermalte Kiras kleine, spontane Idee.

»Das ist mir egal. Ich bin kein Künstler.«

»Das sieht man sofort.« Sie hatte nicht abfällig klingen wollen. Für einen Schlag setzte ihr Herz aus. Hoffentlich hatte sie Jan nicht gekränkt. Nicht, dass er gleich aufstehen und sich verabschieden würde.

»Das ist auch gut so«, antwortete er zufrieden und beäugte skeptisch die Kellnerin, die zwei Whiskygläser brachte. »Gleich zwei? Meinst du nicht, dass eine zierliche Person wie du nur einen trinken sollte?«

Kira rätselte einen Augenblick, ob er einen Witz machte. Sein Mund blieb ernst, doch an seinen Augen erkannte sie das unterdrückte Grinsen.

»Haha! Nein, der ist für dich. Wenn ich alleine trinke, sieht das blöd aus. Außerdem möchte ich deinen Ruf retten.« Sie deutete auf das Bierglas, das die Kellnerin freundlich lächelnd abräumte, zusammen mit den Sektgläsern.

»Ich muss morgen arbeiten«, lehnte Jan ab, ließ jedoch zu, dass Kira das Glas vor ihn schob.

»Ich habe Petrikov versprochen, dass du seine Feier nicht mit deiner schlechten Laune ruinierst«, sagte sie schließlich grinsend.

»Was für eine schlechte Laune?«, echauffierte sich Jan.

»Die du eben mit hereingebracht hast. Und so uneigennützig ist das von mir auch nicht«, gab sie zu und senkte den Kopf. Die Grenzen zwischen Schauspiel und Realität begannen zu verwischen. Petrikov hatte es tatsächlich auf sie abgesehen, als sie zur Bar linste, bemerkte sie seinen lüsternen Blick.

»Was hast du vor? Willst du mir deinen Ausweis zeigen, damit ich dir nicht mehr auf die Nerven gehe?«

»Was?« Seine Frage brachte sie vollkommen aus dem Konzept. Das konnte doch nicht sein, dass er es wieder einmal schaffte, das Gespräch darauf zu lenken.

»Keine Sorge. Ich habe bereits alle nötigen Informationen angefordert.«

»Du hast was? Wie das?« Scheiße, was wusste er über sie?

Diesmal war Jan derjenige, der abwinkte. »Egal. Alles ist geklärt. Wenn du mir deinen Ausweis zeigst, kann ich das Ganze natürlich abkürzen, aber da er bei deiner Oma liegt ...«

»Ja, bei meiner Oma«, wiederholte sie leise, nahm dann beide Whiskygläser in die Hand, um ihm seins so vor die Nase zu halten, bis er schließlich nachgab. Dabei berührten sich ihre Finger und ein Kribbeln jagte Kira blitzartig durch den Körper.

Er würde ihr nicht mehr verraten, zumindest jetzt nicht. Da blieb er eben ganz Polizist. Aber das bedeutete nicht, dass sie ihn nicht später dazu bekommen konnte.

»Eigentlich wollte ich dir erzählen, dass ich bedrängt werde, aber dir geht es wieder nur um irgendwelche Formalitäten«, gab sie schnippisch von sich.

Kapitel 10

Irritiert hielt Jan inne. So leichtfertig, wie Antonia die Bemerkung fallen gelassen hatte, war er sich nicht sicher, ob sie das ernst meinte. Aber welche Frau würde darüber scherzen?

»Stimmt das wirklich?«, hakte er nach und beobachtete ihre Reaktion. Sie strich sich das Haar hinters Ohr und zögerte. Dann holte sie Luft, als wolle sie etwas sagen, klappte den Mund jedoch wieder zu. Sie machte es ihm wirklich nicht leicht.

»Nun sag schon. Hast du etwa Ärger mit deinem Bruder?«, versuchte er, dem Problem auf die Spur zu kommen. Es war nur ein Schuss ins Blaue, doch Jan erinnerte sich an die Furcht in ihren Augen, als er mit zu ihr nach Hause gegangen war.

»Was? Sascha?«, erwiderte sie verwundert. »Nein, wie kommst du denn auf so eine Idee?« Sie schüttelte vehement den Kopf. Etwas zu vehement für seinen Geschmack.

»Naja, ich hatte das Gefühl, du hättest Angst vor ihm.«

»Angst? Ich? Vor Sascha? Was für ein Blödsinn!« Antonia lachte auf, aber Jan hätte schwören können, dass sie dies nur vorspielte. Er würde sie jedoch nicht drängen.

»Von wem wirst du denn dann belästigt? Oder war das nur so dahingesagt?«

Sie kaute nachdenklich auf ihrer Unterlippe herum. Bei

einem weniger angespannten Thema hätte er das ziemlich süß gefunden. Im Moment wollte er aber nur wissen, was sie für Probleme hatte. Vielleicht konnte er ihr helfen.

»Okay, aber du versprichst mir, ihn nicht darauf anzusprechen!«

Jan horchte auf. »Was denn, kenne ich den Kerl etwa?«

Sie nickte zögerlich, und Jan dämmerte, dass nur eine Person infrage kam.

»Petrikov!« Ungläubig blickte er zur Bar, wo der Museumsleiter mit ein paar Herren in seltsamen Hochwasserhosen einen Rotwein verkostete. Sofort war seine Wut auf Petrikov zurück und raste durch seinen Körper. Am liebsten wäre er aufgesprungen und hätte sich den Schwerenöter geschnappt.

»Hat er dich angefasst?«

»Nein, nein«, winkte Antonia ab. »So schlimm ist es nicht. Aber ich fürchte, ich habe ihm wohl unbeabsichtigt Hoffnungen gemacht. Und die nimmt er sehr ernst.«

Jan schnaubte. Da ging mit Petrikov wohl gehörig die Fantasie durch. Sicherlich war er überhaupt nicht Antonias Typ!

»Erklär ihm das doch einfach«, schlug er vor. »Wenn du Angst hast, dass er dein Nein nicht akzeptiert, kann ich als Verstärkung mitkommen.«

Sie lachte auf. »Das würde die Situation eher schlimmer machen. Ich denke, er ist eifersüchtig auf dich.«

Jan versuchte, ernst zu bleiben, doch der Gedanke amüsierte ihn ungemein. Antonia boxte ihn frech in die Seite.

»Hör auf, so dreist zu grinsen!«, sagte sie, obwohl auch sie sich ein Lächeln nicht verkneifen konnte. Sie warf einen vorsichtigen Blick zur Bar.

»Er schaut schon wieder ganz grimmig her.«

Jan spürte Petrikovs Blick förmlich in seinem Rücken.

Er rutschte näher an Antonia heran, legte seinen Arm hinter ihr auf die Stuhllehne und flüsterte ihr ins Ohr: »Na, guckt er immer noch?« Beide mussten kichern, und sie gab ihm in gespielter Empörung einen Klaps auf die Schulter.

»Du bist unmöglich!«, rief sie.

»Ich kann dich ja beschützen«, sagte Jan, und war erstaunt über seine eigene Courage. Antonias blaue Augen funkelten verschmitzt.

Da schlich sich eine plötzliche Irritation in ihren Blick, und zeitgleich spürte Jan Hände auf seinen Schultern. Spontan dachte er an Petrikov, aber der Druck der Finger war zart, nahezu liebevoll. Er drehte sich um und schaute verdutzt in ein Paar strahlend grüner Augen. Die Frau musste etwas älter sein als Jan und hatte eine Ausstrahlung, dass ihm die Spucke wegblieb. Rote Locken umrahmten ihr lächelndes Gesicht.

»Ich hörte, Sie mögen meine Kunst«, stellte die Fremde mit starkem russischen Akzent fest.

»Ähm…« Völlig überrumpelt kramte Jan in seinem Gehirn, wer sie sein mochte und wovon sie sprach.

»Der weihnachtliche Konsum als Produkt des personifizierten Antichristen«, half sie ihm auf die Sprünge, was Jan nur noch mehr aus dem Konzept brachte. Wie konnte so ein hübsches Geschöpf so etwas Grässliches erschaffen?

»Ah, ja, genau!« Die Dame musste ihn für einen Tölpel halten. Wohin waren all seine Worte verschwunden? Er räusperte sich unbeholfen.

»Es freut mich sehr, Sie kennenzulernen. Jan Berger«, stellte er sich vor. Was für ein Glück, es hatte ihm nicht ganz die Sprache verschlagen.

»Ich weiß«, sagte sie mit einem bedeutungsvollen Lächeln. Sie ignorierte seine Hand, die er ihr zur Begrüßung entgegengestreckt hatte, beugte sich zu ihm hinunter und gab ihm einen Kuss auf jede Wange. Ihr Dekolleté, das dabei vor seiner Nase hin- und herschaukelte, gewährte tiefe Einblicke.

»Mein Name ist Katharina. Ich darf mich doch setzen?«

Ohne eine Antwort abzuwarten, ließ sie sich auf den freien Stuhl neben Jan sinken, wobei sie ihn nicht aus den Augen ließ.

»Eigentlich haben wir uns gerade unterhalten«, meldete sich Antonia zu Wort.

Als Jan zu ihr blickte, bemerkte er an ihrem grimmigen Gesichtsausdruck, dass sie Katharinas Auftauchen wohl weit weniger erfreulich fand als er. Er unterdrückte ein Grinsen. War dies womöglich der berüchtigte Weihnachtsfeiermythos? In verschiedenen Filmen und Serien wurde häufig die Vorstellung geschürt, dass auf solchen Feierlichkeiten in der Adventszeit viel geflirtet wurde, und sich mehr Pärchen bildeten als im ganzen Jahr. Auf seiner letzten Weihnachtsfeier hatte er zwischen Grassl und der frommen Helene gesessen und an einem versalzenen Hähnchenschenkel genagt. Umso besser gefiel ihm der heutige Abend.

»Das macht nichts«, konterte die Russin selbstsicher.

Antonia schaute ihn daraufhin auffordernd an. Oh, oh, heute Abend war scheinbar nicht nur Petrikov eifersüchtig.

Wieder unterdrückte Jan mit Mühe ein Grinsen. Das bedeutete schließlich, dass Antonia etwas an ihm lag, oder? Und so wie er sie nun kennengelernt hatte, konnte er das nur zurückgeben. Nach ihren kleinen Startschwierigkeiten wegen ihres fehlenden Ausweises hatten sie immer mehr Gemeinsamkeiten entdeckt und lagen auf einer

Wellenlänge. Außerdem hatten ihre wasserblauen Augen die verwirrende Fähigkeit, seinen Blick einzufangen und nicht mehr loszulassen. All diesen Gefühlen zum Trotz musste Jan sich eingestehen, dass seinem Ego diese Situation zwischen den beiden hübschen Damen durchaus gefiel.

Da brummte es plötzlich. Sein Handy vibrierte auf dem dunklen Holztisch und verursachte ein unangenehm lautes Geräusch. Unter anderen Umständen hätte er den Anrufer weggedrückt, doch nun war er froh um die Unterbrechung. Schließlich bot sie ihm einen Ausweg, ohne jemanden vor den Kopf stoßen zu müssen. Schnell griff er danach. *Daheim* stand auf dem Display.

»Bin gleich zurück«, entschuldigte er sich, nahm das Gespräch an und stand auf. Im Rausgehen redete er gegen den Lärm der Feier an, und auch der Empfang im Kellergewölbe war nicht der Beste. Zum Glück hielt die Verbindung, bis er vor der Tür stand.

»Was gibt's, Mama?«

»Nichts eigentlich. Ich wollte nur fragen, wie es dir so geht.«

»Gut, danke. Und Euch?«

Seine Mutter zögerte ungewöhnlich lange. Normalerweise waren die Telefonate mit ihr ein einziger Redeschwall.

»Was ist denn, Mama?«, fragte Jan noch einmal. Ihr Schweigen beunruhigte ihn.

»Ach, Bub«, seufzte sie. »Versteh mich nicht falsch, ich bin natürlich stolz, dass du so wichtig und unabkömmlich bist in München, aber dass wir Weihnachten ohne dich feiern sollen ...«

Hörte er da ein Zittern in ihrer Stimme? Und ein Schniefen?

»Ach, Mama, das ist halb so wild«, versuchte er sie zu trösten. »Am Montag werde ich von zwei Kollegen abgelöst. Dann komm ich gleich zu euch, das weißt du doch.«

»Ja, ja, ich weiß schon.« Sie seufzte. »Aber da ist Weihnachten schon vorbei.« Seine Mutter klang sehr bedrückt.

Jan versuchte, sie irgendwie aufzuheitern. Also bat er sie, ihm Plätzchen aufzuheben, und erkundigte sich nach den neuesten Entwicklungen in ihrer Lieblingsserie. Doch er konnte sie nicht aufmuntern. Nach dem Gespräch, schaute er bekümmert in den Nachthimmel und atmete tief durch.

»Vermisst dich deine Mama?«

Überrascht drehte Jan sich um. Antonia war nach draußen gekommen.

»Hältst du mich jetzt für ein Muttersöhnchen?«, fragte er mit einem schiefen Grinsen.

»Quatsch! Gar nicht. Ich finde es toll, wenn man sich in der Familie gut versteht und ein enges Verhältnis hat.«

Hörte er da Bitterkeit aus ihren Worten heraus? Ehe er nachfragen konnte, streckte sie ihm seinen Mantel entgegen.

»Hab ich dir mitgebracht. Du musst halb erfroren sein.«

Tatsächlich war ihm die Kälte längst unter die Kleidung gekrochen. Dankbar schlüpfte er in seinen Mantel.

»Du bist wirklich ein Weihnachtsengel!«, grinste er.

Dann wurde er wieder ernst. »Magst du mir von deinen Eltern erzählen?«

Antonia schüttelte den Kopf. »Ehrlich gesagt nicht. Viel gibt es dazu auch nicht zu sagen. Die interessieren sich einen Scheiß für mich. Meine Mutter ist abgehauen, als ich noch ein Kind war.« Sie verstummte abrupt. Da war sie wieder, diese Bitterkeit.

Jan hatte sich also nicht getäuscht. Spontan zog er sie ein Stück näher zu sich. »Dann sind die ganz schön dumm.«

Antonia lächelte zögerlich und lehnte kurz ihren Kopf an seine Schulter. Er fühlte sich gut an dort. Ihre Berührung löste eine wohlige Wärme in Jans Brust aus. Er wollte ihr übers Haar streichen, da sah sie plötzlich auf und rief: »Das gibt es doch nicht!«

Genau in diesem Moment begann es zu schneien. Jan folgte ihrem Blick in den Himmel, wo dicke, weiße Flocken durch die Dunkelheit tanzten. Auch auf sein Gesicht zauberten sie ein Lächeln.

Sie fing seinen Blick ein. »Das ist jetzt aber ziemlich kitschig«, stellte sie grinsend fest.

»Du bist definitiv keine Romantikerin!«, neckte er sie. »Wart' nur, bis ich mit dir durch die Schneeflocken tanze!«

Er nahm ihre Hand und drehte sie um die eigene Achse. Ihr Lachen flog glücklich an sein Ohr, und ihre Augen funkelten im Licht der Straßenlaternen mit den Schneeflocken um die Wette. Wie von selbst landete sie nach ihrer Pirouette in seinen Armen. Und wie von selbst fanden ihre Lippen zueinander.

Ihr Kuss war zart und zögerlich und fühlte sich doch so selbstverständlich an. Er stupste mit der Zunge ihre an, während kalte Flocken sein Gesicht streichelten. Ewig hätte er so mit ihr stehenbleiben können, aber sie löste sich von ihm. Antonias Wangen waren rosig und ihre Augen funkelten.

»Wollen wir vielleicht irgendwo hingehen, wo es nicht ganz so kalt ist?«

Jans Herz machte einen Hüpfer. Dabei hatte der Abend so unerfreulich begonnen.

»Gute Idee«, sagte er. »Kannst du in den Schuhen eine Viertelstunde laufen?«

»Also bitte, ich bin Profi!«, sagte sie lachend.

Als Jan aufblickte, sah er Petrikov in der Eingangstür der *Bodega Dali.* Wie lange er sie wohl beobachtet hatte? Seiner zornigen Miene nach zu urteilen lange genug. Jan konnte sich ein triumphierendes Grinsen nicht verkneifen und legte demonstrativ den Arm um Antonia, die den Museumsleiter nicht bemerkt hatte. Dann schlenderten die beiden durch das lang ersehnte Münchner Winterwunderland.

Kapitel 11

Die dicken Flocken bedeckten den Gehweg und legten sich wie ein feines, weißes Tuch über die Stadt. Trotz ihrer Erfahrung, auf hohen Absätzen zu laufen, musste Kira aufpassen, nicht wegzurutschen. Automatisch verlangsamte sie ihren Schritt, weil sie immer wieder den Halt verlor. Ohne viele Worte nahm Jan Rücksicht und hielt ihr galant seinen Arm entgegen, an dem sie sich festhalten konnte. *Er ist wirklich ein Gentleman*, dachte sie bei sich. Sie freute sich sehr, dass sie so leicht vor Petrikov geflohen war, dem ihr Verschwinden irgendwann auffallen sollte. Natürlich schürte sie damit seine Eifersucht, doch bei der Auktion würde sie ihm erzählen, dass es schließlich ihre Aufgabe gewesen war, den Griesgram Jan in Schach zu halten und seine angeblich schlechte Laune von Petrikovs erfolgreicher Weihnachtsfeier abzuschirmen. Sie hatte schließlich Petrikov etwas Gutes tun wollen. Das würde er ihr schon glauben. Er glaubte seinem Weihnachtsengel eh alles.

Um die Schmetterlinge in ihrem Magen zu beruhigen, sprach sie sich in Gedanken immer wieder vor, dass dies zum Plan gehörte. Alles Leugnen half jedoch nichts gegen das Gefühl der Vertrautheit. Jans Nähe gab ihr Sicherheit, sie fühlte sich einfach wohl, konnte mit ihm ungezwungen lachen, obwohl sie eigentlich besonders achtsam sein sollte. Dass sie ihm von ihrer Mutter erzählt hatte, war ihr herausgerutscht, so etwas durfte nicht noch einmal passieren.

Die Arbeit mit dem Vergnügen zu verbinden, war noch nie gut gegangen. Aber nun wollte sie nicht aufhören, sie wollte ihn und am liebsten für so viel länger als nur für eine Nacht. Doch der Coup stand zwischen ihnen, den sie am liebsten über den Haufen werfen würde. Leider war sie mit den drei Männern, ihren Komplizen, eine bindende Vereinbarung eingegangen. Außerdem kannte Jan nicht einmal ihren richtigen Namen. Kira wünschte sich, dass sie sich unter anderen Umständen begegnet wären, doch die Zeit ließ sich nicht zurückdrehen, ihre Entscheidungen nicht mehr rückgängig machen.

Für diese eine Nacht würde sie jedoch die Realität in den Hintergrund schieben und genießen.

»Da wären wir«, sagte Jan nach einer Weile.

Erst jetzt bemerkte Kira, dass sie bisher geschwiegen hatten. Jan war vermutlich ebenfalls seinen Gedanken nachgegangen. Ob er diese ganze Sache für einen Fehler hielt? Sie beobachtete ihn, wie er die Haustür aufschloss und danach mit einem anzüglichen Grinsen ihre Hand ergriff, um sie in den Hausflur zu ziehen. Nein, er hielt es ganz sicher für keinen Fehler. Und wie konnte etwas auch falsch sein, dass sich so richtig anfühlte?

Kira musste unwillkürlich kichern, als sie ihm durch den Hausflur die Treppen nach oben folgte. Es hallte ebenso wie ihre Schritte wider, hörte sich im Deckmantel der Nacht und des Schnees unglaublich laut an. Die letzten Stufen versuchte Kira leiser aufzutreten, hoffentlich weckten sie niemanden auf. Vor der Wohnungstür dröhnte ihr Herzschlag vor Aufregung laut in den Ohren. Ein Kribbeln erfasste ihren Körper, wie von ihm magnetisch angezogen, trat sie näher an Jan heran, der gerade dabei war, die Tür aufzuschließen.

Ihre Hand knöpfte seinen Mantel auf, als die Tür mit einem leisen Klacken aufglitt. Mit einer flinken Bewegung schmiss Jan seinen Schlüssel auf eine Kommode. Noch bevor sie sich umsehen konnte, drehte er sich zu ihr um, zog sie näher an sich heran und küsste sie.

Die Tür fiel leise hinter ihnen ins Schloss. Auf dem Weg zum Schlafzimmer nahm Kira die Wohnung nur schemenhaft wahr. Das Apartment war offen geschnitten, sie kamen an einer Küche vorbei, die direkt in den Wohnbereich überging, in dem sie ihre Mäntel fallenließen. Dann stolperte sie beinahe ins Schlafzimmer. Einen ihrer Schuhe verlor sie dabei, den anderen streifte sie ab, bevor sie dazu überging, den Anblick ihres Polizisten zu genießen. Beinahe hätte sie ihm alles gestanden. Herausgeschrien, wer sie wirklich war, und dass sie ein abgekartetes Spiel trieb. Nein, mittlerweile war es viel mehr als das. Im Rausch der Lust hatte sie schon längst begriffen, dass sie mehr von ihm wollte. So viel mehr und nichts davon könnte sie haben. Das stachelte sie nur weiter an, keine Zeit mehr zu verlieren, aus Angst, irgendjemand könnte ihr diesen Moment stehlen.

Ein markerschütterndes Schrillen einer Klingel riss Kira aus einem wirren Traum, in dem sie durch meterhohen Schnee watete, ohne vorwärtszukommen. Sie schreckte hoch, wo war sie? Im Zimmer war es nicht besonders hell, bis neben ihr das Licht angeknipst wurde. Jan! Der war anscheinend ebenso überrascht über diesen Besuch und schaute auf sein Handy, bevor er aus dem Bett stieg.

Instinktiv zog Kira die Bettdecke höher und sah ihm dabei zu, wie er hektisch seine Hose hochzog. Bei seinem

Anblick musste sie sich eingestehen, dass sie die richtige Entscheidung getroffen hatte. Schon am Abend zuvor hatte sie sich gewundert, wie sehr sie das Auftauchen dieser russischen Künstlerin gestört hatte.

Im Licht des neuen Tages sah sie so viel klarer, selbst wenn dies ihre Aufgabe unerwartet schwieriger gestaltete.

»Erwartest du Besuch?«, fragte sie und setzte sich auf, die Bettdecke weiter vor ihren Körper gehalten.

Jan schüttelte den Kopf und strich sich planlos durch das verstrubbelte Haar.

»Dann komm wieder ins Bett und tu so, als wärst du nicht da«, schlug sie ihm grinsend vor.

Auch Jan musste schmunzeln, zog sich dennoch ein schwarzes T-Shirt über. »Ich muss zumindest schauen, wer das ist. Könnte auch meine Nachbarin aus dem Erdgeschoss sein, die Hilfe braucht.«

Kira zog einen Schmollmund, konnte aber sein immerwährendes Pflichtgefühl verstehen. Sein Job passte wirklich perfekt zu ihm.

Nachdem er die Zimmertür hinter sich geschlossen hatte, fiel Kiras Blick auf Jans Nachttisch, auf dem sein Handy lag. Gedanken schossen ihr durch den Kopf, sie konnte förmlich Niklas' Stimme hören: »Schau rein, ob du hilfreiche Informationen findest.« Aber das war nicht richtig, sie durfte sein Vertrauen nicht missbrauchen. Nicht noch mehr.

Außerdem, was brachte es ihr? Welche Informationen würde sie schon finden können? Vermutlich hatte er eh ein Diensthandy.

Die plötzliche Idee war vollkommen idiotisch, aber bevor ihr Kopf ihr Herz von der Absurdität überzeugen konnte, hatte sie ihre Nummer abgespeichert. Unter

Weihnachtsengel, weil sie es nicht übers Herz brachte, ihren falschen Namen zu nennen. Er sollte sie lieber so in Erinnerung behalten. Und wenn dieser Diebstahl wirklich glattging und niemand herausfand, dass sie etwas damit zu tun hatte, dann bot sich vielleicht eine zweite Chance.

Während sie aufstand und ihre verstreute Kleidung zusammensuchte, sah sie sich im Zimmer um, das außer einem grau-weißen Kleiderschrank, dem dazu passenden Bett und einem Fernseher, der an der Wand hing, nichts zu bieten hatte. Keine Deko, nicht einmal ein Bild.

Plötzlich vernahm sie eine fröhliche Frauenstimme. Herrje, war er etwa verheiratet? Nein, das hätte Sandmann ihnen mitgeteilt, und eine Ehefrau hätte gewiss ihren eigenen Wohnungsschlüssel. Aber vielleicht hatte er eine Freundin? Der Gedanke versetzte ihr einen Stich, auch wenn sie nicht zugeben wollte, dass es ihr etwas ausmachen würde.

Andererseits durfte sie ihren Plan nicht aus den Augen verlieren. Verdammt, wie sie diese Gefühle hasste. Sie war hin- und hergerissen zwischen ihrem Pflichtbewusstsein dem Team gegenüber und diesen Gefühlen, die sie im Keim ersticken sollte.

»Verschwinde, du wunderschönes Kribbeln, und lass mich so skrupellos sein, wie es sich für eine Gangsterin gehört«, schalt sie ihre Empfindungen. Aber sie befürchtete, dass es dafür schon zu spät war.

»So ein Mist«, brummte sie verzweifelt und legte ihr Ohr an die Tür, um wenigstens herauszufinden, wer da sprach.

Im gleichen Augenblick schob Jan die Tür auf, Kira zuckte zurück, dabei stieß sie mit der Hand gegen die Klinke.

»Oh, habe ich dir wehgetan?« Betroffen und gleichzeitig mit einem leicht panischen Gesichtsausdruck sah Jan sie an und drückte die Tür wieder zu.

Kira schüttelte den Kopf. »Ist das deine Freundin? Es tut mir leid, wenn ich dich in Schwierigkeiten bringe!«

»Nein, das sind meine Eltern«, gab er flüsternd zurück. »Sie wollten mich überraschen, weil ich zu Weihnachten nicht zu ihnen kommen kann.«

Erleichterung durchflutete sie, keine Freundin, keine Ehefrau. Der Überraschungsbesuch war zwar gerade ungünstig, aber eine unheimlich liebe Geste. »Aww, das ist ja süß!« Entzückt klatschte Kira in die Hände.

Jan verzog den Mund zu einem schiefen Grinsen, seine dunkelblonden Haare standen wirr in alle Richtungen. In diesem Augenblick hätte sie ihn gerne ins Bett gezerrt, oder einfach nur geküsst. Doch sie hielt sich zurück.

»Ich glaube, es ist besser, wenn du hier im Schlafzimmer bleibst. Ich locke die beiden unter irgendeinem Vorwand raus, dann kannst du unbemerkt gehen. Meine Mutter kann ganz schön aufdringlich sein, und das möchte ich dir nicht zumuten.«

»Ach, Quatsch, das bekomme ich hin. Ich sage einfach guten Morgen und verabschiede mich höflich, damit du in Ruhe mit den beiden frühstücken kannst.« Es war wohl besser, wenn sie ging, Niklas wollte bestimmt wissen, wie der Abend gelaufen war.

»Wenn du glaubst, dass du ihren Fängen so leicht entgehen kannst, versuch' ruhig dein Glück«, antwortete er grinsend.

Sie erwiderte sein Lächeln und beugte sich zu ihm, während sie nach der Türklinke griff. »Ich will eigentlich gar nicht weg«, gestand sie ihm und erhielt als Antwort einen Kuss.

Ihr donnerndes Herz ließ sie hadern, stieß sie zurück in

diese vermaledeite Zwickmühle aus Zweifeln und Pflichtbewusstsein. Herz aus – Kopf an, anders würde sie es nicht schaffen. Schnell drückte sie die Türklinke herunter, bevor sie es sich anders überlegte. Bevor sie sich wieder von Jans Wärme und Zärtlichkeit einfangen ließ, die ihre Überzeugungen mehr und mehr durcheinanderbrachten.

Mit einem »Guten Morgen!« lief Kira durch das Zimmer, suchte mit dem Blick den Boden nach ihrem Mantel ab und steuerte dabei den Hausflur an. Weit kam sie jedoch nicht. Ihr Mantel hing zwar an der Garderobe, doch bevor sie ihn erreichte, sprang ihr eine rundliche Dame mit blonder Dauerwelle in den Weg.

Sie war einen Kopf kleiner als Kira und strahlte sie geradezu an. »Ja mei, ist das denn zu fassen? Jan, willst du uns denn nicht vorstellen?«

Zu spät. Hinter Jans Mutter erstreckte sich der gemütliche Wohnbereich mit offenem Zugang zur Küche. An der Theke, die als Abtrennung diente, stand ein älterer Mann, mit grauem Schnauzer und braunem Hut. Neben ihm lag eine vollgepackte Tüte vom Bäcker. In seinem Blick konnte sie Belustigung erkennen – sie würde Jans Mutter nicht so einfach entkommen.

»Das ist Antonia. Antonia, das sind meine Eltern«, sagte Jan ergeben.

»Ich bin Renate«, stellte sich seine Mutter vor, kam auf sie zu, um sie zu umarmen und fest an sich zu drücken.

»Wie lange seid ihr zwei schon ein Paar? Jan hat uns bisher verschwiegen, dass er so eine hübsche Freundin hat.«

»Die hätte ich auch vor dir versteckt«, sagte Jans Vater und brach in tiefes Gelächter aus.

»Ach, Harald«, murrte Renate und schob Kira hinüber zur Theke. »Wir haben Semmeln mitgebracht, komm, iss mit uns. Wir haben reichlich. Und dann erzählst du uns etwas über dich.«

Überrumpelt ließ sich Kira an die Theke führen. Was für ein grandioser Start. Jans Eltern dachten, sie wäre seine Freundin und das Schlimmste: Alle glaubten, sie würde Antonia heißen. Das schlechte Gewissen lag ihr schwer im Magen, Hunger hatte sie keinen.

Belustigt trat auch Jan näher und warf Kira einen »Ich hab's dir doch gesagt«-Blick zu. Entschuldigend zuckte sie mit den Schultern und sah zu, wie Renate mit einer Selbstverständlichkeit an die Küchenschränke ging und die Theke deckte.

Kapitel 12

Da entfaltete einmal eine Weihnachtsfeier ihren erotischen Zauber, und dann standen seine Eltern vor der Tür! Jan schüttelte bei dem Gedanken an den verkorksten Morgen den Kopf. Wenigstens hatte die fromme Helene schon einen starken Kaffee aufgebrüht, als er ins Büro kam.

Er liebte seine Eltern, und es war eine süße Idee von ihnen gewesen, ihn in München zu überraschen, obwohl seine Mutter das im Grunde eher für sich selbst angezettelt hatte. Aber viel lieber hätte er sich mit Antonia die Bettdecke über den Kopf gezogen. Die letzte Nacht schrie förmlich nach einer Wiederholung. Fast konnte er Antonias zarte Haut spüren, ihr Haar riechen, ihre Küsse schmecken. Er schmunzelte in seine Kaffeetasse. Der warme Dampf streichelte sein Gesicht.

Gähnend klickte Jan sich durch die Meldungen der letzten Nacht. Eine alte Dame wurde vermisst. Hoffentlich war die verwirrte Frau irgendwo untergekommen oder aufgelesen worden. Ansonsten hatte sie bei den Temperaturen keine Chance. Seit dem Vorabend hatte es nicht mehr aufgehört zu schneien. Binnen einer Nacht hatte München sich in ein Wintermärchen verwandelt. Alles war überzogen von einer dicken, weißen Schicht, Schneeberge türmten sich an den Straßenrändern auf, und das kratzende Geräusch der Schneeschippen war allgegenwärtig.

Die langersehnte E-Mail von Rüdigers Urlaubsvertretung poppte auf. Wenn er ehrlich war, waren ihm diese Formalitäten nicht mehr wichtig. Schließlich hatte er sich inzwischen selbst davon überzeugt, dass Antonia die Rolle als Engel auf den Leib geschneidert war, und sie keine kriminelle Energie unter ihrem Kostüm versteckte. Wie erwartet hatte die Beamtin keine Einträge zu ihrem Gesicht gefunden. Jan hatte längst keine so gute Menschenkenntnis wie Kollege Grassl, doch wenn Antonia aktenkundig gewesen wäre, hätte es ihn sehr verwundert.

Nachdem er sich durch die Postfächer der Kollegen gewühlt und ein paar E-Mails beantwortet hatte, wanderten seine Gedanken zurück zu Antonia.

Im Grunde wünschte sich jeder Mann, dass die Eltern seine Freundin mochten. Doch war sie das überhaupt – seine Freundin? Es klang gut in seinen Ohren. Wie sie wohl darüber dachte? Womöglich würde sein süßer Weihnachtsengel ihm sofort wieder davonflattern. Dass sie gleich die volle Dröhnung seiner Familie zu spüren bekam, war sicherlich auch nicht förderlich.

In der U-Bahn hatte er entdeckt, dass Antonia ihm ihre Nummer ins Handy eingespeichert hatte. Das musste bedeuten, dass sie ihn wiedersehen wollte. Der Gedanke entlockte ihm prompt ein Grinsen. Wobei sie sich womöglich umentschieden hatte, wenn seine Eltern erst mit ihr fertig waren.

»Alles klar bei dir? Familienschock gut überstanden?«, tippte er in sein Handy.

Er stand auf und trat ans Fenster. Gegenüber schippte schon wieder jemand Schnee. Dicke Flocken tanzten vor dem Glas.

Und wenn sie seine Freundin war? Dann brauchte er ein Weihnachtsgeschenk für sie! Ohne lange zu überlegen, stellte er sein Diensttelefon auf das Handy um und schlüpfte in seinen Mantel. Wenn er in seinem Job eins gelernt hatte, dann, dass man vorbereitet sein musste.

Zwar musste Jan drei verschiedene Geschäfte abklappern, bis er fand, wonach er suchte, dafür bekam er schließlich genau das, was er sich für sie ausgedacht hatte.

Die Verkäuferin, eine gepflegte ältere Dame mit kleinen Christbäumen auf ihrem Twinset, lächelte versonnen, als sie es einpackte und eine dunkelrote Schleife um das Kästchen band. »Das wird ihrer Freundin sicherlich gefallen!«

Verwundert blickte er sie an und lächelte unbeholfen. »Hoffentlich«, murmelte er.

Stand ihm womöglich ein Schild mit *Achtung verliebter Tölpel!* auf der Stirn? Er könnte auch eine Schwester haben, für die er ein Geschenk kaufte. Ärgerlich schob er den Gedanken beiseite und das Päckchen in die Tasche seines Mantels.

»Frohe Festtage!«, wünschte ihm die Verkäuferin. Sie war scheinbar bereits bis zum akkurat gezogenen Scheitel angefüllt mit dem Geist der Weihnacht. Jan bemühte sich, ebenso freundlich zu ihr zu sein. Die Dame konnte schließlich nichts dafür, dass die Ungewissheit an ihm nagte.

Kurz überlegte er, noch einmal ins Büro zurückzugehen. Doch da heute sowieso mittags Schluss war, lohnte sich das nicht. Außerdem war er übers Handy erreichbar. Antonia hatte sich bisher nicht gemeldet. Laut der kleinen Häkchen neben seinem Text, hatte sie die Nachricht nicht einmal gelesen. Oh je, seine Eltern hatten sie wahrscheinlich auf Nimmerwiedersehen vergrault. Mit flauem Gefühl machte er sich auf den Heimweg.

Als er die Tür zu seiner Wohnung aufsperrte, dudelten ihm Weihnachtslieder entgegen. Grinsend schob er sich in den Flur. Womöglich hatte seine Mutter kistenweise Deko oder gar einen Baum angeschleppt?

Er klopfte sich die Schneeflocken vom Mantel und hängte ihn zum Trocknen auf, als er seine Mutter kichern hörte. Ein Duft wie aus einer Weihnachtsbäckerei stieg ihm in die Nase. Scheinbar hatte sie die Küche gekapert.

Er öffnete die Tür und blieb perplex im Rahmen stehen. Seine Mutter werkelte wie erwartet in der Küche herum. Doch sie war nicht allein. Antonia stand neben ihr. Sie hatte sich seine *Kiss the Cook*-Schürze umgebunden und eine Kaffeetasse in der Hand. Die beiden Frauen waren so miteinander beschäftigt, dass sie ihn gar nicht bemerkten.

Sein Vater saß nebenan auf dem Sofa und war in die Tageszeitung vertieft. Auch er hatte ihn wegen der Musik nicht gehört.

»... und einmal ist er tatsächlich mit einem Bobschlitten vom Dach aus über die Garage in einen Schneehaufen gerast! Mir wär fast das Herz stehen geblieben, aber der kleine Fratz fand es natürlich toll!« Meine Güte, was hatte seine Mutter im Laufe des Vormittags alles über ihm ausgeplaudert?

»Erzähl ihr das vom Eislaufen!«, rief Jans Vater über die Schulter, was von seiner Mutter mit einem prompten Prusten quittiert wurde.

Das war Jans Stichwort. Er musste sich bemerkbar machen, bevor es peinlich für ihn wurde.

»Hallo zusammen!«, rief er gegen den Kinderchor an, der gerade »Alle Jahre wieder« trällerte.

»Servus Bub!« Sein Vater grinste vielsagend. Jan war

sich sicher, dass sie jede Menge Geschichten aus seiner Kindheit zum Besten gegeben hatten.

»Da ist er ja!«, rief seine Mutter. Antonia lächelte ihm entgegen. Auch wenn seine Mutter in seiner Abwesenheit über ihn getratscht hatte, fand Jan es schön, dass Antonia nicht die Flucht ergriffen hatte. Er ging um die Küchentheke herum und ließ sich von seiner Mutter kurz an ihren mehlverschmierten Busen drücken. Dann stand er etwas unbeholfen vor Antonia. Sollte er sie zur Begrüßung küssen? Dass einen als erwachsenen Mann die Eltern noch immer aus dem Konzept bringen konnten!

Antonia schien auch überfordert zu sein, zeigte bloß ein schüchternes Lächeln. Er strich ihr Mehl von der Stirn und gab ihr ein Küsschen auf die Wange.

»Was habt ihr beiden denn für eine Mehlschlacht veranstaltet?«, lachte er.

»Deine Mama hat mir beigebracht, wie man Butterstollen backt.«

»Oh, lecker!« Das duftete also so verführerisch. Neugierig warf er einen Blick in den Ofen.

»Und als kleinen Nebeneffekt weißt du jetzt alles über mich, stimmt's?«, fragte er mit einem schiefen Grinsen, als er sich wieder umwandte.

Antonia lachte auf, und seine Mutter wischte geschäftig an einem großen Holzbrett herum. Jan wertete das als Schuldeingeständnis und seufzte mit gespielter Dramatik.

»So schlimm ist es nicht«, beruhigte ihn Antonia. »Aber du scheinst ein recht aufgewecktes Kind gewesen zu sein.« Sie grinste schelmisch.

Jan zog sie spontan an sich und küsste sie auf die Lippen. Seine Eltern dachten schließlich ohnehin, sie sei seine Freundin. Warum sollte er sich also unnötig quälen? Am liebsten hätte er sie hochgehoben und zur Couch getragen, um dort weiterzumachen, wo sie in der Nacht aufgehört hatten. Aber da hockte sein Vater und gab vor, Zeitung zu lesen. Wahrscheinlich bemühte er sich viel mehr, neben den Weihnachtsliedern ein paar Gesprächsfetzen aufzuschnappen.

Als Jan sich von Antonia löste, war er tatsächlich aufgestanden und in die Küche herübergekommen. Jan spürte, dass ihm die Röte in die Wangen stieg. Meine Güte, er war kein Teenager mehr! Er konnte küssen, wen er wollte, und schließlich war das seine Wohnung! Auch Antonia zupfte verlegen an ihren Haaren herum.

»Das nächste Mal backen wir Zimtsterne, Antonia!«, sagte seine Mutter plötzlich. Alle Augen wanderten zu ihr, und Jan war froh, dass sie das unangenehm werdende Schweigen gebrochen hatte.

»Die liebt er nämlich. Wenn du ihn um den Finger wickeln willst, musst du ihm Zimtsterne vorsetzen. Davon kann er nicht genug bekommen.« Seine Mutter zwinkerte Antonia zu.

»Gut zu wissen«, sagte sie kichernd. Die beiden grinsten sich verschwörerisch an wie zwei alte Freundinnen.

»Ich glaub nicht, dass sie deine Ratschläge braucht, um ihn um den Finger zu wickeln«, schaltete sich nun sein Vater ein. Fanden die drei es etwa witzig, über ihn zu reden, als sei er nicht da, während er direkt danebenstand?

»Ist ja gut jetzt!«, rief er gespielt gereizt.

»Stimmt, ich hab nämlich Hunger«, sagte sein Vater. »Wenn der Stollen aus dem Ofen ist, dann lad ich euch ein. Wo kriegt man hier einen guten Schweinsbraten?«

Kapitel 13

Einerseits fand Kira es unglaublich lieb von Jans Eltern, dass sie sie zum Essen einluden. Diese herzliche Art war genau das, wonach sie sich während der Feiertage sehnte. Da ihre Familie erst im Januar das russische Weihnachtsfest feierte, genoss sie geradezu die Aufmerksamkeit. Man spürte die Liebe, die seine Familie ausstrahlte, und das war mit Sicherheit das ganze Jahr über so, nicht nur an Weihnachten.

Andererseits, und das war der weitaus gewichtigere Teil in ihr, durfte sie nicht vergessen, wer sie wirklich war. Dass sie nicht Antonia hieß, sie keinen Bruder namens Sascha hatte und schon gar nicht Jans Freundin war. Letzteres war das Schlimmste. Natürlich entgingen ihr nicht seine Blicke, die zwischen liebevoll, peinlich berührt und anziehend lustvoll wechselten.

Auf dem Weg zum Restaurant entdeckte sie auf ihrem Handy die Nachricht von Jan, die er vor einigen Stunden geschrieben hatte. Lächelnd schickte sie ihm einfach einen zwinkernden Smiley und ein Herz zurück. Dann öffnete sie die Nachrichten von Niklas. Es waren gleich mehrere, und sie war sich nicht sicher, ob Niklas sich Sorgen um sie machte, oder um den Plan: »Wo steckst du?«, »Meld dich!«, »Verdammt, sag schon, was los ist«, »Ist etwas schief gelaufen?«, »Ich komme dich gleich suchen!«

Verdammt, sie hätte ihm zumindest heute Morgen kurz schreiben sollen. Stattdessen hatte sie ihr Handy in der Handtasche liegen gelassen. Der Akku war zudem fast leer. Ein schlechtes Gewissen überkam sie, schnell tippte sie eine Antwort: »Alles soweit im grünen Bereich. Werde aufgehalten, komme aber spätestens um 15 Uhr zurück zur Wohnung.« Kurz überlegte sie, ob sie dazu schreiben sollte, dass sie mit Jan den Mittag verbrachte, aber das würde Niklas nur nervös machen. Außerdem fühlte es sich falsch an, denn für sie war es längst mehr als nur eine Ablenkung. Mehr als dieser Job und der geplante Diebstahl.

Das gemütliche Lokal lag nicht weit von Jans Wohnung entfernt. Es war rustikal eingerichtet und der Schweinebraten schmeckte köstlich. Jans Eltern erzählten von den letzten Weihnachtsfesten, wobei Renate diejenige war, die redete. Jan und sein Vater ergänzten hin und wieder die Erzählungen, oder korrigierten sie, vermutlich um Peinlichkeiten vorzubeugen. Sie lachten viel und nur ein einziges Mal fragte Renate Kira nach ihrer Familie. Bevor sie lange herumdrucksen konnte, warf Jan seiner Mutter einen vielsagenden Blick zu, und Renate wechselte einfach zu einer neuen Erzählung aus Jans Kindheit. Doch die Zeit verging viel zu schnell. Irgendwann musste sie sich verabschieden.

Es fiel ihr schwer, sich aus der geistigen Umarmung loszureißen. »Es tut mir furchtbar leid, aber ich muss nach Hause. Mein Bruder wartet schon auf mich«, machte sie es kurz und griff nach ihrem Mantel.

»Ach, jetzt schon? Das ist ja schade.« Renate sah ihr mit aufrichtigem Bedauern zu, während Harald den Bauch einzog, damit sich Jan an ihm vorbeischieben konnte. Schnell winkte Kira ab. »Bleib ruhig sitzen. Wir treffen uns Morgen bei der Auktion.« Jan ließ sich jedoch nicht beirren, sodass sie sich schließlich seufzend in den Mantel helfen ließ.

Bevor sie ihm einen Kuss geben konnte, wandte er sich von ihr ab. »Auch wenn es ein wenig komisch ist ... wir kennen uns ja nicht lange ...«, druckste er so leise herum, dass seine Eltern ihn vermutlich nicht verstehen konnten. Dann drückte er ihr ein kleines Kästchen mit bordeauxroter Schleife in die Hand. »Mach es heute Abend auf.«

Ein Geschenk? »Jan, ich ...«, stotterte sie. Damit hatte sie nicht gerechnet, und so sehr es ihr gefiel, sie wollte es nicht wahrhaben. Es wurde viel zu schnell zu ernst zwischen ihnen. Erst seine Eltern und nun das. Sie wollte das Geschenk nicht haben, denn sie würde Jan irgendwann das Herz brechen. Früher oder später würde er herausfinden, dass Niklas nicht ihr Bruder war, dass sie keine Oma in München hatte, und dass ihr richtiger Name nicht Antonia war. Er war bei der Polizei, er würde nach den Tätern des Diebstahls fahnden, und es war das Beste, wenn sie dann nicht mehr hier war. Bei dem Gedanken brannten ihre Augen, ihr Herz zog sich schmerzhaft zusammen. Sie wollte nichts sehnlicher als ihn, als seine Familie, all das hier.

»Du musst doch nicht ...«, begann Jan unsicher, als er bemerkte, wie sich Tränen in ihren Augen sammelten. Dann küsste er sie, vermutlich, um sie auf andere Gedanken zu bringen.

»Danke«, krächzte sie. »Es hat mich sehr gefreut, euch kennenzulernen«, ergänzte sie an seine Eltern gewandt.

Harald gab ihr seine Hand, Renate drückte sie fest an sich. »Wir sehen uns bestimmt bald wieder!«

Das glaube ich nicht, dachte sie bedrückt. Mit bemüht langsamen Schritten verließ Kira das Lokal, kaum war sie draußen, rannte sie los, so schnell es ihre Absätze erlaubten. Weg von dem, wonach sie sich sehnte, was sie jedoch nicht haben konnte.

Als sie an der Ferienwohnung ankam, strich sie sich ihre Tränen aus dem Gesicht. Der Schnee lag mittlerweile überall, dennoch trudelten weiterhin dichte weiße Flocken vom Himmel. Ein Winterwunderland, das bestimmt bei jedem Freude auslöste. Kira hingegen fühlte sich verraten. Dieser blöde Schnee, als wäre sie in einer hübschen Winterromanze gelandet, stattdessen zerriss es ihr das Herz, wenn sie nur an den Plan dachte, den Grund, warum sie eigentlich hier war.

In der Wohnung fand sie Niklas am Esstisch vor. Er brütete über den Akten, der Laptop war neben ihm aufgebaut, vermutlich ging er mal wieder alles haarklein durch.

»Da bist du ja endlich«, knurrte er gereizt, als er sie bemerkte. Entweder schien ihm nicht aufzufallen, dass sie geweint hatte, oder er ignorierte es absichtlich. »Setz dich und erzähl. Wir haben nicht mehr viel Zeit.«

»Darf ich erst meinen Mantel ausziehen?«, erwiderte sie zickig und warf diesen einfach auf das Sofa. »Wofür haben wir nicht mehr viel Zeit? Wir haben den Schlüssel und müssen nur noch bis morgen abwarten!« In ihren Worten klang der Frust mit, der sich während des Nachhauseweges in ihr aufgestaut hatte. Am liebsten würde sie alles hinschmeißen. Jetzt sofort und dann zurück zu Jan und seiner Familie gehen, um mit ihnen den Abend zu verbringen. Harald hatte ihr verraten, dass er noch einen Weihnachtsbaum aufgetrieben hatte, den er am Nachmittag heimlich abholen wollte. Sie hätte zu gerne Jans überraschten Blick gesehen.

Niklas seufzte tief. »Wer hat dich aufgehalten und was

hat es dir gebracht, so lange wegzubleiben? Petrikov? Hast du wenigstens hilfreiche Informationen?«

»Soll ich alles erzählen, oder nur das Wichtigste?«

»Da ich bezweifle, dass du unwichtig von wichtig unterscheiden kannst, erzähl lieber alles.«

Kira schnappte nach Luft. Was bildete Niklas sich eigentlich ein?

»Hey, nicht böse gemeint, aber du bist neu dabei und musst erst mal lernen, wie es bei uns so abläuft«, versuchte er, sie zu beschwichtigen. »Fühl dich nicht gleich angegriffen. Beweis dich, damit dich die anderen ernstnehmen.«

»Die anderen nehmen mich ernst, bloß du nicht«, erwiderte sie eingeschnappt. Dennoch reizte es sie so sehr, ihre Aufgabe zufriedenstellend zu bewältigen.

Kira Noll rannte vor ihren Problemen nicht davon. Das war überhaupt der Grund, warum sie sich in dieser Lage befand.

»Nun gut. Ich habe den Schlüsselabdruck gemacht und gesehen, wie Frikadelle ihn abgeholt hat. Ist der Schlüssel fertig?«

»Frikadelle hat sich darum gekümmert, ja. Der Abdruck war sehr gut. Der Schlüssel sollte funktionieren.«

Natürlich würde er das. Diese Antwort sprach Kira aber nicht aus.

Niklas' Blick fixierte sie abwartend.

»Petrikov wollte mir an die Wäsche, aber ich konnte ihn vertrösten. Bei der Weihnachtsfeier kam er mir wieder zu nah. Mein einziger Ausweg war, mit dem Bullen abzuhauen.« Das entsprach zwar nicht der ganzen Wahrheit, denn Petrikov war bei der Feier kaum in ihrer Nähe gewesen, und sie war freiwillig mit Jan mitgegangen, aber diese Kleinigkeiten musste Niklas nicht wissen.

»Du hast die Nacht bei Berger verbracht?« Sprach da etwa Eifersucht aus seiner Stimme? Kira war sich sicher, dass es Niklas egal gewesen wäre, wenn sie mit dem Museumsleiter ins Bett gestiegen wäre, aber dass sie mit Jan geschlafen hatte, schien ihn doch zu treffen.

»Ja, ich musste ihn schließlich davon überzeugen, dass ich ungefährlich bin. Mit Glück hakt er nicht mehr weiter nach. Zumindest hat er mich kein weiteres Mal nach meinem Ausweis gefragt.«

»Pah«, spie Niklas förmlich aus, ehe er sich wieder zusammenriss. Kira sah, wie sehr ihn das aufwühlte, denn sein Körper war angespannt und der Kiefer fest zusammengepresst. »Und weiter? Warum bist du nicht in der Nacht abgehauen?«

»Das hätte bedeutet, dass ich etwas zu verbergen habe. Als ich am Morgen gehen wollte, kamen seine Eltern. Denen musste ich die nette Freundin vorspielen.« Die Erinnerung an diese schöne Zeit drängte sie in den Hintergrund. Sachlich bleiben und kalt. *Sei kalt, Kira*, sprach sie sich in Gedanken zu.

»Es hat funktioniert.«

»Wie kommst du darauf?«, fragte Niklas nach, der immer aussagekräftige Beweise brauchte.

»Jan hat mir ein Weihnachtsgeschenk gemacht«, gab Kira zögerlich zu. Eigentlich hatte sie dies verheimlichen wollen, doch Niklas sah sie so drängend an, dass es ihr einfach herausgerutscht war.

»Was ist es?«, fragte er nach, ungeduldig wippte sein Bein auf und ab, was Kira ganz nervös machte.

»Weiß ich nicht. Ich habe es noch nicht geöffnet.« Sie ging zu ihrem Mantel und holte das Kästchen heraus. Es war leicht. Sie vermutete, dass er Schmuck gekauft hatte.

Auch Niklas war inzwischen aufgestanden. »Gib her«,

murrte er und riss ihr das Kästchen aus der Hand. Mit groben Bewegungen zog er die Schleife ab. »Eine Kette.« Er drehte sich damit um, bevor Kira sie sehen konnte. Dann eilte er in sein Zimmer. Niklas war paranoid, er würde die Kette wahrscheinlich genau untersuchen, ob eine Kamera oder Wanze darin versteckt war.

Kopfschüttelnd ließ sich Kira auf einen Esstischstuhl sinken. Es war richtig gewesen, ihm von dem Geschenk zu erzählen. Hätte er es später herausgefunden, wäre Niklas ausgerastet. Dennoch hatte sie das Gefühl, Jan jetzt schon zu verletzen. Zum Glück konnte er nicht sehen, was gerade vor sich ging. Sie sehnte sich zurück zu ihm.

Nach einigen Minuten kam Niklas zurück und warf ihr das Kästchen entgegen. »Sie ist sauber. Am besten du ziehst sie morgen zur Auktion an, um ihm zu zeigen, wie sehr du ihn magst. Außerdem erwarte ich, dass du ihn von mir fernhältst. Ich will mit ihm kein Wort wechseln und ungestört während der Auktion verschwinden.« Er setzte sich zu ihr an den Tisch. »Was ist mit Petrikov? Du hast ihn mit der Aktion hoffentlich nicht verärgert.«

»Wir haben doch, was wir von ihm brauchen. Der Schlüssel ist fertig. Ist egal, was der glaubt.« Trotzdem war ihr unwohl bei dem Gedanken, wie er reagieren würde, wenn sie ihm am Morgen der Auktion wieder begegnete. Ob er ihre Lügen glaubte? Bisher hatte er alles gefressen, aber Missgunst machte Menschen zu unberechenbaren Raubtieren.

»Glaubst du wirklich, dass das so einfach ist, Kira?« Niklas' finsterer Blick traf sie so hart, dass sie zusammenzuckte. »Unser Plan ist ein zerbrechliches Kartenhaus. Wenn du die Karte unseres Fundaments beschädigst, kann alles in sich *zusammenstürzen*!« Das letzte Wort betonte er besonders. Ob er ihr damit Angst machen wollte? Es gelang ihm zumindest.

Kira fürchtete sich tatsächlich davor, dass sie es war, die den Plan vermasselte. Dadurch, dass sie nicht aufgepasst hatte und dadurch, dass sie sich Hals über Kopf in einen Polizisten verliebt hatte.

Als sie kurze Zeit später auf dem Bett in ihrem Zimmer saß, öffnete sie das Kästchen zaghaft. Die silberne Kette lag nicht mehr ordentlich auf dem schwarzen Samt, sodass sie die feinen Glieder mit zwei Fingern anfasste und sie vorsichtig herauszog. Der Anhänger war eine Schneeflocke, die mit kleinen Steinchen besetzt war und im Licht der Deckenlampe funkelte. Sofort fühlte sie sich an den letzten Abend zurückversetzt. Diese wunderbar kitschige Szene, in der sie durch den Schnee getanzt waren. Unwillkürlich musste sie lächeln, doch bald kehrte die Bitterkeit zurück in ihr Bewusstsein. Sie war nur eine Marionette in einem abgekarteten Spiel, sie hatte nicht das Recht zu glauben, dass sie in dieser Scheinwelt bleiben konnte. Die Realität drängte sich immer weiter in den Vordergrund.

Kapitel 14

Jan saß auf der Couch und hing seinen Gedanken nach. Es war der erste Heilige Abend, den er in München verbracht hatte. Dass seine Eltern trotzdem mit ihm feiern würden, hatte er nicht erwartet, im Nachhinein war es jedoch ein tolles Fest gewesen. Die Lichterkette des Christbaums, den sein Vater überraschenderweise am Nachmittag hervorgezaubert hatte, tauchte die ansonsten dunkle Wohnung in einen wohligen Schein. Das Einzige, was Jans feierliche Stimmung trübte, war das laute Schnarchen, das durch die geschlossene Tür von nebenan drang. Jan hatte das Bett frisch bezogen und das Schlafzimmer seinen Eltern überlassen.

Die kalte Nachtluft ließ ihn frösteln. Doch anstatt das Fenster zu schließen, zog Jan sich nur die Decke fester um die Schultern. Schließlich musste er den Essensgeruch irgendwann wieder aus seiner Wohnung bekommen. Wie jedes Jahr hatten sie Bratwürste, Sauerkraut und Brot gegessen. Jan mochte solche Traditionen.

Sein Blick fiel auf die Geschenke, die seine Mutter, bevor sie ins Bett gegangen war, wieder unter den Baum gelegt hatte. Seinem Vater hatte er neue Handschuhe zum Skifahren und eine glänzende Schnupftabakdose geschenkt. Seine Mutter hatte ein Armband bekommen, und er den neuen Roman von Fitzek. Ob Antonia die Kette auch gefiel? Er hatte gehofft, sie würde sich am Abend mit einer kurzen Nachricht melden, aber am nächsten Tag würden sie sich ohnehin wiedersehen. Jan freute sich auf sie.

Der Wind wirbelte dicke Flocken zum Fenster herein. Schneite es immer noch? Diesmal meinte es Frau Holle wirklich ernst mit der weißen Weihnacht! Er machte es zu und schaute noch eine Weile durch die geschlossene Scheibe hinaus auf die Schackstraße. In diesem studentischen Viertel war immer irgendjemand mit dem Fahrrad unterwegs, egal, ob es stürmte oder schneite. Zum ersten Mal sah er die Straße menschenleer. Alle Studenten und auch die Unternehmensberater und Anwälte, die hier ihre Kanzleien hatten, waren zu Weihnachten bei ihren Familien. Wieder dachte er an Antonia. Wo wohl ihre Oma wohnte? Und ob sie sie auch unterm Jahr öfters besuchte? Nach Köln, wo sie Kunstgeschichte studierte, waren es immerhin sechs Stunden. Ein verdammt weiter Weg.

Plötzlich machte sich der Schlafmangel von der vorherigen Nacht bemerkbar, und die Augen fielen ihm zu, kaum dass er sich hingelegt hatte.

Nach einer unruhigen Nacht wurde er von Geschirrgeklapper geweckt. Seine Mutter schaute ihn schuldbewusst an, als er sich verschlafen aufrappelte, und beteuerte, dass sie ganz leise hatte sein wollen. Jan lächelte nachsichtig und gab ihr einen Kuss auf die Wange, ehe er sich ins Bad verkrümelte.

Wenig später saß er frisch geduscht und voller Tatendrang am Frühstückstisch, wo seine Eltern noch in ihren Schlafanzügen hockten. Sein Vater wirkte ausgeruht, doch Mutter hatte tiefe Ringe unter den Augen.

»Konntest du etwa nicht gut schlafen?«, fragte Jan.

Sie lächelte schief. »Das ist immer das gleiche. Wenn dein Vater so schnarcht, tu ich kein Auge zu.«

Der Schnarcher machte ein empörtes Gesicht. »Das ist ja bloß, wenn ich was getrunken hab. Und an Weihnachten muss einem doch mal ein Bier vergönnt sein«, rechtfertigte er sich prompt. Jan fand die Situation lustig, bemühte sich aber ernst zu bleiben, da seine Mutter wirklich elend aussah.

»Musst sie halt heute ein bisschen verwöhnen zum Ausgleich«, sagte er zu seinem Vater und zwinkerte ihm zu.

Da klingelte sein Handy. Er kannte die Nummer nicht, doch wenn am Morgen des ersten Weihnachtsfeiertages jemand auf seinem Diensttelefon anrief, musste es dringend sein. Oder wollte Teflon-Klaus seine Bereitschaft prüfen?

»Jan Berger«, meldete er sich in Erwartung der heuchlerisch freundlichen Stimme seines Chefs.

»Servus, Jan! Hier ist Rüdiger.«

»Ach, hallo! Arbeitest du etwa doch? Frohe Weihnachten erst einmal.« Jan mochte Rüdiger. Sie hatten sich auf einer Fortbildung kennengelernt.

»Ach, hör mir auf«, lachte der. »Ich bin froh, wenn der Spuk ein Ende hat. Bin extra mal kurz geflohen, um ein paar Minuten meine Ruhe zu haben. Dabei bin ich auf deine Mail gestoßen.« Jan hörte Kindergeschrei im Hintergrund.

»Haut ab, ihr Hexen! Papa muss arbeiten!«, hörte er Rüdiger rufen. Die Kinder kreischten vergnügt, und Jan hörte ein wildes Gerangel aus dem Telefon dringen. Der Hörer schien Rüdiger heruntergefallen zu sein. Jan grinste belustigt. Irgendwann entfernten sich die Rufe und das Gekicher der Kinder. Rüdiger seufzte demonstrativ.

»Bin wieder da«, erklärte er schnaufend.

Jan lachte auf. »Deine Familie nimmt dich ganz schön

in Beschlag. Geh zurück zu den kleinen Biestern. Es ist zwar schön, dass du anrufst, aber deine Urlaubsvertretung hat meine Anfrage schon erledigt.«

»Ja, ich habe ihre Antwort gesehen. Deshalb rufe ich ja an.«

Jan wurde hellhörig. »Ist sie etwa doch aktenkundig?«, flüsterte er ungläubig, nachdem er ins Bad gegangen war, um außer Hörweite seiner Eltern zu sein.

»Sie ist nicht in der Datenbank, nein. Aber der Kerl im Hintergrund ist ein alter Bekannter von uns.«

Jan ließ sich auf den Rand der Badewanne plumpsen. Er hatte das dumpfe Gefühl, dass es besser war, wenn er saß. »Ihr Bruder?«

»Der Mann heißt Niklas Schwartz. Wir hatten ihn schon einige Male wegen schweren Raubs und internationalen Verstrickungen zum organisierten Verbrechen in U-Haft, konnten ihm aber nie etwas nachweisen.«

Jan schluckte trocken. Was für eine verdammte Scheiße.

»Und falls du von der Kleinen auf dem Bild sprichst«, fuhr Rüdiger fort. »Ihr Bruder ist das nicht. Sie ist seine Verlobte und hat uns vor einigen Jahren eine Verhaftung durch ein zweifelhaftes Alibi vermasselt. Sie heißt Kira Noll.«

Jan fühlte sich, als hätte sich der Boden aufgelöst, und er befände sich im freien Fall. Er klammerte sich an den Rand der Badewanne wie ein Ertrinkender.

»Jan, bist du noch dran?«

»Ja«, keuchte er.

»Sorry, dass ich dich damit am Feiertag belästige«, meinte Rüdiger entschuldigend. Er konnte ja nicht ahnen, warum Jan sich so wortkarg gab.

»Alles gut«, krächzte er.

»Ich dachte nur, du solltest das so schnell wie möglich erfahren. Denn wo Schwartz auftaucht, ist nichts mehr sicher – zumindest nichts, was sich zu Geld machen lässt. Ich schicke dir noch ein paar weitere Infos per Mail durch. Hast du Zugriff vom Handy aus?«

»Ja, klar. Ich danke dir«, sagte Jan wie ferngesteuert. Irgendwie musste er den Schein wahren, auch wenn er kurz davor war, mit den Fäusten gegen die Badwände zu trommeln und seine Verzweiflung hinauszuschreien.

Er beendete das Gespräch und starrte auf das Mobiltelefon in seiner Hand, als sei es ein Fremdkörper, den er noch nie zuvor gesehen hatte. Wie hatte das nur passieren können? Womöglich war Antonia auf ihn angesetzt worden, um ihn von Schwartz abzulenken. Sie hatte ihren Job außerordentlich gut gemacht, das musste er ihr lassen. Statt einen polizeibekannten Räuber zu überprüfen, hatte er sich von dessen Verlobten an der Nase herumführen lassen. Er hatte sich wie ein verliebter Teenager aufgeführt, anstatt seinen Job zu machen. Wahrscheinlich hatten sich die beiden hinter seinem Rücken halb totgelacht über ihn. Verdammt. Verbissen kniff er die Lippen zusammen.

Hastig wählte er die Nummer von Walter, der die Polizeistreifen rund um das Museum leitete. Doch der konnte ihn beruhigen. Alles war unauffällig gewesen.

»Wenn es Kunstdiebe in der Stadt gibt, dann sind die nicht so doof wie wir. Die lassen sich ihre Feiertage nicht von irgendeinem Chef vermasseln«, scherzte der Kollege. »Außerdem sind das keine extrem wertvollen Schätze, die heute versteigert werden, ich weiß gar nicht, warum die Bürgermeisterin so einen Aufriss macht.«

Jan nickte nachdenklich. »Ja. Ich glaube, das ist auf dem Mist von Teflon-Klaus gewachsen. Der wollte sich wahrscheinlich wichtigmachen.« Der Kloß in seinem Hals schien ihn ersticken zu wollen.

Dass Schwartz eine päckchenspeiende Teufelsfratze aus dem Museum rollte oder sich einen schillernden Baumstumpf unter den Arm klemmte, konnte Jan sich beim besten Willen nicht vorstellen. Dennoch war es sicher kein Zufall, dass er sich unter falschem Namen in das Event eingeschleust hatte.

Er behielt seine Überlegungen für sich, bat Walter lediglich um erhöhte Vorsicht während der Auktion.

»Wir halten Augen und Ohren offen«, versprach Walter. »Frohe Weihnachten und bis später.«

Jan setzte sich wieder auf den Rand der Badewanne. Seine Gefühle und Gedanken fuhren Achterbahn. Gebannt starrte er auf die Informationen, die Rüdiger ihm inzwischen geschickt hatte. Wie nicht anders zu erwarten, bestätigten die Unterlagen, was der Kollege ihm erzählt hatte. Nur, dass es so schwarz auf weiß noch ein bisschen schlimmer war – soweit das überhaupt ging. Die Frau, in die er sich verliebt hatte, existierte nicht. Kira Noll hatte seinem Weihnachtsengel lediglich ein Gesicht geborgt.

Ruckartig stand er auf. Er wollte sich direkt auf den Weg machen. Zwar war er früh dran, doch wenn Schwartz – oder womöglich sogar diese Kira – etwas stehlen wollten, dann würde er sie auf frischer Tat festnehmen. Schließlich sprach diese ganze Engel-Nikolaus-Scharade stark dafür, dass sie die Ablenkung der Auktion für ihren Coup nutzen wollten.

Diesmal würde es keinen Mangel an Beweisen geben. Diesmal würden sie ins Kittchen wandern. Sie hatten den falschen Polizisten verarscht.

Er schlug mit der Faust in die eigene Handfläche. Die

Wut verdrängte den Schmerz. Er würde diesen Fehler ausbügeln und danach Sibylle anrufen und sie auf ein Bier und mehr einladen.

Jan schnallte sich sein Holster um und steckte die Dienstwaffe hinein. Dann schnappte er sich seinen Mantel. Während er hineinschlüpfte, ging er in die Küche, um sich zu verabschieden.

»Ich kann leider nicht mit euch frühstücken, muss gleich los«, sagte er zu seinen Eltern.

»Wie schade!«, rief seine Mutter aus, während sein Vater ihm zuwinkte und in ein Stück Stollen biss. Der Puderzucker rieselte aus seinem Schnauzer wie frischer Pulverschnee.

»Tut mir leid. Fühlt euch wie daheim, ja?«

»Bist du sicher? Ich habe gerade Frühstückseier gekocht.«

Frühstückseier. Jan hielt inne. Das war es! Die mit Abstand wertvollsten Stücke, die das Museum zu bieten hatte, waren drei Fabergé-Eier. Plötzlich lag die Sache glasklar vor ihm. Trotz der Anspannung musste er grinsen.

Ohne sich zu verabschieden, hastete er zur Tür hinaus und die Treppe hinunter.

Seit seiner Kindheit war er nicht mehr so erpicht darauf gewesen, den Nikolaus zu treffen. Doch er musste sich beruhigen und einen kühlen Kopf bewahren. Das Überraschungsmoment hatte die Seiten gewechselt, und er würde es nutzen. Das war er sich nach dieser Misere schuldig.

Kapitel 15

Die Stimmung war an diesem Morgen nicht besonders gut. Niklas war furchtbar gereizt immer wieder den Ablauf durchgegangen, bis sie sich endlich zum Museum aufmachten. Auf dem Weg tranken sie einen Kaffee, sprachen aber kaum miteinander. Das war vermutlich auch besser so, da Kira keine weitere Wiederholung ertragen würde. Sie hatte ihre Aufgabe, und die würde sie erfüllen. Dass Jan ihr tatsächlich ein Weihnachtsgeschenk gemacht hatte, war so gesehen ein gutes Zeichen, es würde nicht schwer sein, ihn weiter abzulenken. Sie mochte ihn, viel mehr sogar, als sie es sich erlauben konnte. Es tat ihr jetzt schon weh, nach dieser ganzen Sache zu verschwinden. Niklas hatte ihr am Morgen erklärt, dass sie direkt nach der Auktion die Stadt verlassen würden. Ohne irgendwem davon zu erzählen. Ohne sich zu verabschieden.

Kira redete sich ein, dass sie mit Jan irgendwann Kontakt aufnehmen konnte. Schließlich hatte sie nun seine Handynummer. Wenn Gras über die Sache gewachsen war, und sie nicht unter Verdacht standen. Aber er würde Antonia erwarten und nicht sie selbst. Wie sie es auch drehte, sie sah kein Happy End für sich, und das trübte ihre Stimmung.

Als sie den vorderen Bereich des Museums betraten, schob Niklas sie vor sich. »Petrikov, dein Job!«, flüsterte er und hob eine Tüte in die Luft. »Ich geh mich umziehen!« Damit verschwand er in Richtung Toiletten.

Der Museumsleiter kam nicht sofort auf Kira zu, zuvor ließ er sich von der Dame hinter dem Eingangstresen die Tasche mit dem Engelskostüm geben. Bei dem Anblick seiner grimmigen Miene war Kira sofort klar, dass auch sie sich auf der Toilette umziehen würde.

»Hallo Antonia. Die Einweisung findet in fünf Minuten statt.« Petrikov drückte ihr die Tasche in die Hand, drehte sich mit ungeahnter Geschwindigkeit um und rannte davon. Sein buntes Tweedjackett spannte über seinem Bauch. Das seltsame Rautenmuster ließ ihn ein wenig wie einen Zirkusdirektor aussehen. Entweder war er durch die Vorbereitungen gestresst oder aber sauer, dass sie von der Feier abgehauen war, ohne sich von ihm zu verabschieden.

Vor den Toiletten klopfte sie bei den Männern an und rief Niklas zu, dass die Einweisung in fünf Minuten stattfinden solle, dann zog sie sich in die Damentoilette zurück, um sich in einen Weihnachtsengel zu verwandeln. Haare und Make-up hatte sie bereits in der Wohnung vorbereitet, in weiser Voraussicht, dass sie hier weder Platz noch Zeit haben würde. So schaffte sie es tatsächlich, innerhalb weniger Minuten fertig zu werden. Ihre große blaue Tasche mit Wechselkleidung, den Mantel sowie ihre Wertsachen gab sie der Empfangsdame zur Aufbewahrung. Anschließend suchten Niklas und sie den Museumsdirektor auf.

Petrikov erteilte im Glasbau einige Anweisungen. Zwischen den herumwuselnden Museumsmitarbeitern erkannte Kira einige der Künstler, und dann war da noch Jan.

Kiras Herz setzte einen Schlag aus, nur um gleich darauf wie wild in ihrer Brust zu hämmern. Sie freute sich so sehr, ihn zu sehen, gleichzeitig zerriss es sie innerlich, wenn sie an all die Lügen dachte, die sie ihm hatte erzählen müssen. Jan besprach sich etwas abseits mit einem Mann. Bevor sie ihn auf sich aufmerksam machen konnte, stupste Niklas sie an.

»Was ist denn mit dem los?«, fragte er, denn Petrikov kam auf sie mit einem verdrießlichen Gesichtsausdruck zu.

»Wahrscheinlich gestresst«, vermutete sie und setzte ihr schönstes Lächeln auf. »Wir sind bereit, Alexander. Was müssen wir wissen.«

Er ignorierte sie. Nur flüchtig traf sie Petrikovs Blick, er konzentrierte sich voll und ganz auf Niklas, um diesem seinen Platz zu zeigen und die Details seiner Aufgaben zu besprechen. Kira hörte ebenfalls zu, doch ihre Aufmerksamkeit driftete immer wieder zu Jan ab. Als der sie entdeckte, lächelte sie und hob grüßend ihre Hand. Sie deutete auf die kleine Schneeflocke, sein Geschenk, die um ihren Hals hing. Jan erwiderte das Lächeln, wandte sich jedoch schnell wieder von ihr ab. Sie hatte gehofft, dass er ein wenig Zeit für sie haben würde, aber wahrscheinlich war es besser so. Ein beschäftigter Polizist konnte Niklas nicht in die Quere kommen.

»Antonia, du musst im Vorraum …« Petrikov lief einfach los und verließ den Glasbau, um ihr die Stelle zu zeigen, von der aus die Sicherheitsschleuse zu sehen war. Gegenüber befand sich der Durchgang zu den Ausstellungsräumen.

»Sylvia und Torsten werden die jeweiligen Werke hier übergeben, dann kannst du damit durch den Raum gehen und sie präsentieren, am besten durch den Mittelgang zur Bühne. Hast du das alles verstanden?« Hier war es deutlich ruhiger als im Anbau, im Ausstellungssaal hörte Kira das Kratzen von Stuhlbeinen auf dem Boden. Es war zwar alles vor Tagen aufgebaut worden, doch irgendjemand machte noch kleine Anpassungen.

»Ja, das werde ich schon schaffen. Sag mal, Alexander?« Seine seltsame Art machte sie nervös. Er sah sie kein einziges Mal richtig an und wirkte furchtbar angespannt, denn sein Mund war fest zusammengepresst und verschwand beinahe vollständig zwischen den dunklen Barthaaren.

»Was?« Wieder wich er ihrem Blick aus.

»Geht es dir gut?« Sie ging näher heran, stellte sich direkt vor ihn, zwang ihn so, sie anzusehen. »Ich habe das Gefühl, dass etwas nicht stimmt. Ich dachte, die Auktion und Ausstellung werden das Museum retten. Ist irgendetwas passiert?«

Nun sah er sie doch an. Sein Blick loderte, und es sprudelte mit einem Mal alles aus ihm heraus. »Ob etwas passiert ist? Das fragst ausgerechnet du?«

Erschrocken riss sie die Augen auf, Petrikovs Gesicht war vor Wut rot angelaufen. »Ich verstehe wirklich nicht, was du meinst!«

»Du hast gesagt, dass du ihn beschäftigen willst. Von einem Kuss war nie die Rede gewesen!«, fuhr er sie nun an.

Kira brauchte einen Moment, bis sie verstand. Petrikov musste Jan und sie beobachtet haben, als sie nach der Weihnachtsfeier durch den Schnee getanzt waren.

»Ach, Alexander, ich ...«, sie schluckte. Sie wollte ihm sagen, dass dieser Kuss nichts zu bedeuten hatte, das war es, was er hören wollte. Das war es, was Niklas von ihr erwartete, doch sie brachte diesen Satz nicht über die Lippen. Sie konnte es einfach nicht. Denn der Kuss hatte etwas bedeutet. So, so viel.

»Es tut mir sehr leid.« Das war alles, nicht einmal präzisieren konnte sie diesen Satz. Denn ihr tat es kein bisschen leid, dass sie Jan geküsst hatte, auch nicht, dass Petrikov es gesehen hatte. Es tat ihr leid, dass alles aus dem Ruder gelaufen war. Nicht der Plan, Niklas' Plan verlief so präzise wie ein Uhrwerk. Aber ihre Gefühle waren außer Rand und Band. Ihr tat es leid, dass sie Jan und Petrikov angelogen hatte. Besonders, dass sie Jan niemals die Wahrheit würde sagen können.

»Das sollte es auch. Du bist mir noch etwas schuldig«, sagte er trotzig. Dieses kindische Verhalten passte nicht zu ihm, aber er schien auf seine Ansprüche zu beharren. Hoffentlich schaffte sie es, nach der Auktion schnell zu verschwinden, bevor Petrikov diese noch einforderte. Vorerst würde sie ihm nicht widersprechen, sie wollte ihn nicht unnötig aufregen.

Petrikov winkte jemandem zu, der sich hinter ihr befand, dann sauste er an ihr vorbei. Eine Weile sah sie ihm nachdenklich hinterher, bis Jan aus dem Glasbau kam und auf den Sicherheitsdienst zuhielt. Sollte sie zu ihm gehen? Sie musste ihm noch für das Geschenk danken. Am liebsten hätte sie ihm romantische Versprechungen gemacht, aber Niklas wollte noch heute die Stadt verlassen. Wäre es nicht weniger auffällig, wenn sie blieb? War es nicht offensichtlich, dass *Antonia* etwas mit dem Diebstahl zu tun hatte, wenn sie nach der Auktion auf einmal spurlos verschwand? Laut Niklas sollte sie andeuten, dass sie zu ihren Eltern fahren würden, falls sie jemand fragen sollte. Wieder eine Lüge, die sie nach dem Ausrutscher am Abend zuvor anpassen musste, um glaubhaft zu bleiben.

Aber auf eine mehr oder weniger würde es letztlich nicht mehr ankommen.

Kira wurde bewusst, dass sie in Gedanken näher zur Sicherheitsschleuse und damit zu Jan gegangen war. Von dem Gespräch bekam sie nichts mit, zu laut waren die Geräusche der vielen Mitarbeiter, die nun um sie herumwuselten. Auch die Künstler waren mittlerweile alle eingetroffen. Die meisten unterhielten sich angeregt.

Jan bemerkte sie, nickte ihr kurz lächelnd zu und sprach noch einige abschließende Worte mit dem Sicherheitsbeamten. Sein Gang war steif, er wirkte angespannt, seine Augen musterten sie intensiv.

Sie machte einen Knicks vor ihm in ihrem weiß-goldenen Engelskostüm und senkte lächelnd den Blick. »Gefällt es dir?«

»Es steht dir«, erwiderte er kurz angebunden. Was war heute nur mit den Männern los?

»Danke. Und danke für das wundervolle Geschenk!« Trotz der Anspannung musste sie lächeln. Seine Nähe ließ ihr Herz höherschlagen. Wieder einmal wollte sie vergessen, warum sie eigentlich hier war.

»Petrikov hat uns gesehen«, sagte sie nach einer Weile, da Jan bis auf ein kurzes Nicken schwieg. »An dem Abend, draußen vor der Bodega. Er ist furchtbar eifersüchtig.« Sie kicherte, konnte es nicht lassen, ihm mit der Hand über den Arm zu streichen. Statt einer warmen Berührung und feurigen Blicken lief sie jedoch gegen eine Mauer aus Eis. »Ist was passiert?«, fragte sie besorgt. Irgendetwas war mit Jan, das spürte sie. »Geht es deinen Eltern gut?«

»Nein, nein«, unterbrach er sie. »Denen geht es gut. Ich muss wieder an die Arbeit. Tut mir leid, es ist gerade etwas stressig.«

»Oh, ja verständlich«, antwortete sie verwirrt, während Jan sich bereits abwandte und zum Ausstellungsraum ging.

Die Zeit bis zur Siegerehrung des Künstlerwettbewerbs verging nur schleppend. Kira beobachtete Niklas dabei, wie er mit den Gästen sprach und tat, wozu er angestellt worden war. Er verkaufte Lose, machte auf Kunstwerke und kommende Ausstellungen aufmerksam und bat um Spenden für das Museum.

Dann wurden alle Anwesenden in den Auktionsraum gebeten, Petrikov trat mit einem Mikrofon auf die kleine Bühne und verkündete die Platzierungen. Er konnte seine Enttäuschung, dass die Teufelsfratze nur den dritten Platz belegte, schlecht verbergen, doch die Künstlerin selbst, die sich auf der Weihnachtsfeier beinahe auf Jan gestürzt hatte, schien sich zu freuen. Kira entging nicht, dass die Russin in ihrem engen, blauen Kleid mit Wasserfallausschnitt ziemlich sexy aussah und ständig Jan zuzwinkerte. Was sollte das? Glaubte sie ernsthaft, sie hätte eine Chance bei Jan? Da wurde ihr bewusst, dass diese Frau in ein paar Stunden freie Bahn hatte. Verdammt. Wieder einmal fragte sie sich, ob sie wirklich heute wegfahren musste. Vielleicht konnte sie ein paar Tage länger bleiben?

Der zweite Platz ging an ein Gemälde, das aus abstrakten Formen in Rot, Braun und Gold bestand. Was es genau darstellte, konnte Kira nicht erkennen, auch der Titel *Weihnachtsschmaus* war nichtssagend. Der erste Platz war gleichzeitig das Kunstwerk, das die Auktion eröffnen sollte. Das war Kiras Zeichen. Während Petrikov das tat, was er am besten konnte, lief Kira in den Zwischenbereich und holte das Gewinnerstück ab. Petrikov lobte die Skulptur in den höchsten Tönen, beschrieb den Entstehungsprozess und schmückte das Leben des Künstlers in einer langen Rede aus. Kira hielt die kleine, weiße Skulptur vor sich, lächelte dabei und blieb immer wieder stehen, um sie den interessierten Gästen zu zeigen. Bei der Bühne angekommen positionierte sie sich neben Petrikov, und die Auktion begann.

Kapitel 16

Jan versuchte, sich ruhig zu geben, wenngleich die Anspannung ihn von Kopf bis Fuß ausfüllte. Zuerst hatte er in der Mitte hinter den Gästen Posten bezogen. Doch dort lief Kira mit jedem Kunstwerk direkt an ihm vorbei. Schon nach der dritten Begegnung ertrug er es nicht mehr und gab den Platz auf.

Er ging hinüber zu Schwartz, der am Rand des Auktionsraumes mit dem Rücken zum gläsernen Anbau stand. Vermutlich hatte er sich den Platz extra ausgesucht, um sich demnächst in Richtung des Magazins davonzumachen. Jan war ebenfalls nicht entgangen, dass er immer wieder zu ihm herübersah. Ein freundlicher Plausch würde ihn vielleicht unvorsichtig werden lassen.

»Und, läuft's gut?«, fragte er und klopfte ihm freundschaftlich auf den Rücken. Schwartz reagierte beinahe natürlich, auch wenn er sich bei Jans Berührung ein wenig verkrampfte.

»Ja, ich kann nicht klagen. Zur Weihnachtszeit scheinen die Menschen recht spendabel zu sein. Petrikov wird sich freuen.« Er hatte die Stimme gesenkt, damit die Gäste ihn nicht hörten.

»Na, das wundert mich nicht, bei so einem stattlichen Weihnachtsmann.« Jan knuffte ihm in den ausgestopften Bauch. Lieber hätte er ihm ins Gesicht geschlagen. Wenigstens wirkte Schwartz nicht so, als würde er auch nur im Geringsten ahnen, dass Jan ihm auf der Spur war. Sein Lächeln war beinahe überheblich. Er schien felsenfest davon überzeugt zu sein, dass sein Plan aufgehen würde. Gut so.

Plötzlich berührte jemand Jan sachte am Rücken. Als er sich verdutzt umdrehte, blickte er in Katharinas Katzenaugen. Widerwillig gestand er sich ein, wie empfänglich er für ihre Aufmerksamkeit war, vor allem jetzt, nachdem Kira ihn so verarscht hatte. Ihr Interesse streichelte seine Seele. Und interessiert war sie, daran bestand kein Zweifel.

»Ich habe die Bronzemedaille gewonnen. Wirst du später mit mir feiern?«, schnurrte sie in sein Ohr, sodass er ihren heißen Atem spürte. Wow, Jan hatte nie zuvor eine derart offensive Frau kennengelernt. Gerade wollte er sich von ihr lösen, da erblickte er hinter der Russin, wie Kira den silbrig glitzernden Baumstumpf heranrollte. Die einsame Glaskugel baumelte wild hin und her. Jan meinte, einen Schatten über ihr Gesicht huschen zu sehen. Vermutlich kratzte die Situation trotz allem an ihrem Stolz, auch wenn ihr nichts an ihm persönlich lag. Er genoss ihren grimmigen Blick. Spontan wandte er sich Katharina zu und legte den Arm um sie. Sie schmiegte sich prompt an ihn.

»Natürlich werde ich mit dir feiern«, flüsterte er ihr ins Ohr. Dabei kam er ihr so nahe, dass ihr Haar ihn im Gesicht kitzelte.

Einige von Katharinas Künstlerkollegen hatten sie beobachtet, die meisten grinsend und interessiert, lediglich ein hagerer Typ reagierte grimmig. Es hätte Jan auch verwundert, wenn eine Frau wie Katharina nicht einige Verehrer gehabt hätte. Doch keiner machte ein solch entsetztes Gesicht wie Kira. Jan lächelte bitter. Wenigstens konnte sie nun nicht mehr ahnen, dass sie sein Herz in Stücke gerissen hatte.

Als er sich zurück zu Schwartz drehte, war dieser spurlos verschwunden. Adrenalin strömte durch Jans Körper. Verdammt, nun hatte der Mistkerl tatsächlich die Ablenkung genutzt und sich aus dem Staub gemacht!

Soeben hatten die Spiele also gleich an beiden Fronten begonnen.

»Heute Abend gehöre ich ganz dir, jetzt habe ich aber zu tun«, flüsterte er Katharina zu. Er war sich ziemlich sicher, dass er sein Versprechen brechen würde, und er fühlte sich ein bisschen schäbig, als er ihr Lächeln auffing. Im Grunde war er nicht besser als Kira.

In einem Wirrwarr aus Gefühlen schob er den bitteren Gedanken beiseite und verließ den Auktionsraum. Die Anzeige des Aufzugs verriet ihm, dass die Kabine sich im ersten Stock befand. Er würde nicht riskieren, dass das Klingelgeräusch des Aufzugs Schwartz warnte. Jan rannte an den Toiletten vorbei und öffnete mit der Schlüsselkarte, die er sich schon am Morgen hatte geben lassen, die Tür zum Treppenhaus. Dann klemmte er einen Fußabstreifer ein, damit sie offen blieb, und rief Walter an.

»Schnapp dir einen Kollegen und komm ins Magazin. Ich habe hier jemanden, der in Gewahrsam genommen werden muss. Die Türen im Treppenhaus sind offen.«

Walter fragte nicht nach, zog nur scharf die Luft ein und beendete nach einem kurzen »Okay« das Gespräch.

Auf dem Weg nach oben nahm Jan immer zwei Stufen auf einmal, obwohl ihm vermutlich genug Zeit blieb. Außerdem war er nicht so waghalsig gewesen, die Eier im Tresor zu lassen. Doch es dürstete ihn förmlich danach, Schwartz zur Strecke zu bringen.

Oben angekommen, musste er sich regelrecht zwingen,

nicht die Tür aufzureißen. Als er durch einen Spalt spähte, fand er den Gang verlassen vor. Schwartz war bereits im Magazin.

Mit feuchten Fingern tippte er den Zahlencode ein und war erleichtert, dass das Gerät nicht piepste. Dann schob er vorsichtig die Tür auf. Unbeholfen suchte er etwas, um sie zu blockieren. Schließlich zog er seinen rechten Schuh aus und schob ihn zwischen die Tür.

Der Gang lag im Dunkeln, aber die zweite, nach rechts abgehende Tür stand offen, und leise Geräusche drangen heraus. Jan zog seine Waffe, entsicherte sie und schlich weiter. Als er in den Raum lugte, huschte ein Grinsen über sein Gesicht. Schwartz hatte den Tresor bereits geöffnet. Er war schnell, das musste er ihm lassen. In bunten Farben malte Jan sich Schwartz' Enttäuschung aus, dass in dem Tresor nicht wie erwartet drei exquisite Fabergé-Eier auf ihn gewartet hatten, sondern nur wertlose Papiere.

Der falsche Weihnachtsmann wühlte sich durch den Inhalt des Sicherheitsschrankes. Seine Bewegungen wurden mit jeder Sekunde hastiger und lauter.

»Suchst du was?«, fragte Jan und das Rascheln verstummte augenblicklich.

»Ich richte eine Waffe auf dich, also mach keinen Scheiß«, schob er vorsichtshalber nach. Zwar war Schwartz nicht bekannt dafür, gewalttätig zu sein, doch jeder Hund biss, wenn man ihn in die Ecke drängte.

Nach ein paar stillen Sekunden, in denen Schwartz vermutlich seine Möglichkeiten abwog, hob er beide Hände und drehte sich langsam um. »Hey, ich bin Antonias Bruder. Ich dachte, ihr steht euch nahe«, sagte er leise und beobachtete Jan aufmerksam.

Der schluckte trocken. Mit wenigen schnellen Schritten

kam er heran. »Eine Antonia kenne ich nicht. Und falls du Kira meinst, der stehst du wohl weit näher als ich.« Er war froh, dass keine Verbissenheit in seiner Stimme mitschwang.

Schwartz nickte freudlos. »Da hat die Kleine wohl ihr Schauspieltalent überschätzt. Dabei hat sie sich wirklich bemüht und vollen Körpereinsatz gezeigt, soweit ich weiß.«

Etwas in Jans Magengegend krampfte. »Halt's Maul!«, rief er barsch. Etwas zu barsch, denn prompt flog ein fieses Grinsen in Schwartz' Gesicht.

Er holte Luft, und Jan war sich sicher, dass er nun anfangen würde, in seiner Wunde zu wühlen, wie ein Kind, das die ungeliebten Rosinen aus dem Stollen herauspulte. Seine Worte schmerzten bereits, obwohl er sie noch gar nicht ausgesprochen hatte. Ehe er richtig begriff, was er tat, schlug er Schwartz den Knauf seiner Pistole mit einer schnellen Bewegung gegen die Schläfe. Der ging sofort zu Boden. Meine Güte, was für eine Scheiße! Das würde Ärger geben.

Jan atmete tief durch, um seine Wut wieder in den Griff zu bekommen. Dann nahm er die Handschelle, die vom Mantel verborgen hinten an seinem Gürtel hing. Als er sich zu Schwartz hinunterbeugte, schnellte der vermeintlich Bewusstlose plötzlich hoch und schlug ihm die Waffe aus der Hand. Sie schlitterte unter eines der Regale. Jan sah ihr einen Moment überrumpelt nach – einen Moment zu lange, denn schon explodierte Schmerz in seiner Nase. Schwartz hatte das Überraschungsmoment genutzt und seine Faust in Jans Gesicht versenkt. Er taumelte zurück. Einen solchen Schlag hätte er dem schlaksigen Typen niemals zugetraut. Der sprang auf die Beine und schlug Jan in den Magen.

Jan klappte nach vorne und stieß schmerzhaft die Luft aus. Schwartz polterte an ihm vorbei. Doch ehe er fliehen konnte, fasste sich Jan und warf sich herum. Gerade noch erwischte er ihn an der Schulter und riss ihn zurück. Die beiden rangelten durch die Regale, irgendetwas ging klirrend zu Boden. Schließlich bekam Schwartz Jans Arm zu fassen und drehte ihm diesen auf den Rücken. Das hatte er sich wohl bei einer seiner Verhaftungen abgeschaut.

Einen Augenblick verharrte Jan in Schwartz' Schwitzkasten. Dann trat er ihm so fest er konnte seitlich gegen das Knie. Jaulend ließ er Jan los, hielt sich mit fassungslosem Gesichtsausdruck sein Bein. Jan setzte einen Kinnhaken nach und beförderte seinen Gegner auf den Linoleumboden. Er schaute auf Schwartz hinunter.

Der spuckte Blut, seine Lippe war seitlich aufgeplatzt. Sein schmerzverzerrtes Gesicht wandelte sich zu einer hämischen Fratze. »Du bist ja richtig impulsiv, Bulle. Da hatte Kira wenigstens ihren Spaß, wenn sie schon mit dir schlafen musste.«

Nackte Wut griff nach Jan und zerrte an seinem Verstand. Er stürzte sich auf Schwartz und hämmerte seine Faust in sein Gesicht, immer und immer wieder. Plötzlich spürte er Hände, die seine Fäuste bändigten und ihn auf die Beine zerrten. Walter zog ihn zur Seite und patschte Jan ins Gesicht wie einem Bewusstlosen, den man ins Hier und Jetzt zurückholen will. Inzwischen legten zwei andere Beamten dem röchelnden Weihnachtsmann Handschellen an und hievten ihn in die Höhe.

»Geht's wieder?«, fragte Walter. Mit besorgter Miene musterte er Jan. Der nickte keuchend.

»Da deine Nase blutet, der Tresor offen steht und dort vorne überall Porzellanscherben liegen, gehe ich davon aus, dass du in Notwehr gehandelt hast«, sagte er ruhig.

Jan schwieg besser. Im Augenwinkel sah er, wie Schwartz zur Tür hinausgeführt wurde.

»Jetzt beruhige dich und komm.«

»Gib mir noch eine Minute, bitte«, flüsterte Jan. Langsam schlich sich in sein Bewusstsein, wie dankbar er Walter sein musste. Nicht nur, dass er zu ihm hielt. Auch war Jan sich nicht sicher, wie und wann er sich allein aus seinem Wutrausch befreit hätte. Er musste wieder mehr Sport treiben. Ohne ein geeignetes Ventil würde er ansonsten irgendwann in die Luft gehen.

Walter ging aus dem Raum, doch Jan hörte, dass seine Schritte auf dem Gang stoppen. Er holte tief Luft und betastete vorsichtig seine Nase. Sie schien nicht gebrochen, doch mit dem Abebben des Adrenalins in seinem Körper entflammte nun ein pulsierender Schmerz in seinem Gesicht. Er versicherte sich kurz, ob die Fabergé-Eier noch in ihrem Versteck waren, und folgte dann Walter. Schweigend stiegen sie gemeinsam die Treppe hinunter.

Im Foyer blieb Jan stehen. »Ich komme gleich nach.«

Walter nickte knapp und verließ das Museum, während Jan in den Auktionsraum hineinging. Katharina schien zu erschrecken, als sie ihn erblickte. Fragezeichen sprühten aus ihrem Gesicht, doch als er abwinkte, presste sie bloß die Lippen zusammen. Besorgt legte sie ihm die Hand auf die Schulter.

Da tauchte Kira mit einem weiteren Kunstwerk auf, das sie zur Bühne brachte. Es war ein Drahtgestell in Form eines Tannenbaumes, geschmückt mit grünen Federn. Auch sie schien zu erschrecken, als sie in sein blutiges Gesicht sah. Anstatt an ihm vorbei in Richtung Bühne zu gehen, blieb sie verdutzt stehen und starrte ihn an.

»Ich habe deinen Verlobten festgenommen«, sagte er und sah mit Genugtuung, wie ihr die Gesichtszüge entglitten. »Falls es einen weiteren Zwischenfall geben sollte, weiß ich genau, wer ihm in die Zelle nachfolgen wird. Ich hoffe, wir verstehen uns, Frau Kira Noll.«

Erschrocken schlug sie sich die Hand auf den Mund. Eine kindliche Geste, die sein Herz berührte. Doch Jan drehte sich auf dem Absatz um, eilte aus dem Museum und ließ die beiden Frauen sprachlos zurück.

Kapitel 17

Scheiße! Kira musste sich zurückhalten, um nicht laut aufzuschreien. Alles war schief gelaufen, der Plan ging den Bach runter, nein, er war längst komplett gescheitert. Sie musste weg, sofort. Einfach ihre Sachen packen, in den nächsten Zug steigen und weg. Doch sie war wie in Trance, trug das Drahtgestell zitternd weiter, starrte wie gebannt geradeaus. Jan musste Niklas auf frischer Tat ertappt haben, ihr konnte man möglicherweise noch nichts nachweisen. Wenn sie sofort abhauen würde, dann war ihr Jan oder einer seiner Kollegen auf der Spur. Langsam und stockend sog sie tief den Atem ein, sie musste Ruhe bewahren. Dieser Mistkerl von Bulle hatte es von Anfang an gewusst. Er hatte ein Spiel mit ihr gespielt, dabei hatte er geplant, Niklas festzunehmen und womöglich sie gleich mit. Aber so leicht würde sie es ihm nicht machen. Diesem Schwerenöter, der sich heute gleich an die nächste Frau herangemacht hatte.

Am liebsten hätte Kira sich die Kette vom Hals gerissen.

Als sie die kleine Bühne erreichte, drehte sie sich mit einem breiten, gekünstelten Lächeln zum Publikum um. Sie hatte sich mittlerweile so weit gefasst, dass sie zumindest nicht mehr blind loslaufen wollte. Die Auktion war fast vorbei, nur noch zwei Kunstwerke warteten darauf, versteigert zu werden. Danach konnte sie unauffällig verschwinden.

Nachdem sie ihre Pflicht getan hatte, ging Kira zügig in den Empfangsraum, dort hatte sie ihre Tasche mit der Kleidung hinter dem Empfang abgegeben. Lächelnd bedankte sie sich bei der dahinter sitzenden Dame, drehte sich um und steuerte auf den Ausgang zu. Draußen auf dem Vorplatz entdeckte sie zwei Beamte, die sich unterhielten. Kira hielt abrupt inne. Jan hatte ihnen mit Sicherheit Bescheid gesagt, dass sie Kira abfangen sollten. Mist, so ein verdammter Dreck. Fluchend wandte sie sich ab, sie musste einen anderen Ausgang finden. Es gab bestimmt einen seitlichen Eingang, einen für das Personal. Auch wenn Petrikov immer den Haupteingang benutzt hatte, musste es zumindest einen Notausgang geben. Sie schlug den Gang neben dem Aufzug ein, ihre Schritte hallten an den leeren, grauen Wänden wider, während sie Decke und Boden nach Exit-Schildern absuchte. Es leuchtete tatsächlich eins über einer Metalltür. Kira griff nach der Klinke, als hinter ihr eine Stimme ertönte: »Du willst schon gehen?«

Sie zuckte zusammen und hielt inne, wusste genau, wer ihr gefolgt war. Ein kalter Schauer lief ihr über den Rücken, denn sie wusste ebenfalls, was Petrikov wollte.

»Ich möchte nur ein wenig frische Luft schnappen«, sagte sie schnell und setzte ein nervöses Lächeln auf.

Dunkle Augen musterten sie unter schwarzen Augenbrauen. Seine Stimme war berechnend und kühl, ganz anders als er sich sonst gab, wenn er mit den Künstlern beisammen war. »Warum denn durch den Notausgang?« Bestimmt vermutete er, dass sie ihm entgehen wollte, ihrem

Versprechen ihm gegenüber. Das war nicht der Hauptgrund, eigentlich wollte sie all dem hier entgehen.

»Ich wollte ein wenig Zeit für mich haben. Ich habe furchtbare Kopfschmerzen und am Haupteingang stehen die ganzen Raucher ...«, versuchte sie sich an einer Ausrede. Ihre Hand hielt sie immer noch an der Klinke, was Petrikov zu stören schien. Er kam auf sie zu, sodass sie zurückwich und gezwungen war, den Griff loszulassen, wenn sie nicht mit dem Russen kollidieren wollte.

»Ich weiß, was gegen Kopfschmerzen hilft«, sagte er mit lüsternem Blick und drängte sich dabei zwischen sie und die Tür.

Unwohl wich Kira weiter zurück. »Doch nicht hier!« Die gespielte Empörung misslang ihr grandios. Ihre Stimme war zittrig und dünn.

»Hier ist keiner. Oder willst du etwa in mein Büro gehen?« In Gedanken sah sie ihn schon auf den Boden sabbern. Sein Blick zog ihr bereits das weiße Engelskleidchen aus.

Unsicher nickte sie. Von der toughen Studentin, die Petrikov noch vor Kurzem mit Leichtigkeit um den Finger gewickelt hatte, war in diesem Augenblick wenig übrig. Ihre Tarnung war beim LKA aufgeflogen, Niklas verhaftet worden. Sie musste endlich dieses Spiel beenden. »Da oben sind wir wenigstens ungestört. Man weiß ja nie.« Zumindest ihren Hundeblick hatte sie nicht verloren. Wenn Petrikov sich von der Tür entfernte, konnte sie weglaufen. Aber war das wirklich die beste Alternative? Zumindest besser, als mit ihm in sein Büro zu verschwinden.

»Nun gut, dann flott nach oben!«, meinte er ungeduldig und sah sie dabei auffordernd an.

Zögernd lief Kira los, als sie an ihm vorbeiging,

klatschte er ihr mit flacher Hand auf den Po. Sie unterdrückte einen Aufschrei, was Petrikov irre kichern ließ. Der hatte bestimmt nichts von Niklas' Verhaftung mitbekommen. Hätte Jan ihr nichts gesagt, dann wäre es nicht einmal Kira aufgefallen, da Niklas nach dem Diebstahl verschwinden wollte.

Sie musste Petrikov schnellstens loswerden. Sobald sie die Eingangshalle betraten, keimte die Hoffnung auf, irgendein Künstler könnte mit Petrikov sprechen wollen, doch viele machten sich schon auf den Heimweg. Während Petrikov seine Schlüsselkarte an den Aufzug hielt, entdeckte Kira tatsächlich jemanden. Es war Katharina, die Künstlerin, die sich an Jan rangemacht hatte. Diese musterte sie arrogant mit ihren dunkel geschminkten Katzenaugen. So sehr sie sich auch sträubte, Katharina war ihr letzter Ausweg, der Aufzug fuhr bereits leise summend herunter.

Schnell winkte Kira die Russin zu sich, deutete lächelnd auf Petrikov. Es funktionierte tatsächlich. Mit fragendem Blick kam Katharina auf sie zu.

»Katharina, meinen herzlichen Glückwunsch zum dritten Platz«, sagte Kira überschwänglich freundlich und versuchte, den Triumph in den Augen der Rothaarigen zu ignorieren. Katharina hatte Jan bekommen, sollte sie ihn behalten. Der Bulle konnte ihr gestohlen bleiben. Er hatte sie nur benutzt, um Niklas zu erwischen.

»Danke«, sagte sie mehr abfällig als ernst gemeint und sah fragend zu Petrikov.

Der Aufzug glitt hinter ihnen auf, Petrikov fing Katharinas Blick auf. »Herzlichen Glückwunsch, noch einmal«, sagte auch er und zögerte unentschlossen.

Zwar hatte Kira gehofft, dass der sonst so redselige Petrikov sofort ein Gespräch anfangen würde, aber gut, zumindest war er kurz abgelenkt. Diesen Augenblick musste sie nutzen. Mit einer ausschweifenden Handbewegung und einem lauten Seufzen wich sie zurück. »Herrje, ich Dummchen. Ich habe meine Schuhe liegenlassen, bin gleich wieder da. Alexander, erzähl Katharina in der Zwischenzeit doch von den Plänen für das nächste Jahr. Bin sofort zurück.«

Im Angesicht der rothaarigen Katze wagte Petrikov anscheinend nicht, Kira zurückzuhalten. Vielleicht glaubte er ihr auch ihre Ausrede. Wie auch immer, sie huschte schnell zurück in den Gang und rannte los, um den Notausgang zu erreichen. Mit eiskalten Händen und hämmerndem Herzen drückte sie die Klinke herunter, doch die Tür ließ sich nicht öffnen. Kurz stockte ihr der Atem, ehe sie den Riegel entdeckte. Der Metallhebel ließ sich ohne große Mühe umklappen, und nun schwang auch die Tür nach außen hin auf. Eiskalte Luft schlug ihr entgegen, mit ihr eine kleine Wolke Schneeflocken. Die Tür stockte nach wenigen Zentimetern, da der Schnee in den letzten Stunden weiter angestiegen war. Die Lücke reichte aber aus, dass Kira sich hindurchzwängen konnte. Sie stapfte mit viel zu langsamen Schritten auf den Hof hinaus. Es war der Platz, wo Frikadelle den Schlüsselabdruck abgeholt hatte.

Kira trug immer noch das Engelskostüm und die goldenen Pumps, in denen sie sofort nasse Füße bekam. Zumindest ihren Mantel konnte sie zuziehen, um sich ein wenig vor der Kälte zu schützen. Den Heiligenschein riss sie sich aus dem Haar und warf ihn in einen der großen Container, die an der Hauswand standen. Während sie vorsichtig voranschritt, angelte sie sich aus ihrer Tasche als Erstes ihre gefütterten Stiefel. So viel Zeit musste sein, denn mit den Engelsschuhen würde sie nicht weit kommen. Die

Schuhe waren schnell gewechselt, während sie sich wieder in Bewegung setzte, kramte sie noch nach Mütze und Handschuhen. *Keine Zeit verlieren*, dachte sie bei sich und schaute sich sorgfältig an der Kreuzung um, ob eine Streife in Sichtweite war. Sie entdeckte niemanden und schlug den Weg ein, der direkt vom Museum wegführte. So nahm sie zwar einen kleinen Umweg in Kauf, aber das war unter diesen Umständen vermutlich nicht verkehrt. Ob die Polizei schon ihre Mietwohnung durchsuchte? Oh je, sie hatten zwar die Koffer gepackt, jedoch alles im Wohnzimmer stehen lassen. In ihrer Plastiktasche befand sich bloß ihre Kleidung und ihr Portemonnaie. Ihr Portemonnaie! Ihre Hand rutschte in die Manteltasche, zumindest das hatte sie dabei. Erleichtert atmete sie aus. Es befanden sich noch zwanzig Euro darin, besser als nichts.

Einige Minuten später näherte sie sich der Wohnung und schon von Weitem sah sie mehrere Streifenwagen vor der Haustür, die sie sofort umdrehen ließen. Die Polizei war bereits dabei, die Wohnung und all ihre Sachen auf den Kopf zu stellen.

Mit zügigen Schritten und dem Gefühl bohrender Blicke im Rücken, obwohl keiner draußen gewesen war, stürmte sie um die nächste Hausecke. Bloß schnell weg von diesem Ort. Aber wohin? Ihre Gedanken rasten, sie musste Frikadelle und Sandmann informieren, vielleicht konnten die ihr raten, was sie tun sollte.

Mit zitternden Fingern zog sie ihr Handy aus der Tasche und suchte nach Sandmanns Nummer. Sie lief immer weiter, traute sich nicht, stehen zu bleiben. Es tutete einmal, zweimal, dann hob jemand ab. »Was?«

»Sandmann?«, hauchte Kira bibbernd. Nicht nur die Kälte machte es ihr schwer, ihr war alles über den Kopf gewachsen, die Anspannung saß ihr in den Knochen.

»Sirene? Was ist los? Ist was schief gegangen?« Seine Stimme klang besorgt.

»Ja, sie haben Trojaner. Ich ... sie sind bei unserer Wohnung und sammeln gerade alles ein. Es ist aus.« Sie spürte, dass sie kurz davor war, in Tränen auszubrechen.

»Shit«, kam es aus dem Hörer, dann folgte Stille.

»Sandmann? Was soll ich machen? Sie wissen, wie ich heiße und bestimmt auch, wo ich wohne.« Sie schluckte hart bei dem Gedanken. Tränen brannten auf ihren Wangen. »Ich habe nichts weiter anzuziehen, in meinem Portemonnaie sind nur noch 20 Euro. Ich muss weg, bevor sie merken, dass ich nicht mehr im Museum bin.« Stille. Sekunden verstrichen, hatte er aufgelegt? »Sandmann?«

»Ja, ich bin noch dran. Lass mich nachdenken.«

Weitere Zeit verstrich, in der Kira ihren Schritt verlangsamte. Bevor sie sich verlief, sollte sie lieber auf weitere Anweisungen warten. Mit dem Handrücken strich sie sich die Tränen weg.

»Okay, pass auf. Geh zum Hauptbahnhof. Dort gibt es Schließfächer. Such die Nummer 047. Da ist für den Notfall eine Handgepäcktasche drin, mit allem, was du brauchst. Den Schlüssel findest du ...« Es folgte eine ausführliche Beschreibung, die Kira versuchte abzuspeichern. »Benutz nur Bargeld, niemals deine Karte. Du weißt, dass du untertauchen musst?«

Niklas hatte sie auf diese Option hingewiesen, aber die Wahrscheinlichkeit als äußerst gering eingestuft. Außerdem hatte sie kaum eine andere Wahl gehabt. Ihre Oma war mittlerweile so dement, dass sie eine Gefahr für sich selbst war. Solange der Schlüssel nur im Kühlschrank verstaut wurde, war es in Ordnung, aber hin und wieder landeten Dinge in der Mikrowelle oder auf dem eingeschalteten Herd. Um sich voll um sie zu kümmern, müsste sie ihr Studium abbrechen und den Kellnerjob an den Nagel hängen, dann fehlte wiederum Geld, das sie dringend für ihren Lebensunterhalt benötigte. Wie sie es auch drehte, das Risiko hatte sie eingehen müssen. Niklas hatte sie damit beruhigt, dass sie im schlimmsten Falle nur eine gewisse Zeit untertauchen müsse, bis Gras über die Sache gewachsen war. Schließlich hatte sie nichts Schlimmes getan. Und doch fühlte sich diese Aussicht schrecklich an. Als würde man ihr ein riesiges Loch ins Herz reißen. Mit strammen Schritten versuchte sie, das Gefühl hinter sich zu lassen und sich auf das Hier und Jetzt zu konzentrieren.

Kira fürchtete, dass an der nächstliegenden U-Bahnstation *Münchner Freiheit* bereits die Polizei auf sie wartete, wenn sie sich nicht beeilte.

Sie musste sich umziehen, doch damit würde sie bis zum Hauptbahnhof warten. Obwohl das weiß-goldene Kleid unter ihrem Mantel verborgen war, bildete sie sich ein, jeder würde sie anstarren. Die U-Bahnstation war zum Glück sehr übersichtlich und voll genug, dass sie zwischen den Menschen nicht auffiel. Trotzdem huschte ihr Blick unruhig hin und her, aus Angst, einen Polizisten oder vielleicht sogar Jan zu entdecken.

Die Bahn fuhr nach wenigen Minuten ein, und Kira bekam sogar einen Sitzplatz. Langsam wärmte sie sich auf, bewegte die kalten Füße in ihren Stiefeln. Die waren zwar gefüttert, aber ihre Strumpfhose war immer noch klamm. Am liebsten hätte sie die Stiefel ausgezogen und die Füße an der Heizung getrocknet, doch sie war viel zu nervös. Ihr Körper war angespannt, ihr Rücken lag nur leicht an der Lehne, jederzeit bereit aufzuspringen. An jeder Haltestelle hielt sie die Luft an, suchte aufmerksam nach Polizisten, während die meisten Leute auf ihre Handys hinabstarrten und sie nicht weiter beachteten.

Kapitel 18

Die dunklen Gestalten der Sondereinheit schwärmten aus, rannten die Treppe hinauf und sicherten jeden Winkel. Auch Jan hatte sich eine schusssichere Weste übergezogen, ehe er das Haus betrat. Wie unbedarft er beim letzten Mal gewesen war. Er hatte nicht mit einem besitzergreifenden, großen Bruder gesprochen, sondern mit Schwartz, dem Meisterdieb persönlich. Im Nachhinein war seine ablehnende Reaktion auf ihn nur zu verständlich. Ob er auch eifersüchtig gewesen war? Vermutlich war das Gangsterpärchen zu abgebrüht für solche Allüren.

Als er das Wohnzimmer betrat, versetzte es ihm einen Stich. Gepackte Koffer standen inmitten des Raumes. Sie hatte wirklich einfach verschwinden wollen ohne ein Wort des Abschieds. Lautlos. Skrupellos.

Er griff nach ihrem Schal, der oben auf einem der Koffer lag. Zwei umstehende Beamte wichen zurück, als würden sie eine Explosion erwarten. Doch hier würde nichts in die Luft fliegen, der große Knall war schon passiert.

Jan widerstand nur mühsam dem Impuls, den Schal zum Gesicht zu führen. Sie hatte ihn bei der Weihnachtsfeier getragen, als sie durch den Schnee getanzt waren, als sie sich geküsst hatten. Später war er auf dem Fußboden seiner Wohnung gelandet. Es waren seitdem nur zwei

Tage vergangen, und doch schien ein Leben dazwischen zu liegen.

Er wies zwei Beamte an, die Koffer zu öffnen. Die anderen durchsuchten die Wohnung.

In der Vergangenheit war Schwartz der Polizei stets einen Schritt voraus gewesen. Auch diesmal hatte er gut gespielt. Sie hatten sich gegenseitig getäuscht, aber spätestens seit dem Anblick der gepackten Koffer war Jan sich sicher, dass die Wohnung sauber war. Wenn es hier noch etwas Interessantes gab, dann steckte es bereits in diesen Gepäckstücken.

Mit einem Knall schlug der Deckel des Hartschalenkoffers auf dem Fußboden auf. Neben ein paar Kleidungsstücken fanden sie mehrere Ordner und einen Laptop. Jackpot!

Aus einem der Order rutschte ein Schnellhefter und glitt auf den Boden, als einer der SEK-Leute mit dem Fuß versehentlich gegen den Koffer stieß. Er war beschriftet mit *Antonia Sorokin*. Jan schluckte trocken, als er sich danach bückte. Gedankenverloren blätterte er durch die fiktive Lebensgeschichte einer Frau, die ihm so real erschienen war – real genug jedenfalls, um ihm sein Herz zu stehlen. Dabei hatte es die Diebin gar nicht darauf abgesehen gehabt. Er hätte schreien mögen beim Anblick der Unterlagen. Energisch klappte er den Schnellhefter zu und warf ihn in den Koffer zurück.

Inzwischen hatten die SEK-Leute den zweiten ebenfalls geöffnet. Dieser enthielt nur einige Kleidungsstücke, Schuhe und einen Kulturbeutel.

Die restliche Wohnung würde sauber sein, wie Jan Schwartz einschätzte. Trotzdem schritt er die Räume ab. In der kleinen Küche hatte jemand abgespült, das Geschirr lag zum Trocknen neben dem Spülbecken, ein Tuch ordentlich gefaltet daneben. Sogar den Müll hatten sie schon weggebracht.

Die Wohnung verfügte über drei Schlafzimmer. In einem stand ein Doppelbett, in den beiden anderen fand er jeweils ein Einzelnes. Komischerweise schien das Doppelzimmer unangetastet, während in den kleineren die Laken abgezogen worden waren und zusammen mit ein paar Handtüchern neben den Betten lagen. Gehörte das zu ihrer Tarnung? Hatten sie Angst gehabt, jemand könnte unerwartet in die Wohnung kommen und sich wundern, warum vermeintliche Geschwister im Ehebett schliefen? Vielleicht hatten sie die Zimmer gewechselt, nachdem Jan bei ihnen hineingeschneit war. Wie auch immer. Es konnte ihm egal sein, nein, es musste ihm egal sein.

»Bis auf die beiden Koffer ist alles sauber. Keine Handys, keine Menschenseele«, sagte ein SEK-Mann neben ihm. Seine Stimme klang gedämpft durch das Tuch, das die untere Hälfte seines Gesichtes verdeckte.

Vermutlich würde auch die Spurensicherung nichts Interessantes finden. Dass Schwartz und Kira hier gewesen waren, wusste er auch so. Trotzdem schickte er sie in die Wohnung, um alles genau zu untersuchen.

Unten auf der Straße wurde ihm bewusst, dass er noch immer den Schal in Händen hielt. Kurz trat Jan von einem Fuß auf den anderen, unschlüssig, ob er ihn wieder nach oben bringen sollte. Dann warf er ihn auf den Beifahrersitz seines Wagens. Lieber würde er ihn in den nächsten Müllcontainer stopfen, als eine Ausrede zu erfinden, warum er ihn in Gedanken versunken mitgenommen hatte. Es reichte, wenn ihm selbst schmerzlich bewusst war, dass er Antonia nachtrauerte. Er musste nicht seinen Kollegen auf die Nase binden, was für ein gefühlsduseliger Vollidiot er war.

Jan steuerte seinen Wagen direkt auf den Vorplatz des Museums, der für den Straßenverkehr gesperrt war, und hielt vor dem Haupteingang. Die Auktion musste inzwischen vorbei sein, und seine Kollegen hatten keinen weiteren Zwischenfall gemeldet. Drinnen fand er Petrikov mit einem Glas Sekt in der Hand im Gespräch mit ein paar Künstlern vertieft. Er wirkte entspannt und gut gelaunt. Sie waren also unauffällig genug gewesen, die Veranstaltung nicht zu stören.

Es würde ihm ein Vergnügen sein, ihm die Laune zu verderben.

»Petrikov, auf ein Wort bitte.«

Unwillig löste der Museumsleiter sich von seinen Gesprächspartnern. »Möchten Sie sich verabschieden? Ich werde zum Abtransport nicht hier sein, das heißt wohl, dass sich unsere Wege nun trennen, oder?« Petrikov machte sich nicht die Mühe, zu verschleiern, dass er Jan endlich Lebewohl sagen wollte. Ihm erging es ja nicht anders.

»Wir werden noch miteinander zu tun haben. Ich denke, ich werde Sie vorladen müssen. Schließlich haben Sie einen polizeibekannten Dieb als Weihnachtsmann verkleidet und in ihr Museum gesetzt.«

Jan genoss es zu beobachten, wie Petrikovs Gesichtszüge entglitten.

»Mit viel Wohlwollen war es vielleicht Fahrlässigkeit. Mit etwas krimineller Energie vielleicht Absicht? Wie gut sind die Fabergé-Eier denn versichert?« Jan traute Petrikov in keiner Weise zu, seine Finger mit in diesem räuberischen Spiel zu haben. Doch irgendjemandes Nase musste er in den Dreck drücken, um sich selbst ein bisschen besser zu fühlen, und sei es nur verbal.

Jegliche Farbe war aus Petrikovs Gesicht gewichen,

während er sich die Hand vor den Mund schlug und unzusammenhängende Wortfetzen stammelte.

»Die arme Antonia«, flüsterte er schließlich. »Es wird ihr das Herz brechen, wenn sie erfährt, wie ihr Bruder sie hintergangen hat!«

»Wachen Sie auf, Petrikov!«, rief Jan ungehaltener als beabsichtigt. Einige Gäste, die noch in Grüppchen zusammenstanden, drehten sich zu ihnen um, darum bemühte er sich, ruhiger weiterzusprechen.

»Ihre Antonia hängt bis zum Bauchnabel mit drin.« Er biss sich auf die Unterlippe. Ihre wahre Identität würde er ihm nicht auf die Nase binden. Alles Weitere konnten sie bei der Vernehmung besprechen, er hatte schon genug gesagt. Wenn Petrikov wider Erwarten irgendetwas wusste, so würde er es später aus ihm herauspressen.

»Nun entschuldigen Sie mich, ich habe ein Verhör zu führen. Und Sie erwarte ich morgen Nachmittag um drei in meinem Büro, die Karte haben Sie.« Er bohrte Petrikov den Zeigefinger in die Brust. Doch der Museumsleiter antwortete nicht, nickte nicht einmal. Er stand nur da wie geohrfeigt und starrte Jan an. Vermutlich fühlte er sich genauso wie Jan, als er von Kiras falschem Spiel erfahren hatte. Schließlich hatte sie auch ihn mit ihrer Weihnachtsengelnummer um den Finger gewickelt.

Petrikov zu ärgern, hatte ihm nicht halb so viel Linderung verschafft wie erhofft. Fast tat ihm der Mann ein bisschen leid. Fahrig klopfte er ihm auf die Schulter und wandte sich zum Gehen. Dabei lief er geradewegs in Katharina hinein. Sie lächelte ihn offen an, ahnte wohl nicht, wie mitgenommen er sich innerlich fühlte. Scheinbar konnte er das noch ganz gut verbergen. Ein beruhigender Gedanke.

»Hey, mein Süßer. Wo willst du denn so eilig hin?« Sie

legte ihren Arm auf seine Schulter und sah ihm tief in die Augen. »Ich dachte, wir haben ein Date?«

Jan versuchte ein Lächeln. Sie sah zauberhaft aus, doch so ausgebrannt, wie er sich fühlte, würde er womöglich gar nicht in der Lage sein, ihr zu geben, was sie wollte. Er schob den Gedanken und ihren Arm von sich. »Tut mir leid. Es ist leider etwas dazwischengekommen. Ich muss zur Dienststelle.«

Katharina schob die vollen, dunkelrot geschminkten Lippen zum Schmollmund. Ein Schatten legte sich über ihre grünen Augen. Zärtlich legte sie eine Hand an seine Brust. Sie machte es ihm nicht leicht. Jan hätte es nicht gewundert, hätte sie ihm noch ein paar Unanständigkeiten ins Ohr geschnurrt, um ihn umzustimmen. Mit einem schiefen Lächeln hob er abwehrend beide Hände und schlängelte sich an ihr vorbei.

»Sei mir nicht böse«, murmelte er, ehe er hinauseilte. Jan spürte ihren Blick in seinem Rücken und kam sich schlecht vor. Er seufzte. Doch nun musste er sich erst mal Schwartz vorknöpfen, vielleicht würde das seine Laune heben.

Aber als Jan die örtliche Polizei-Dienststelle erreichte, wurden auch diese Hoffnungen zerstört. Walter fing ihn direkt am Eingang ab.

»Hat er schon geredet?«, wollte Jan wissen.

Der Kollege schüttelte den Kopf. »Zu einem Verhör kam es bisher noch nicht. Wir mussten ihn erst einmal ins Krankenhaus bringen.«

Jan horchte auf. »Der verarscht euch doch bloß!«, rief er. »Das ist ein Fluchtversuch. Wir bringen ihn auf keinen Fall ins Krankenhaus.«

Walter griff ihn mit beiden Händen an den Schultern. »Jetzt hör mir mal zu. Du hast einen guten Job gemacht und ihn auf frischer Tat ertappt. Aber dabei hast du ihm die Nase gebrochen. Und zu deiner Information, er wurde bereits im Krankenhaus verarztet und sitzt jetzt in einer Zelle. Also beruhige dich.«

Jan presste die Lippen zusammen. »Ich will rein und ihn verhören.«

»Das lässt du schön bleiben«, sagte Walter bestimmt. »Ich weiß nicht, was genau da zwischen euch läuft, aber es tut den Ermittlungen nicht gut.«

»Das ist Blödsinn!«, rief Jan und wollte sich an Walter vorbeischieben. Doch der hielt ihn zurück.

»Ist es nicht!« Er packte Jan an der Schulter, zog ihn zu sich heran und flüsterte: »Bisher kam er nicht auf die Idee, dich wegen Körperverletzung anzuzeigen, und darüber solltest du froh sein. Reiz ihn nicht unnötig!«

Jan ballte verbissen die Fäuste. Natürlich hatte Walter recht, und das machte ihn nur noch wütender. Es schmerzte ihn fast physisch, so dringend wollte er Schwartz eins auf die Schnauze hauen. Vermutlich sollte er sich von ihm fernhalten, bis er sich wieder im Griff hatte. Jan atmete tief durch. »Wann darf ich rein?«, fragte er in betont ruhigem Tonfall.

»Für den späten Nachmittag hat sich sein Anwalt angemeldet, und wir behalten ihn über Nacht wegen Fluchtgefahr hier. Ruf mich morgen an, okay?«

»Okay.« Jan nickte unwillig. »Hast ja recht, Walter, danke«, sagte er schließlich leise.

»Bis morgen. Und reg dich derweil ein bisschen ab. Geh laufen oder so.«

»Schon gut, schon gut.« Geknickt verließ Jan die Polizeiwache und stieg wieder in seinen Wagen. Wie in Trance steuerte er ihn nach Hause. Jan hatte gedacht, es würde ihm nach der Verhaftung besser gehen. Stattdessen fühlte er sich wie nach einer schlimmen Niederlage. Er schlüpfte in die letzte freie Parklücke vor seinem Haus und nahm Kiras Schal mit nach oben. Erst vor der Tür fiel ihm ein, dass seine Eltern auf ihn warteten. Um ehrlich zu sein, wäre er gerade lieber allein gewesen.

Müdigkeit und Frust lagen bleischwer auf seinen Schultern. Er streifte Schuhe und Mantel ab und ging ins Wohnzimmer.

»Da bist du ja, Schatz!«, rief seine Mutter und sprang auf. Sein Vater und sie hatten auf der Couch gesessen und zusammen ein Kreuzworträtsel gelöst. »Ich hab einen Hefeteig angesetzt. Hast du schon Hunger, oder soll ich die Pizza später machen?«

»Ich will nichts«, sagte er einsilbig und ließ sich in den Sessel plumpsen. Den Schal warf er vor sich auf den Couchtisch.

Seine Mutter nahm ihn in die Hände. »Ist das nicht Antonias Schal?«

»Hm.«

»Hat sie den vergessen?«

»Sozusagen.«

Im Augenwinkel sah er, wie sein Vater ihr die Hand auf den Arm legte und so weitere Fragen stoppte. Hilflos fuhr Jan sich mit beiden Händen übers Gesicht. Was sollte er seinen Eltern erzählen? Dass er hereingelegt worden war? Dass es die Frau, die sie kennengelernt hatten, überhaupt nicht gab?

Seine Mutter rückte näher heran, sein Vater war aufgestanden und hinter ihn getreten. »Ist was passiert?«, fragte sie in bangem Tonfall.

Er seufzte. »Es ist kompliziert, Mama.«

Da spürte er die Hand seines Vaters, die ihm beruhigend auf den Rücken klopfte. »Das ist es immer, Bub«, sagte er, »das ist es immer.«

Wenn der wüsste.

Kapitel 19

Als sie am Bahnhof ankam, war es bereits Nachmittag. Kira folgte dem Strom der Menschen die Rolltreppen hinauf zu den Zügen und schlug sogleich den Weg Richtung Gleis 1 ein. Dabei zog sie unwillkürlich den Kopf ein und die Mütze etwas tiefer. Sie warteten gewiss schon auf sie, gleich würde ein Beamter sie verhaften. Da war schon einer, der zusammen mit seiner burschikosen Kollegin durch die Menge blickte. Ziellos. Oder nicht? Er suchte bestimmt nach ihr, gleich würde er sie sehen. Kira verlangsamte ihren Schritt, um neben einer älteren Dame herzulaufen. Aus der Entfernung würde es wirken, als wären sie zusammen unterwegs. Hoffentlich. Ihr Herz pochte bis in ihren Hals hinauf, sie schlich so langsam voran. Doch wenn sie nun losrannte, würde sie unnötige Blicke auf sich ziehen. Sie durfte keine Aufmerksamkeit erregen, hielt sich schwer atmend weiter auf gleicher Höhe, bis sie endlich aus dem Sichtfeld der Beamten verschwunden war.

Kira wagte es nicht, sich zu entspannen, noch hatte sie es nicht geschafft. Sie musste die Toiletten finden und entdeckte bald das Schild über ihrem Kopf. Diesem folgte sie und drückte kurze Zeit später die Tür mit dem Damentoilettensymbol auf. »Weiter ...«, flüsterte sie sich zittrig selbst zu. Der Handföhn summte laut, die Luft roch unangenehm stickig. Zielstrebig ging Kira auf die letzte

Tür zu, die jedoch verschlossen war. Eine Frau, die nach ihr gekommen war, deutete auf eine freie Kabine, doch Kira winkte lächelnd ab. Hoffentlich würden die anderen nur denken, dass sie auf ihre Freundin wartete. Frauen kamen und gingen und nach einer gefühlten Ewigkeit wurde auch die Tür neben ihr geöffnet. Die kleine, dunkelhaarige Frau hatte ein blasses Gesicht, wirkte müde und kroch förmlich voran. Noch in der offenen Tür zog sie sich ihre Jacke über und setzte ihren Rucksack auf. Ungeduldig drängelte Kira sich schließlich an der Frau vorbei in die Kabine, bevor noch jemand anderes auf die Idee kam, diese Toilette für eine weitere Ewigkeit zu besetzen. Kira hing ihre blaue Plastiktüte an den Taschenhaken und ging in die Hocke. Sie klappte angewidert den Klodeckel herunter, bevor sie sich an der Brille vorbeibeugte und mit der Hand die hintere Seite der Kloschüssel abtastete. Für einen kurzen Augenblick dachte sie, sie hätte Sandmann missverstanden, doch der Schließfachschlüssel hing dort mit Klebeband befestigt.

Anstatt sofort loszustürmen, zog sie sich zuerst um, ihre Kleidung vom Morgen war deutlich bequemer und wärmer als das dünne Engelskostüm. Danach entleerte sie ihre Blase und merkte, wie hungrig und durstig sie war. Wenn sie noch Zeit hatte, würde sie sich etwas kaufen. Zuerst aber wollte sie wissen, was in dem Schließfach für sie bereit lag.

Langsam bekam sie wieder Gefühl in ihren Gelenken und vor dem Spiegel sortierte sie ihre wirren Haarsträhnen. Nachdem sie noch den Deoroller benutzt hatte, sah sie ihrem Spiegelbild ermutigend zu. Ein schwaches Lächeln erschien auf ihrem Gesicht, jedoch reichte es nicht bis zu ihren Augen. Mit welch einer Naivität sie an den Coup herangegangen war. Sie hatte es in Kauf genommen, das stimmt, sie hatte schließlich nicht viel zu verlieren gehabt. In den wenigen Tagen hatte sie sich etwas Neues aufgebaut. Eine Scheinwelt, das wusste sie, dennoch hätte sie sie gerne aufrechterhalten. Für Jan, seine Eltern, und in erster Linie für sich selbst. Lange hatte sie sich nicht mehr so wohl und geborgen gefühlt.

Kira riss sich von ihrem Spiegelbild los und eilte hinaus. Sie ging zügig, nicht schnell, steuerte direkt die Schließfächer an und fand nach kurzer Zeit das richtige, in das ihr Schlüssel passte. Die Nervosität hatte sie mittlerweile unter Kontrolle, trotzdem hielt sie sorgfältig nach Beamten Ausschau. Im Schließfach fand sie eine schwarze Sporttasche, doch traute sie sich nicht, diese vor den Blicken anderer Menschen zu öffnen.

Ein wenig blöd kam sie sich schon vor, als sie ein weiteres Mal die Toiletten ansteuerte. Zum Glück waren die Frauen von eben bereits alle verschwunden. Dieses Mal nahm sie die erste freie Kabine und klappte den Klodeckel hinunter, um sich darauf zu setzen. Mit einem leisen Surren öffnete sie den Reißverschluss der Tasche. Es befand sich tatsächlich Ersatzkleidung darin, die aus einer schwarzen Jogginghose und einem grauen Shirt bestand. Die Größe sollte passen, wahrscheinlich hatte Niklas beim Schätzen geholfen. Sie trug immer noch dieselbe, wie zu ihren gemeinsamen Zeiten. Seitlich lagen ein paar Sneaker, die bei dem Schnee nicht perfekt, aber wenigstens recht bequem wären. Unter den Schuhen fand sie ein Wegwerfhandy und ein braunes Umhängeportemonnaie, darin 500 Euro in kleinen Scheinen und einen Reisepass auf einen ihr fremden Namen. *Tereza Novotná.* Ein kleiner, handgeschriebener Zettel steckte dahinter, auf dem eine Adresse stand, die sich in Tschechien befand. Darunter einige Zugnummern mit Abfahrtszeiten.

Ihr wurde unwohl, bei dem Gedanken ins Ausland zu fliehen. Wie lange würde sie ihre Oma allein beim Vater lassen können? Kira blinzelte die aufsteigenden Tränen weg. Ein dicker Kloß hatte sich in ihrem Hals gebildet, den sie versuchte hinunterzuschlucken, doch er blieb hartnäckig hängen und engte ihre Atmung ein. Sie sollte ins Ausland verschwinden, und dann? Solange untertauchen, bis man sie vergessen hatte? Vergaßen deutsche Behörden überhaupt jemals? Wurden die Daten nicht über Jahrzehnte gesammelt und aufgehoben? Blieb ihr eine Wahl?

Mit flauem Gefühl packte sie ihre Plastiktüte aus, legte das kleine Make-up-Täschchen und die Strumpfhose in die Sporttasche, ließ das Engelskostüm aber in der Tüte. Bevor sie die Toilette verließ, warf sie die Plastiktüte in den Mülleimer.

Trotz der guten Vorbereitung fühlte sich Kira unwohl. Wie lange noch bis sie im Zug saß? Bis sie in Tschechien bei dieser Adresse angekommen wäre?

Bevor sie zu den Gleisen ging, suchte sie sich einen Imbiss, bei dem sie sich aufwärmen und stärken konnte. Das grelle Licht störte sie, auf den Gleisen war es inzwischen längst dunkel geworden, sodass überall die Lampen angingen. Die Wolken gaben ihr Bestes, um die dicke Schneedecke weiter auszubauen. So intensiv hatte es noch nie zu Weihnachten geschneit, zumindest nicht, soweit Kira sich erinnern konnte.

Als Nächstes musste sie sich ihr Zugticket am Automaten besorgen. Laut der Anzeige würde der nächste passende ICE um 20:40 Uhr abfahren, allerdings hatte er bereits mehr als eine halbe Stunde Verspätung angesammelt. Sie würde also gute fünf Stunden warten und bangen müssen, dass keiner sie vorher aufgriff.

Mit fortschreitender Zeit blinkten immer weitere Zugverspätungen auf der großen Anzeigetafel auf, ihr eigener wurde bereits 50 Minuten später erwartet.

»Hauptsache, er kommt überhaupt.« Wie von selbst drückte Kira ihre beiden Daumen, als könnte sie damit etwas bewirken. Stattdessen dauerte es keine zehn Minuten, da zeigte der Bildschirm den Ausfall ihres ICEs an.

»Oh nein, verdammt!« Kira fluchte leise, jedoch nicht ungehört.

»Das Schneechaos ist schuld«, antwortete ihr murrend ein älterer Herr, der ebenfalls auf die Anzeigetafel starrte und eine wegwerfende Handbewegung machte. »So was Blödes, die Bahn schafft es nicht einmal, durch ein bisschen Schnee zu fahren.«

Schon am Morgen hatte München unter einer dicken Schneedecke gelegen, je später und kälter es wurde, desto mehr verstopfte er die Straßen. Und scheinbar auch die Bahnstrecken. Warum musste das ausgerechnet heute passieren? »Und jetzt?«, fragte Kira verzweifelt, weil sie wirklich keine Ahnung hatte.

»Schau in die App, da wird dir die Ersatzverbindung angezeigt«, erklärte der Mann brummend. »So ein junges Ding sollte sich eigentlich damit auskennen.«

Das wusste sie natürlich, aber der Mann konnte nicht ahnen, dass sie sich eine Bleibe für die Nacht suchen musste. »Danke für den Hinweis«, sagte sie mit einem übertrieben freundlichen Lächeln und wandte sich von dem Nörgler ab. Auf einmal wurde ihr furchtbar heiß, ihre Augen weiteten sich erschrocken. Ihr Handy war immer noch eingeschaltet in ihrer Manteltasche. Ob Jan schon dabei war, sie darüber zu orten? Sie musste es ausschalten und entsorgen, so schnell wie möglich.

Zum dritten Mal an diesem Nachmittag führte ihr Weg

in die Damentoilette. Dort entfernte sie die SIM-Karte, bevor sie das Wegwerfhandy aktivierte und die Bahn-App aufrief. Ernüchtert stellte sie fest, dass sie an diesem Tag nicht mehr das Land verlassen würde, sondern bis 10 Uhr am nächsten Morgen warten musste.

Das Handy warf sie auf dem Weg aus dem Bahnhof heraus in einen Abfalleimer, die Handykarte behielt sie vorsichtshalber. Es waren sämtliche Telefonnummern darauf gespeichert, die von Niklas, Sandmann und Frikadelle. Es war zwar riskant, alles zu behalten, aber sie hatte Angst, dass sie noch einmal die Hilfe von Sandmann in Anspruch nehmen musste. Dieser hatte mit Sicherheit die Nummer von dem neuen Handy, sie hatte bei einem kurzen Blick ins Telefonbuch jedoch keine bekannten Namen entdecken können. Sie kaufte sich noch ein belegtes Brötchen als Abendessen und trat dann hinaus in den Schneesturm.

Ohne sich auszukennen, lief sie einfach los und fand trotz der schlechten Sicht in der Nähe mehrere Übernachtungsmöglichkeiten. Sie entschied sich für ein günstiges Motel. Das Zimmer war zwar klein, aber sauber. Im Bad wärmte sie sich unter der Dusche auf und zog sich danach die Sportkleidung aus der Reisetasche an. Damit würde sie auch am nächsten Tag verreisen, nur die Sneaker würde sie gegen ihre Winterstiefel tauschen. Das würde ziemlich blöd aussehen, aber Hauptsache, es war bequem und warm.

In der Nacht schlief Kira so gut wie gar nicht. Immer wieder wachte sie auf, wälzte sich hin und her und schreckte bei jedem Geräusch hoch. Erst am frühen Morgen döste sie für einige Stunden ein, bis sie ein Brummen aufweckte. Das Handy, dass sie in der Sporttasche gefunden hatte. Sie hatte sich den Wecker zwar gestellt, aber das war ein Anruf, der einging. Unbekannte Nummer.

»Ja?«, fragte sie auf einmal hellwach. Das konnte nur einer ihrer Komplizen sein, oder?

»Bist du schon weg?« Das war die Stimme von Sandmann, die Kira sofort erkannte. Hart und direkt, er klang angespannt.

»Nein, der Zug ist ausgefallen. Ist was passiert?« Noch während sie fragte, schwang sie die Beine aus dem Bett und suchte nach ihren Socken auf dem Boden.

»Noch nicht. Frikadelle ist auf dem Weg, den Transport zu überfallen.«

»Was?« Fassungslos erstarrte sie mit einer Socke in der Hand.

»Ich habe ihm gesagt, dass das schief gehen wird, aber er ist vollkommen durchgeknallt. Er ist bewaffnet und auf dem Weg zum Museum, um den Wagen zu verfolgen.«

»Scheiße. Und jetzt?« Warum rief Sandmann ausgerechnet sie an?

»Versuch du, ihn davon abzuhalten. Auf mich hat er nicht gehört, doch dich mochte er von Anfang an, außerdem ist es deine Aufgabe, andere Leute um den Finger zu wickeln. Wenn sie ihn schnappen, und das werden sie mit absoluter Sicherheit, plaudert er alles aus.«

Darum ging es ihm also. Sandmann hatte Angst, selbst aufzufliegen. Was wusste Frikadelle über ihn, dass es ihm so viel ausmachte? Trotzdem hatte Sandmann recht, sie mussten Frikadelle aufhalten, bevor jemand zu Schaden kam, weil ein durchgeknallter Kerl mit einer Waffe einen Überfall plante.

»Ich werde ihn anrufen, habe aber seine Nummer nicht auf dem neuen Handy«, erklärte sie in einem Moment der Klarheit. Ihr Gehirn arbeitete bereits auf Hochtouren.

»Er steht unter Metzgerei drin«, antwortete Sandmann knapp. »Beeil dich!« Dann legte er auf.

Kira zog sich schnell ihre Socken an und schlüpfte in die Schuhe. Während sie die Nummer der Metzgerei auf ihrem Handy suchte, schmiss sie ihre wenigen Habseligkeiten in die Sporttasche.

Frikadelle hob nach dem zweiten Klingeln ab. »Sirene, vermisst du mich schon? Bist du untergetaucht?« Er klang beunruhigend gut gelaunt.

»Nein, das Schneechaos hält mich ein wenig auf. Wo bist du?«

»Auf dem Weg in meine Zukunft«, trällerte er. Hatte er Drogen genommen?

»Alles klar bei dir? Willst du nicht auch untertauchen?« Eigentlich hatte sie sich vorgenommen, ihn sofort auf seinen Plan anzusprechen, doch ihre Angst hemmte sie. Ihre Hände schafften es kaum, die gepackte Sporttasche zu schließen.

»Ich tauche nur mit den Eiern unter!«, sagte er fest.

»Frikadelle, tu das nicht. Sie werden dich schnappen! Hau ab und verschwinde!« Sie versuchte, sorgenvoll zu klingen. Das fiel ihr leicht, wobei die Sorgen nicht ihm galten, sondern dem Transportfahrer und sämtlichen Leuten, die heute womöglich zur falschen Zeit am falschen Ort sein würden.

»Ach Schätzchen, ich schaff das. Ich hab das schon mal gemacht. Außerdem habe ich die passende Ausrüstung dabei, wenn du verstehst, was ich meine.« Dabei lachte er auf, sodass Kira sofort wusste, was er andeutete. Er hatte eine Knarre. »Vielleicht trifft man sich ja noch mal. Tschausen!«, schloss er das Gespräch kurzerhand ab.

»Frika... « Bevor sie seinen Namen ausgesprochen hatte, hörte sie das lang gezogene Tuten in der Leitung.

»Oh Mist, verdammter.« Fluchend ging sie in ihrem Zimmer auf und ab. Sie hatte noch drei Stunden, bis ihr Zug losfuhr, aber wollte sie wirklich verschwinden? Sie musste Frikadelle aufhalten. Bei dieser Aktion würde es mit Sicherheit Verletzte geben, wenn nicht gar ... den Gedanken konnte sie nicht zu Ende führen. Ein Schauer jagte ihr durch den Körper. Wie sollte sie ihn aufhalten? Sie kannte weder den Weg, den der Transporter nehmen würde, noch hatte sie ein Auto.

Ihr fiel nur eine einzige Möglichkeit ein, die sie allerdings einiges an Überwindung kostete. Schließlich öffnete sie das Handy, tauschte die Simkarte mit ihrer aus und startete es wieder. Die gesuchte Nummer war schnell gefunden, doch es klingelte und klingelte, ohne, dass jemand abhob. Dann tippte sie eine Nachricht ein und verließ ihr Zimmer.

Kapitel 20

»Moin!«, rief Mattes, während er auf dem Hinterhof des Museums aus einem pinken Renault Twingo stieg. Das graue, wellige Haar wirkte verstrubbelt, doch wer sollte es ihm verdenken? Außer ihnen hatte heute wohl jeder frei und schlief aus. Jan streckte dem gebürtigen Hamburger einen Becher Kaffee entgegen, was diesem prompt ein Lächeln ins Gesicht zauberte.

»Guten Morgen, Herr Mattes!« Jans irritierter Blick blieb an dem Auto haften, was der Sicherheitschef mit einem glucksenden Lachen quittierte. Tausend kleine Fältchen tanzten dabei um seine Augen.

»Ist der Wagen meiner Frau«, erklärte er. »Ich dachte mir, geheimer geht's nicht. Darin vermutet niemand einen wertvollen Schatz!«

Grinsend prosteten sie sich mit den Kaffeebechern zu, und Jan übergab ihm den kleinen, feuerfesten Koffer, in den er wenige Minuten zuvor die Fabergé-Eier gepackt hatte.

»Danke, wird schon schiefgehen, was?«, meinte Mattes augenzwinkernd.

»Ach, nach dem Trubel gestern kann nicht mehr viel passieren, denke ich«, winkte Jan ab.

»Wieso?«, wollte Mattes wissen. »Ist Petrikov seine Kunstwerke etwa nicht losgeworden?« Bei dem Wort *Kunstwerke* malte der Hamburger Gänsefüßchen in die

Luft. Scheinbar hielt er von den Ausstellungsstücken so viel wie Jan selbst.

»Sollte man meinen, oder?« Er schmunzelte. »Nein, das Problem war eher, dass Petrikovs Schätze heiß begehrt waren, nur wollte nicht jeder dafür bezahlen.«

»Oha!« Mattes zog pfeifend die Luft durch die kleine Lücke zwischen seinen Schneidezähnen. »Aber Sie haben ihn gekriegt, wenn ich das richtig verstehe, oder?«

Mattes klopfte Jan anerkennend auf die Schulter, als er nickte. Ja, er hatte ihn gekriegt, er hatte gewonnen. Doch warum fühlte er sich dann wie ein Verlierer?

»Na, denn machen 'se doch nicht so ein Gesicht, Berger! Außerdem fängt gleich Ihr Wochenende an, sobald ich hier vom Hof rolle, oder?«

Jan lächelte schief. Darüber hatte er sich noch keine Gedanken gemacht. Seine Eltern würden noch ein bisschen in München bleiben. Sie könnten etwas Schönes unternehmen, das ihn hoffentlich von dem Druck ablenkte, der seine Brust zusammenquetschte und nicht vergehen wollte. »Passen Sie auf sich auf, Mattes. Bei dem Wetter ist so eine lange Strecke kein Zuckerschlecken. Ich beneide Sie nicht.«

»Ich mich auch nicht«, antwortete er grinsend und drückte ihm den leeren Becher in die Hand. Mattes' Alter war nur schwer zu schätzen. Er musste auf die Fünfzig zugehen, doch seine verschmitzte Art und seine schlaksige Statur verliehen ihm beinahe jugendliche Züge.

Jan sperrte den Hintereingang des Museums gewissenhaft ab und winkte dem pinken Twingo nach, der seine geheime Reise nach Kopenhagen antrat.

Als er in seinen Wagen einstieg, fiel Jans Blick auf das Handy. Es blinkte. Scheinbar hatte er einen Anruf verpasst. Im Grunde hatte er schon viel früher damit gerechnet, dass er Teflon-Klaus Bericht erstatten sollte. Sein Chef hatte sich über die Weihnachtstage erstaunlich rar gemacht. Es gab in dessen Leben wohl doch Dinge, die wichtiger waren als seine Gefälligkeiten gegenüber der lokalen Politik. Das machte ihn fast ein bisschen sympathisch, aber nur fast.

Die Nummer des entgangenen Anrufs traf ihn wie eine Ohrfeige. Noch immer hatte er sie unter *Weihnachtsengel* eingespeichert. Zwar hatte er nicht ernsthaft erwartet, dass Kira sich je wieder bei ihm melden würde, trotzdem hatte er es nicht übers Herz gebracht, sie zu löschen.

Kira hatte mehrfach versucht, ihn zu erreichen und noch zusätzlich einen Text geschrieben. Was wollte sie plötzlich so dringend von ihm?

Mit schwitzigen Fingern öffnete er die Nachricht.

Ich muss mit dir sprechen, der Transport ist in Gefahr. Ich bin auf dem Weg zum Museum, stand dort.

Erschrocken schaute er sich nach Mattes um, die pinke Rennsemmel war längst davongebraust. Kira hatte die Nachricht bereits vor zwanzig Minuten abgeschickt. Verdammt! Warum hatte er das Handy im Auto liegen lassen? Hastig rief er sie zurück. Schon nach wenigen Sekunden hörte er sie aus dem Telefon keuchen. Noch bevor er fragen konnte, was los sei, rief sie »Ich bin hinter dir!« und legte auf. Verdutzt drehte er sich um und warf einen Blick durch die Heckscheibe. Tatsächlich rannte sie auf ihn zu. Alarmiert sprang Jan aus dem Wagen, doch Kira wedelte hastig mit den Händen.

»Nein, nein, steig wieder ein! Wir müssen los!«, schrie sie und machte einen leichten Rechtsschwenk. Scheinbar wollte sie zur Beifahrertür.

Was sollte das denn? Jan zögerte eine Sekunde, ehe er schnell wieder einstieg.

Während er noch den Sicherheitsgurt anlegte, riss sie die Tür auf und schwang sich auf den Sitz neben ihn. Jan hatte sich insgeheim gewünscht, sie wiederzusehen, aber das hier übertrumpfte an Dramatik alle seine Träume.

»Was ist denn los?« Prompt vergriff er sich im Ton und klang barscher als beabsichtigt. Die Situation überforderte ihn. Er musste endlich wissen, warum sie hier war. Ungeduldig wartete er, bis sie etwas zu Atem gekommen war. So wie sie japste und keuchte, musste sie seit ihrer Nachricht durchgerannt sein.

»Frikadelle!«, rief sie mit aufgerissenen Augen. Frikadelle?! Wollte sie ihn verarschen?

»Bitte was?« Er rang um seine Beherrschung.

»Frikadelle, das ist der Codename eines unserer Komplizen. Er dreht durch, er will den Transport überfallen.« Nun wünschte er sich, sie würde ihn wirklich auf den Arm nehmen. Doch ihre ernste Miene sagte ihm deutlich, dass sie nicht scherzte.

»Er hat eine Schusswaffe. Ich wollte das nicht, Jan, ich wollte nicht, dass jemand verletzt wird!« Die Worte sprudelten förmlich aus ihr heraus.

Schnell wählte er Mattes' Nummer. Er musste ihn unbedingt warnen. Zeitgleich drehte Jan den Zündschlüssel um und gab Gas. Mattes war sicherlich längst auf der Ungerstraße in Richtung Nordfriedhof unterwegs. Sie war der schnellste Weg, um vom Museum aus auf die Autobahn zu kommen.

»Ja, Mattes«, meldete sich der Sicherheitsmann. Jan war erleichtert, ihn wohlauf zu hören.

»Wo sind Sie?«

»Wo soll ich schon sein, auf der A9 natürlich.«

Verdammt, sie hatten bereits mehr Zeit verloren, als Jan befürchtet hatte.

»Was ist los, haben wir was vergessen?«

»Nein, aber Sie könnten Besuch bekommen. Kehren Sie bitte um, oder wollen wir uns an der nächsten Ausfahrt treffen?«

»Er soll bloß nicht stehen bleiben. Dann ist er ein leichtes Ziel!«, rief Kira plötzlich. Jan nickte.

»Jetzt beruhigen Sie sich erst mal«, meinte Mattes. Den alten Hasen brachte scheinbar nichts aus der Ruhe. »Die Lady hat recht, solange ich in Bewegung bleibe, wird es mein Besuch schwer haben, ein Pläuschchen mit mir zu halten. Schließen Sie auf, ich bleibe auf dem rechten Streifen.«

»Okay, aber nehmen Sie das nicht auf die leichte Schulter, Mattes. Der Mann ist bewaffnet.«

»Wie sieht er denn aus?«

Jan gab die Frage an Kira weiter.

»In etwa so groß wie du, bullig, kurzrasierte braune Haare. Seine Nase ist relativ markant, breit und platt, wie so eine typische Boxernase.«

»Haben Sie gehört, Mattes?«, erkundigte sich Jan.

»Ja.« Er stockte.

»Sind Sie noch da?«

»Hmm. Berger, es könnte sein, dass er bereits hinter mir ist.«

Oh, das durfte doch nicht wahr sein! »Schauen Sie nicht zu oft in den Rückspiegel, damit er nicht misstrauisch wird!«, rief Jan besorgt. »Ich gebe Gas und bleibe in der Leitung.«

»Alles klar.«

Jan atmete tief durch. Dass dieser vereitelte Raub ihn auf diese Art einholte, hätte er nicht für möglich gehalten.

Plötzlich rannten vor ihm zwei Frauen über die Straße. Waren die denn lebensmüde? Fluchend riss er das Steuer herum und kam auf der verschneiten Fahrbahn ins Rutschen. Kira schrie erschrocken auf. Haarscharf glitt er an ihnen vorbei. Im Rückspiegel vergewisserte er sich, dass sie unverletzt waren. Die beiden Frauen schimpften ihm gestenreich hinterher.

»Alles gut«, keuchte Kira in das Handy. Scheinbar hatte Mattes nachgefragt, warum sie so geschrien hatte. Jan warf einen kurzen Seitenblick auf sie. Ihre Wangen waren gerötet. Unweigerlich musste Jan daran denken, wann sie das letzte Mal so erhitzt ausgesehen hatte. Es war in ihrer gemeinsamen Nacht gewesen. Er schluckte trocken. *Reiß dich zusammen, Mann!*

»Nimm dein Handy und ruf Verstärkung«, forderte er sie auf. Er diktierte ihr Walters Nummer, während er die Autobahnauffahrt entlangjagte.

Zum Glück ging Walter gleich ran. Kira erzählte ihm ohne Umschweife, was Sache war.

»Frag Mattes, bei welcher Ausfahrt er ist, und was dieser Typ für ein Auto fährt.«

Sogleich holte sie die Infos ein und gab sie an Walter weiter. Die Räumfahrzeuge hatten die Autobahn weitgehend von Eis und Schnee befreit. Zumindest war die Fahrbahn hier nicht so rutschig wie in der Stadt. Er riskierte erneut einen Seitenblick auf Kira, während er auf dem linken Streifen an den anderen Autos vorbeiraste. Sie war ungeschminkt, trug Schlabberlook. Doch beides tat ihrer Schönheit keinen Abbruch. Am liebsten hätte Jan sich für diese Feststellung geohrfeigt. Verbissen starrte er auf die Straße.

»Wir müssen ihn aufhalten, Jan«, sagte sie plötzlich. »Ich wollte das nicht. Wenn dem Fahrer etwas passiert, das könnte ich mir nie verzeihen.« Sie klang ehrlich verzweifelt, die Stimme unerwartet dünn.

Jan überlegte, was er Tröstendes sagen könnte, aber ihm wollte nichts einfallen. Sie hatte Scheiße gebaut, und wenn man sich mit solchen Leuten einließ, dann gab es immer Konsequenzen. Doch nun war nicht der richtige Zeitpunkt für Vorwürfe. Und so elend und verzweifelt, wie sie auf dem Beifahrersitz hockte, war sie sich dessen sicherlich bewusst.

»Wir müssen ihn aufhalten«, sagte sie noch einmal, fast so, als wollte sie ihn beschwören, sein Bestes zu geben. Plötzlich gab es ein Wir.

Vor sich kam er einen schwarzen BWM rasch näher und stieg auf die Bremse. Jan schimpfte durch die Windschutzscheibe, weil der Wagen den linken Streifen blockierte. Vermutlich fühlte sich der Fahrer genötigt, er konnte ja nicht wissen, dass es um Leben und Tod ging. Er ließ sich lange, quälende Augenblicke Zeit, die Spur zu wechseln. Jan klebte an ihm, bis er endlich Platz machte. Auf Höhe der Allianzarena raste er endlich an ihm vorbei und konnte wieder beschleunigen.

»Was ist los?« Kira lauschte erschrocken in das Handy und schlug sich die Hand vor den Mund.

Jan riss ihr das Telefon aus der Hand. »Mattes?«

»Er drängt mich ab!«, schrie er.

»Mattes, wo sind Sie?«

»Ein Parkplatz, irgendwas mit Echinger, er drängt mich raus.« Der Sicherheitsmann klang plötzlich aufgebracht.

»Wir sind auf Höhe Garching, wir sind gleich da!«, rief Jan. »Mattes, geben Sie ihm einfach den Koffer!«

Ein Rumpeln dröhnte aus dem Telefon, dann wurde die Verbindung abrupt unterbrochen. Jan warf sein Handy in die Mittelkonsole und trat das Gaspedal bis zum Anschlag durch.

Kapitel 21

»Es tut mir so leid«, murmelte Kira unverständlich.

»Was?« Hochkonzentriert starrte Jan auf die Fahrbahn, er schien sie nicht verstanden zu haben.

Unruhig spielte Kira mit dem Handy in ihrer Hand, traute sich nicht, ihn anzusehen, als sie ihre Worte wiederholte: »Es tut mir leid!«

Nach einigen Sekunden des Schweigens fragte Jan: »Was genau?«

»Das weißt du! Alles. Verdammt. Ich habe nie gewollt, dass das alles passiert. Niklas hat mir versprochen, dass wir einem arroganten Idioten die Eier abluchsen, der von der Versicherung mehr als genug Kohle erhält, und keiner zu Schaden kommt.«

Wieder Schweigen. Ob er darauf nicht antworten wollte? Oder nicht wusste, was er sagen sollte? Schließlich sprach er mit wütendem Unterton: »Du kannst nicht ernsthaft geglaubt haben, dass ein Diebstahl moralisch gerechtfertigt ist, nur weil der Geschädigte versichert ist. Du hast einfach kindisch gehandelt und dich mit einem gesuchten Kriminellen zusammengetan. Anscheinend sogar mit zweien. Wer auch immer Frikadelle ist. Was ist das eigentlich für ein bescheuerter Name?«

Beschämt sah sie auf ihre Hände. In Gedanken drückte sie das Handy immer wieder aus seiner dicken Schutzhülle heraus und wieder hinein. »Ich weiß, das war naiv.«

»Und nicht nur das! Du hast auch …«

»Ich hab's verstanden!«, antwortete sie lauter als beabsichtigt, während Jan mit viel zu hohem Tempo der Ausfahrt entgegenraste. Ihr kamen seine Worte von der Auktion in den Sinn, eine Kleinigkeit, die sie gestern noch beschäftigt hatte. »Er ist übrigens nicht mein Verlobter.« Das musste sie einfach klarstellen. Sie hasste es, wenn man Dinge annahm, die überhaupt nicht stimmten.

»Ah«, antwortete Jan bloß, was Kira nur noch mehr störte.

»Auch wenn es dich nicht zu interessieren scheint. Niklas hat das damals behauptet, um ein Alibi zu haben. Ich weiß, das war falsch.«

Jan antwortete nicht, sondern starrte hochkonzentriert auf die Straße.

Trotzdem hatte Kira das Gefühl, sich rechtfertigen und ihm ihre Situation erklären zu müssen. »Meine Oma muss mit ihrer Demenz unbedingt betreut werden. Ich brauche das Geld, da mein Vater der Meinung ist, lang genug für sie gesorgt zu haben, seit er mit ihr nach Deutschland gekommen ist. Ich kann mein Studium nicht abbrechen, sonst habe ich gar nichts, und ich will nicht zurück zu ihm.«

Wild hupend zog Jan an einem Mercedes vorbei, und Kira krallte sich bei dem Überholmanöver am Türgriff fest.

»Er ist da vorne!« Mit dem Finger deutete sie auf den pinken Twingo, der direkt zu Beginn der Abfahrt mitten in einer Schneeverwehung gelandet war. Frikadelle hatte ihn wirklich abgedrängt. Kira erkannte den stämmigen Kerl mit den Geheimratsecken und Koteletten schon von Weitem. Die Fahrertür des Twingos stand offen, Frikadelles Wagen parkte einige Meter weiter am Rand der Abfahrt im Schnee.

Während Jan in die Eisen stieg, und der Wagen schlitternd zum Stehen kam, öffnete Kira bereits die Beifahrertür und sprang aus dem Auto. Sie vermutete Mattes im Wagen, denn Frikadelle richtete eine Pistole ins Innere.

»Anto... Kira, stopp!«, rief Jan ihr hinterher. »Bleib hier und geh in Deckung, der Kerl hat eine Waffe!«

Nur kurz hielt sie inne und drehte sich zu Jan um. »Wir müssen ihn aufhalten!«

»Wir müssen dafür sorgen, dass er niemanden verletzt! Die Eier sind scheißegal.«

»Ich kann ihn aufhalten! Er kennt mich, vielleicht hört er auf mich!« Langsam stapfte sie durch den hohen Schnee auf den Twingo zu. Die Hände hatte sie erhoben, um Frikadelle zu zeigen, dass sie unbewaffnet war. Ihr Herz schlug wild, jeder Muskel war angespannt. Hinter sich hörte sie Jan fluchen, doch er hielt sie nicht auf.

»Frikadelle, es ist vorbei, die Polizei weiß, wer wir sind. Wenn du jetzt aufgibst ...« Bevor sie zu Ende sprechen konnte, hörte sie lautes, quietschendes Bremsen hinter sich. Erschrocken fuhr sie herum. Anstelle von Jan kam der ausreißende Auflieger eines LKW auf sie zu. Er stellte sich quer, sodass er den Schnee wie ein Pflug vor sich herschob. Erst nach einer langen Schrecksekunde schrie Kira auf und hechtete in Richtung des Twingos, um nicht erwischt zu werden.

Der Schnee behinderte sie beim Laufen, sodass sie mehr stolperte, als rannte, bis sie irgendwann den Halt verlor und mit dem Gesicht im kalten Weiß landete. Schützend hielt sie sich die Arme über den Kopf, doch es geschah nichts. Stattdessen hörte sie einen Knall, der ihr durch Mark und Bein ging. Das Knirschen von Metall jagte ihr einen Schauer über den Rücken, sie zitterte am ganzen Körper, auch innerlich. Gegen das Gefühl, das das Geräusch auslöste, war der Schnee geradezu warm.

Gerade als Kira sich aufrichten wollte, packte jemand ihren Arm und zog sie hoch. War das Jan, der zu ihr aufgeschlossen hatte? Sie blinzelte den Schnee weg, der Griff war überraschend hart.

»Frikadelle?« Ihr ehemaliger Komplize hatte sie aus dem Schnee gefischt. Dieser erschien ihr in diesem Augenblick nicht schockiert über den Unfall, sondern bloß gehetzt.

»Los, komm mit, du fährst!«, knurrte er ihr zu, während er an ihr vorbeischaute.

Auch Kira drehte sich nun um, wurde aber zeitgleich von Frikadelle mitgerissen. Flüchtig erkannte sie den querstehenden LKW, der ihr die Sicht zu Jan nahm. So sehr sie auch suchte, sie konnte ihn nicht erkennen. Unwillkürlich setzte ihr Herz einen Schlag aus. War er von dem Auflieger erwischt worden? Sie blieb stehen, sah wieder zurück. »Jan, vielleicht ist er verletzt!«, brachte sie keuchend hervor. Doch bevor sie zum Unfallort zurückrennen konnte, spürte sie etwas Hartes an ihrer Seite.

»Was fällt dir eigentlich ein, mit dem hier aufzutauchen? Du hast wohl vergessen, auf welcher Seite du stehst, du Flittchen. Du wirst mit mir mitkommen!«

Für einen Moment ließ Frikadelle ihren Arm los, um ihr mit einer Wucht, die sie beinahe zu Boden warf, einen schwarzen Koffer vor die Brust zu drücken. Verwirrt griff sie danach, bevor er sie abermals am Arm packte und mit sich zog. Kira wog ihre Fluchtchancen ab, musste jedoch einsehen, dass es sinnlos war, im kniehohen Schnee wegrennen zu wollen.

»Festhalten und ins Auto. Sonst knall ich dich ab.«

Sie wagte nicht, Frikadelle zu widersprechen. In seiner Stimme lagen Wut, Wahnsinn und Entschlossenheit. Ob Mattes eine Waffe bei sich hatte und ihr helfen würde? War er noch im Twingo? Als sie am Wagen vorbeistapften, warf sie einen kurzen Blick hinein, jemand war auf dem Fahrersitz zusammengesackt. Bestimmt hatte Mattes keine Waffe und Frikadelle hatte gedroht zu schießen. Da war es besser, er zog keine Aufmerksamkeit auf sich.

Schüsse ließen Kira in Deckung gehen. Sie riss die Arme mitsamt Koffer über ihren Kopf und ging in die Hocke. Doch es war nicht Frikadelle, der auf sie geschossen hatte. Der brüllte nämlich »Los weiter! Ins Auto!« und zerrte sie wieder auf die Beine.

Kira wagte nicht, sich umzuschauen, sondern stolperte geduckt zur Fahrertür. Mit zitternden Händen und wackeligen Beinen stieg sie in Frikadelles Wagen. Sobald sie saß, legte sie den Koffer auf die Rückbank und Frikadelle warf ihr den Zündschlüssel zu. Diesen versuchte Kira ins Schloss zu stecken, rutschte aber immer wieder ab.

»Hör auf mit dem Scheiß!«, brüllte ihr Entführer und ließ sie zusammenzucken. Erst unter Hilfe ihrer zweiten Hand gelang es ihr, den Schlüssel einzustecken und umzudrehen.

»Fahr jetzt los!«, kam direkt der nächste Befehl, zusammen mit einem Stoß mit dem Lauf der Waffe in ihre Seite.

Kapitel 22

Jan blickte atemlos die A9 zurück Richtung München, während sich binnen Sekunden ein Stau bildete. Eine Front aus Metall und Unmut erstreckte sich hinter ihm, da sich vor ihm zwei LKW bei einem Auffahrunfall ineinander verkeilt hatten. Gerade noch rechtzeitig hatte er zur Seite springen können, sonst hätten die Laster ihn unter sich begraben. Erleichtert bemerkte er, wie die Türen der Fahrerkabinen aufgingen. Die beiden Trucker fingen sofort an, lauthals aufeinander ein zu schimpfen. Um die zwei musste Jan sich zum Glück nicht kümmern. Doch was war mit Mattes und Kira? Der Unfall hatte ihn von den anderen abgeschnitten. Verdammt!

Die LKW hatten sich nicht nur ineinander verkeilt, sondern großzügigerweise auch Jans Wagen in ihre Kollision mit einbezogen. Rechtsherum war kein Vorbeikommen, wenn er nicht vorhatte, wie ein Karnickel über Auto und Maschendrahtzaun zu hoppeln.

Jan ging in die Knie, um unter dem Sattelschlepper hindurchzukriechen. Er hatte angenommen, dass dies der schnellste Weg sein würde, um auf die andere Seite zu gelangen. Aber die beiden Anhänger des hinteren LKW hatten sich verzogen und ineinandergeschoben. In der einzigen Lücke, die das Metall freigelassen hatte, sah Jan nichts als Schnee. Schnell sprang er auf und trabte am Lastwagen entlang nach vorne. Er zog die Aufmerksamkeit der beiden Streithähne auf sich, als er die Tür zur Fahrerkabine aufriss. Unter lautstarkem Protest kletterte er hinein. Der Geruch nach kaltem Schweiß schlug ihm entgegen, und sofort hielt er die Luft an. Durch die Windschutzscheibe konnte er außer der eingedrückten Ladefläche des vorderen LKW nichts erkennen. Er hatte schon viel zu viel Zeit verloren. Beim Gedanken, dass dieser Frikadelle mit einer Schusswaffe herumfuchtelte, wurde ihm ganz schlecht. Frikadelle. Er hatte sich nicht vorstellen können, warum jemand so einen Spitznamen trug, doch er passte außerordentlich gut zu dem Typen: ein großer Fleischklops mit schlechter Haut und wenig Grips. Zumindest war das Jans bisheriger Eindruck gewesen.

Er stieß eine Dose Cola um, während er durch die Fahrerkabine auf die andere Seite kroch. Schäumend ergoss sich die Flüssigkeit über den Sitz, und er fluchte leise. Natürlich hielt er sich nicht damit auf, es aufzuwischen. Das würde dem Fahrer sicherlich nicht gefallen, doch da musste er jetzt durch.

Mit gezogener Waffe riss Jan endlich die Tür auf und sprang hinaus. Schneematsch spritze. Von den anderen dreien konnte er niemanden entdecken. Panik stieg in ihm auf wie Sodbrennen. So lange hatte er nicht gebraucht, oder? Als er hinter der noch offen LKW-Tür hervortrat, erblickte er Frikadelle. Er zerrte Kira hinter sich her. Sie wehrte sich kaum, was wohl an der Pistole lag. Oder war das Ganze inszeniert, und sie gehörte nach wie vor zu dieser Verbrecherbande? Nein, das ergab keinen Sinn. Er wurde noch völlig paranoid durch den Scheiß hier!

So unkoordiniert, wie der Fleischklops beim Laufen mit seiner Pistole herumwedelte, war er im Moment keine echte Gefahr für Kira. Jan feuerte zwei schnelle Schüsse auf Frikadelle ab. Er war sich sicher, dass er ihn getroffen hatte. Anstatt langsamer zu werden, richtete der zähe Mistkerl seine Pistole auf Jan. Schnell ging er hinter einem der LKW-Reifen in Deckung. Doch die Schüsse verfehlten ihn weit. Also riskierte Jan einen Blick. Die beiden hatten den Wagen erreicht und Frikadelle scheuchte Kira auf die Fahrerseite. Während sie einstiegen, sprang Jan aus seiner Deckung und feuerte auf die Reifen des Fluchtfahrzeugs. Es schlingerte verheißungsvoll, rollte dann aber unbeirrt vom Parkplatz. Jan schnaubte. Wäre auch zu schön gewesen.

Moment. Jan hielt inne. Wo war Mattes? Suchend sah Jan sich um. Verdammt, das konnte kein gutes Zeichen sein, dass der Sicherheitsmann sich so bedeckt hielt.

»Mattes!«, brüllte er über den Parkplatz. Niemand antwortete.

Aus Mangel an Alternativen rannte Jan zum Twingo. Plötzlich schwitzte er trotz der eisigen Kälte – einer Kälte, die nicht nur in der Luft lag, sondern auch nach seinem Herzen griff. Noch im Laufen rief er einen Rettungswagen.

Mattes blutete, doch er war bei Bewusstsein. Jan hätte fast geweint vor Erleichterung.

»Halten Sie durch, Mattes, Hilfe ist unterwegs«, keuchte Jan, und kam sich dumm und unnütz vor.

»Schon gut, Junge«, flüsterte Mattes, »ich glaube, die Blutung ist ein klein bisschen schwächer geworden.« Er hatte sich geistesgegenwärtig ein Kleidungsstück geschnappt, das wohl im Auto gelegen hatte, und es auf seine Wunde in der Nähe des Schlüsselbeins gedrückt. Der Farbe nach zu urteilen, gehörte es seiner Frau. Vorsichtig lugte Jan unter das lilafarbene Knäuel.

Oh, Jesus, Maria und Josef! Wenn das die nachlassende

Blutung war, wollte er nicht wissen, wie viel Leben bereits aus Mattes herausgeflossen war.

»Sieht's schlimm aus?«, wollte der wissen.

Jan erwiderte seinen Blick mit einer Mischung aus Angst und Hilflosigkeit. »Wenn ich ehrlich sein soll: Ich habe keine verdammte Ahnung!«

Mattes lächelte gequält. »Sei froh.«

»Was soll ich machen, Mattes?«, fragte Jan hilflos.

»Erzähl mir eine Geschichte, eine spannende. Und wenn ich trotzdem einschlafe, haust du mir eine rein.«

»Eine Geschichte?«, krächzte Jan. Ihm war, als hätte Mattes ihm die schwierigste aller Aufgaben gestellt.

»Ich mag Lovestories.«

»Wollen Sie mich verarschen?«

»Willst du mit einem angeschossenen Mann diskutieren?«

»Schon gut, schon gut!«

Jans Gehirn war vollkommen leer. Da war nur Angst – Angst um Mattes, dass er es womöglich nicht schaffte. Und Angst um Kira. Sie war nun in den Händen dieses skrupellosen Fleischklopses, jedoch schien sie ihre Rolle als Komplizin zu bereuen. Ob sie auch bereute, ihn belogen zu haben?

»Jetzt mach schon, sonst sterb' ich vor Langeweile!«

Jan räusperte sich. Dann begann er, eine haarsträubende Liebesgeschichte zu erzählen, von einem Engel mit enormem kriminellen Potenzial und einem Polizisten, der sich Hals über Kopf verliebte, obwohl der Engel irgendwie mit dem Weihnachtsmann liiert war. Dass der Polizist dem Kerl mit weißem Bart und rotem Mantel eins auf die Schnauze hauen musste, verstand sich von selbst. Und diesmal kam niemand, der ihn rettete.

Die besten Geschichten schrieb wohl tatsächlich das Leben, leider fehlte dieser das Happy End.

Endlich hörte Jan ein Martinshorn. Hoffentlich war das nicht nur die Verstärkung, sondern auch der Krankenwagen. Zumindest Mattes lächelte. Oder lag das an seiner Erzählung? Obwohl der Sicherheitsmann behauptete, Lovestories zu mögen, schien ihm die gewalttätige Stelle besonders gut gefallen zu haben.

Plötzlich schloss Mattes die Augen. Jans Herz setzte einen Moment aus. Nein! Wie er ihm aufgetragen hatte, klatschte er ihm eine Ohrfeige ins Gesicht.

»Spinnst du!«, rief Mattes erschrocken. »So wörtlich brauchst du das mit dem Hauen nicht zu nehmen!«

Jan lächelte entschuldigend. Im Augenwinkel sah er Blaulicht. Drei Polizeieinsatzfahrzeuge und ein Krankenwagen tauchten auf. Da die verkeilten LKW die Abfahrt blockierten, rumpelten sie über den zugeschneiten Grünstreifen und kamen hinter Jan zum Stehen. Hätte er nicht ohnehin vor der offenen Fahrertür des Twingo gekniet, ihm hätten die Beine nachgegeben vor Erleichterung. Zwei Sanitäter und ein Arzt sprangen aus dem Krankenwagen, Jan machte ihnen Platz. Durch die Windschutzscheibe des Twingos beobachtete er wie paralysiert, wie sie Mattes versorgten.

Da trat Walter neben ihn und klopfte ihm auf die Schulter. »Tut mir leid, dass wir so spät sind. Aber der Stau – das mit der Rettungsgasse klappt leider immer noch nicht, wie es soll, obwohl an vielen Autobahnbrücken schon Banner hängen für die ganz Doofen.« Er schüttelte resigniert den Kopf, und Jan seufzte verstehend.

»Was ist passiert?«, wollte Walter wissen. Jan erklärte ihm in groben Zügen, was geschehen war. »Puh, mit diesem Frikadelle scheint nicht zu spaßen zu sein«, meinte er schließlich. Er nahm die Mütze ab, kratzte sich nachdenklich am Kopf und setzte sie wieder auf.

»Im Koffer ist ein Peilsender. Wir sollten sofort die Verfolgung aufnehmen, ehe der auf die Idee kommt, die Eier umzupacken«, schlug Jan vor.

»Na, sag das doch gleich!«, rief Walter erfreut und voller Tatendrang. »Ich veranlasse alles Notwenige. Komm mit.«

Einerseits konnte auch Jan es kaum abwarten, die Verfolgung aufzunehmen, andererseits wollte er nicht weg, ohne zu wissen, wie es um Mattes stand. Die Sanitäter hatten ihn gerade auf eine Liege geschnallt. So hatte Jan die Gelegenheit, den Arzt kurz zur Seite zu ziehen.

»Er scheint einiges an Blut verloren zu haben«, sagte der Notarzt leise. Jan hatte das Gefühl, dass er nicht wollte, dass Mattes ihn hörte. »Wenn ich mir das Shirt anschaue, dass er auf die Wunde gepresst hat, dann müsste er eigentlich schwächer sein. Es ist ja völlig durchtränkt.«

Jan schluckte deutlich hörbar. Das Herumgerede des Arztes machte ihn fast wahnsinnig.

»Erst mal müssen wir die Kugel rausholen, dann kann ich definitiv eine Aussage machen.« Schon wollte er sich zum Gehen abwenden, doch Jan hielt ihn an der Schulter zurück.

»Bitte Doktor, lassen Sie mich nicht im Dunkeln. Das ertrage ich nicht«, flüsterte er.

Der Arzt presste die Lippen zusammen, dann schien er Erbarmen mit Jan zu haben.

»Müsste ich wetten, würde ich sagen, er schafft es«, sagte er, und Jan hätte ihn für den Bruchteil einer Sekunde küssen mögen, obwohl er ziemlich unsympathisch war.

Kapitel 23

»Da vorne rechts«, befahl Frikadelle nach einer Weile mit einem leisen Stöhnen. Sie waren die A9 in Richtung Norden gerast und schließlich bei der Ausfahrt Allershausen abgefahren. Nun tat sich vor ihnen ein Waldgebiet auf.

»Was hast du vor?«, fragte Kira und starrte stur nach vorn. Einmal hatte sie es gewagt, ihn von der Seite anzusehen, da hatte er ihr sofort die Waffe an den Kopf gehalten und gebrüllt, sie solle sich auf die Fahrbahn konzentrieren.

»Ich weiß schon, was ich tue.« Wieder dieses Stöhnen.

Trotz Warnung wandte Kira ihren Blick um. Ihr Entführer hielt die Pistole in der rechten Hand, seine Linke hatte die Jacke über seine Schulter geschoben. Er war vollkommen auf sich selbst konzentriert.

»Bist du verletzt?« Ob die Schüsse von Mattes gekommen waren? Oder vielleicht von Jan? Irgendjemand musste Frikadelle erwischt haben.

»Guck nach vorne!« Spucke traf Kira an der Wange und hastig wandte sie wieder ihre Aufmerksamkeit der verschneiten Fahrbahn zu. Sie kamen nur langsam voran, der Schnee war hier zu einer rutschigen Eisdecke festgefahren worden. Die Bäume standen nun immer dichter.

»Den Weg dort rein!«, befahl Frikadelle, doch Kira konnte keinen Weg erkennen.

»Wo?«, fragte sie verwirrt und nervös, da sie befürchtete, Frikadelle könnte ihr Zögern als Täuschungsabsicht werten. Er war derjenige mit der Waffe in der Hand und selbst ohne wog er mindestens das Doppelte wie sie und war ihr körperlich weit überlegen.

»Bei dem Schild dort«, antwortete er ihr deutlich ruhiger. Der Stress war ihm weiterhin anzuhören, gleichzeitig schien er genau zu wissen, was er tat. Das machte Kira Angst. Das und die Tatsache, dass sie nun mitten durch den Wald fuhren.

Immer wieder blickte Kira in den Rückspiegel. Waren auf der Landstraße noch einige Autos unterwegs gewesen, so schienen sie nun mutterseelenallein zu sein. Schneeflocken fielen erneut vom Himmel herab, und sie befürchtete, dass man so keinen Spuren folgen konnte. Der Waldweg wurde immer schmaler, bis sie eine Holzhütte erreichten.

»Halt an, gib mir den Schlüssel und den Koffer und steig dann aus!«

Kira gehorchte, stellte den Wagen neben dem Eingang ab, zog den Zündschlüssel heraus, den Frikadelle direkt in seine Jackentasche stopfte, und griff auf die Rückbank, um ihm den Koffer zu reichen, bevor sie aus dem Wagen stieg. Kälte schlug ihr sofort entgegen. Dicke Flocken landeten auf Kiras Gesicht und blieben in ihren langen Haaren hängen. Kurz zog sie in Erwägung einfach fortzulaufen. Zwischen den Bäumen hatte sie vielleicht Glück, und Frikadelle würde sie verfehlen. Aber bis sie den ersten Baum erreichte ...

Außerdem hatte sie das Gefühl, dass sie noch etwas gutzumachen hatte. Sie wollte diesen Mistkerl aufhalten. Frikadelle war der eigentliche Verbrecher, der dingfest gemacht werden musste. Nicht sie. Sie hatte nichts verbrochen. Das lag zwar daran, dass ihr Plan gescheitert war, aber sie hatte bloß gelogen und falsche Angaben gemacht, keinen bewaffneten Raubüberfall durchgezogen. Nur geholfen, einen Schlüssel zu kopieren.

Frikadelle stapfte durch den Schnee auf die Tür der Hütte zu, die sich einfach öffnen ließ. Das musste alles geplant gewesen sein. Ob dies auch der Fluchtweg gewesen wäre, wenn Niklas der Diebstahl gelungen wäre?

»Komm mit!«, rief Frikadelle, ohne sich umzudrehen. Entweder hatte er keine Sorge, dass Kira abhauen wollte, oder er war sich sicher, dass sie nicht besonders weit käme. Die dritte Möglichkeit war, dass es ihn nicht interessierte.

Unwillkürlich fragte sie sich, ob sie tatsächlich etwas von ihm zu befürchten hatte. Sie kannte seine wahre Identität nicht, sein Gesicht hatte auch Jan gesehen, daher könnte er sie der Polizei überlassen. Vielleicht war er deshalb so ruhig. Oder heckte er etwas aus?

In der Hütte stand eine Sporttasche, ähnlich der, die sie im Bahnhofsschließfach vorgefunden hatte. Nun wurde ihr bewusst, dass diese Hütte tatsächlich von Anfang an Teil des Plans gewesen war. Ob Niklas auch hierhergekommen wäre? Oder hatte er für sich eine dritte Flucht geplant?

Mit einem *Rums* landete der Koffer mit den Fabergé-Eiern neben der Tasche. Ein zischender Laut ertönte von Frikadelle, der seine Jacke langsam auszog.

»Du bist verletzt, lass mich mal schauen«, sagte Kira entschieden und machte einen Schritt auf ihn zu. Kurz hob er die Pistole an, doch dann ließ er es mit einem schmerzvollen Ächzen zu.

Der graue Pullover war am Ärmel blutgetränkt, viel konnte Kira so nicht erkennen. »Kannst du ihn ausziehen?«, fragte sie nach, sah sich gleichzeitig im Raum um. »Ich sollte das Verbandset aus dem Auto holen.«

»Nein! Wir müssen uns beeilen!«

»Willst du verbluten?«, fragte sie barsch zurück, bevor ihr bewusst wurde, mit wem sie sprach: mit einem brutalen Entführer.

»Okay, aber mach schnell!«, gab Frikadelle nach. Gleichzeitig zog er den Reißverschluss der Sporttasche auf. »Worauf wartest du?«

Kira riss sich aus ihrer Starre, hatte nicht damit gerechnet, von ihm diese Erlaubnis zu erhalten. Womöglich lag es daran, was Niklas über sie erzählt hatte. Er hatte der Gruppe zu Beginn der Aktion klargemacht, dass man sich auf sie verlassen konnte. Wie Frikadelle die Tatsache deutete, dass sie ihm mit Jan gefolgt war, wusste sie jedoch nicht. Vielleicht konnte sie ihm vormachen, dass es alles ihr Plan gewesen war? Um zusammen mit Frikadelle zu verschwinden?

Schnellen Schrittes stapfte Kira durch den Schnee, fand den Verbandskasten auf Anhieb im Kofferraum und überlegte für einen kurzen Moment, ob sie flüchten sollte. Aber was sollte ihr das bringen? Sie wollte Frikadelle nicht entkommen lassen, sie musste wiedergutmachen, was sie verbockt hatte. Kira hasste ihre zwiespältigen Gedanken. Einerseits war sie mit voller Absicht und klarem Verstand in diesen geplanten Diebstahl eingestiegen, andererseits hatte sie nun das Gefühl, Frikadelle aufhalten zu müssen. Sie war keine gute Diebin, ganz und gar nicht. Alles hatte wie ein Abenteuer begonnen, jetzt steckte sie in einem actionreichen, kranken Albtraum.

Zurück in der Hütte hatte Frikadelle bereits seine Jeans gegen eine dunkle Sporthose getauscht. Auch die Schuhe hatte er gewechselt. Der Koffer mit den Eiern lag offen auf dem Tisch, leer. Mit der Waffe in der Hand gab er ihr einen Wink, seinen Arm zu verarzten.

Nach kurzem Zögern holte Kira eine Schere aus dem Verbandskasten und zerschnitt Frikadelles Kleidung, um sich danach um die Wunde zu kümmern. Mit einer Flasche Mineralwasser spülte sie das Blut ab und erkannte bald, dass es nur ein Streifschuss war. Durch das Blut hatte die Verletzung schlimmer ausgesehen, als sie tatsächlich war. »Da hast du noch mal Glück gehabt«, sagte sie betont locker, obwohl ihr Herz wie verrückt schlug. Vielleicht konnte sie ihn irgendwie manipulieren, um den Finger wickeln, das war schließlich von Anfang an ihre Aufgabe in diesem Spiel gewesen.

Kapitel 24

Gebannt starrte Jan auf den kleinen Punkt, der ihm vom Monitor entgegenleuchtete. Gemäß der Landkarte, die er in Walters Beifahrertür gefunden hatte, und die nun über seine Oberschenkel ausgebreitet lag, mussten Kira und Frikadelle irgendwo im Wald sein. Scheinbar hatte er dort einen Unterschlupf gefunden oder gar vorbereitet gehabt. Der Punkt bewegte sich seit ein paar Minuten nicht mehr.

Jan schloss sich per Funkgerät mit dem Truppführer des Sondereinsatzkommandos kurz. Der Waldweg machte zu beiden Seiten des Punktes eine Biegung. Sie würden sich also unbemerkt bis auf wenige Meter nähern können, zumindest, wenn die Bäume nicht zu licht standen. Jan hoffte, sie würden keine unangenehmen Überraschungen vorfinden, denn er hatte ausdrücklich auf einen Hubschrauber verzichtet. Zwar brächte der ihnen ein klareres Bild von den Gegebenheiten vor Ort, doch bei dem Lärm der Rotorblätter in dieser ruhigen Gegend konnten sie Frikadelle stattdessen auch gleich anrufen und sich ankündigen.

Langsam rollten sie durch den Wald. Aufmerksam ließ Walter seinen Blick durch die Bäume schweifen. Auch die Tatsache, dass der sonst so geschwätzige Kollege kein Wort über die Lippen brachte, zeigte Jan, wie konzentriert er war.

Dicke Flocken verschlechterten die Sicht ungemein.

Aber das war Jan nur recht. Wenn Frikadelle die Polizei bemerkte und panisch wurde, konnte es noch richtig gefährlich für Kira werden.

Bei dem Gedanken daran, wie erschrocken sie auf die Schüsse reagiert hatte, zog sich seine Brust schmerzhaft zusammen. Er griff zum Funkgerät und gab Anweisung, keinesfalls auf die Frau zu schießen. Sie sei keine Komplizin, sondern eine Geisel, die es zu schützen galt, egal, wie die Situation sich vor Ort darstellen würde.

Jan wusste, dass er sich wiederholte. Angespannt legte er den Kopf in den Nacken und atmete tief durch. Er spürte, wie Walter ihm auf den Oberschenkel klopfte. Die Geste sollte beruhigend wirken. Doch selbst das Rascheln der Landkarte erschien ihm unnatürlich laut in der angespannten Stille. Jan hatte nicht die Geduld, das altmodische Ungetüm ordentlich zu falten, deshalb knüllte er es zusammen und warf es auf den Rücksitz.

»Ich kauf dir 'ne neue«, murmelte er, aber Walter winkte ab.

Der Transporter vor ihnen stoppte. Die Schiebetüren glitten augenblicklich auf und vermummte, dunkle Gestalten schwärmten aus. Auch Jan riss die Autotür auf und sprang hinaus. Geduckt liefen Walter und er den SEK-Leuten hinterher. Ein verschrammter Ford kam in Sicht. Es war das Fahrzeug, mit dem Frikadelle Mattes abgedrängt hatte und dann geflohen war. Jan und Walter gingen dahinter in Deckung, während die SEK-Leute eine schäbige Hütte umschwärmten wie Ameisen einen süßen Krümel.

Am liebsten wäre Jan sofort in das Häuschen hineingestürmt. Die Sorge um Kira hatte sich als unangenehmer Druck in seinem Rachen festgesetzt. Er schluckte trocken dagegen an und zwang sich hinter dem Ford zu bleiben, um die Aktion nicht zu gefährden. Niemand hatte etwas davon, wenn er die Nerven verlor, am wenigsten Kira.

Als einer vom SEK die Tür der Hütte aufstieß, und sie mit den Maschinenpistolen im Anschlag blitzschnell hineinglitten, hielt Jan hinter dem Ford die Luft an. Angespannt lauschte er in die Stille, hörte nur das knisternde Fallen der Flocken. Bange wartete er auf Schüsse, und als er meinte, ein »Gesichert« zu hören, sprang er sofort auf. Er hatte lange genug gewartet.

Mit schnellen Schritten rannte er durch den Schnee auf die Hütte zu. Die ersten Männer des Sondereinsatzkommandos kamen gerade wieder aus dem Holzhäuschen. Seine Augen brauchten einen Moment, bis sie sich nach dem allgegenwärtigen Weiß des Schnees an das Halbdunkel in der Hütte gewöhnt hatten. Trotzdem traf ihn die Erkenntnis sofort und so heftig wie ein Faustschlag in die Magengegend. Kira und Frikadelle waren nicht da. Sie waren zu spät gekommen.

Jan rieb sich die Augen. Am liebsten hätte er losgeheult oder irgendetwas kaputt geschlagen. Während er die geballten Fäuste in seinen Manteltaschen vergrub, sah er sich um. Auf dem Tisch lag der Sicherheitskoffer, in dem er vor wenigen Stunden die Eier verpackt hatte, und der sie mit seinem integrierten Sender hierhergeführt hatte. Er war offen und leer.

Auf dem Fußboden lag ein Häufchen Klamotten. Jan breitete sie mit dem Fuß auseinander. Anscheinend hatte Frikadelle sich umgezogen. Das Oberteil war blutig. Also hatte Jan ihn wirklich getroffen, doch der Typ war einfach weitergerannt. Ein Streifschuss vielleicht. Von Kiras Kleidung fehlte jede Spur. Sie trug also weiterhin ihr seltsames Outfit. Zumindest ihr Erscheinungsbild war demnach weiterhin auffällig. Auch wenn es nicht blutverschmiert war. Hoffentlich.

An dem verkratzten Tisch standen zwei Holzstühle. Jan zog einen davon zurück und setzte sich. Nachdenklich starrte er auf den offenen Koffer und überlegte. Wo wollte Frikadelle hin? Dass sie ihn zur Fahndung ausgeschrieben hatten, konnte er sich denken. Schließlich hatte er Mattes mit voller Absicht schwer verletzt und dessen Tod in Kauf genommen. Das hieß, er würde vermutlich Autobahnen und Landesgrenzen meiden.

Seufzend fuhr Jan sich mit beiden Händen über das Gesicht.

»Hinter dem Haus sind weitere Wagenspuren im Schnee. Sie sind mit einem anderen Auto weggefahren.« Walter stand im Eingang der Hütte und klopfte sich Schneeflocken von der Polizeimütze. »Hast du mich gehört?«, fragte er nach, als Jan nicht reagierte. Er nickte abwesend.

»Na dann komm. Wer weiß, wie lange die Spur noch sichtbar bleibt. Es schneit wieder wie verrückt.«

»Das hat keinen Sinn«, gab Jan zurück. »Spätestens bei der nächsten geräumten Straße verlieren wir die Spur sowieso.«

Walter setzte sich auf den zweiten Holzstuhl. Er knarzte, als wollte er jeden Moment auseinanderbrechen. Erschrocken zuckte er zusammen und warf einen skeptischen Blick nach unten. Erst als er bemerkte, dass der Stuhl trotz Protest hielt, entspannte er sich und konzentrierte sich wieder auf Jan.

»Hast du eine bessere Idee? Da er die Eier umgepackt hat, ist der Typ wohl nicht ganz dumm. Er wird die Autobahnen meiden.«

Jan nickte. »Ja, darüber habe ich auch schon nachgedacht.«

Wobei er sich nicht sicher war, ob dieses Manöver Frikadelles Verdienst war. Nach dem ersten Eindruck schien er eher der Mann fürs Grobe zu sein. Dass er hier einen Unterschlupf vorbereitet hatte, mit Wechselkleidung und Fluchtwagen, traute Jan ihm nicht zu. Der Kopf der Bande war Schwartz gewesen, war es vermutlich immer noch. Dieser Unterschlupf trug schon eher seine Handschrift. Wenn also jemand wusste, wo Frikadelle als nächstes hinwollte, dann Schwartz.

»Hat Schwartz schon geredet?«, fragte er deshalb.

»Teilweise«, antwortete Walter mit einem Schulterzucken. »Dass er sich ins Museum eingeschlichen hat und dort ins Magazin eingebrochen ist, konnte er schlecht leugnen. Aber er hat weder rausgerückt, was er dort wollte, noch irgendwelche Komplizen erwähnt.«

»Er weiß nicht, was Frikadelle getan hat und dass wir von ihm wissen. Wir könnten behaupten, er habe versucht, die Eier zu stehlen, sei aber gescheitert und hätte ihn schwer belastet. Vielleicht bringt das Schwartz zum Reden.«

»Darauf würdest du dich einlassen? Du weißt, dass so ein Vorgehen nicht ganz einfach ist. Im schlimmsten Fall wäre die Aussage nicht vor Gericht verwendbar.«

»Ja, theoretisch hast du natürlich recht. Aber hat er erst einmal gestanden, lässt sich das nicht wieder völlig wegdiskutieren, egal, wie es zu dem Geständnis kam. Er würde auf jeden Fall an Selbstbewusstsein und Glaubwürdigkeit verlieren.«

»Hm. Da ist was dran. Einen Versuch ist es vielleicht wert.«

Walter spielte ungeduldig am Verschluss des leeren

Koffers auf dem Tisch herum, während Jans Gedanken wieder zu Kira wanderten.

Wenn er nur mit ihr sprechen könnte. Doch sie einfach anzurufen, war natürlich keine Option. Das würde Frikadelle sicherlich mitbekommen und sie nur unnötig in Gefahr bringen. Auch ihr eine Nachricht zu schreiben, war wenig sinnvoll. Schließlich hätte sie sich längst bei ihm gemeldet, wenn ihr das unbemerkt möglich gewesen wäre.

Da lag die Lösung plötzlich ganz klar vor ihm. Verdammt, was war er für ein Vollidiot! Jan hätte beinahe losgelacht vor Erleichterung. Er schlug sich mit der flachen Hand gegen die Stirn und sprang auf. »Dass ich da nicht früher drauf gekommen bin!«, rief er.

Auch Walter erhob sich und schaute ihn fragend an. Er setzte sich die Mütze auf das strohblonde Haar, fast so, als wollte er Jan demonstrieren, dass er startklar war. »Also, was ist der Plan?«

»Wir orten Kiras Handy!«

Kapitel 25

Frikadelle lotste sie mit angespannter Nervosität durch das Schneechaos. Die fallenden Flocken behinderten die Sicht, der Scheibenwischer lief auf Hochtouren. Die Straße war zwar auf den Hauptwegen geräumt, doch der neue Schnee verwandelte sie nach und nach in eine Eisbahn.

Kira war froh, dass sie nur langsam fahren konnte. Vermutlich hätte sie ein wenig mehr Gas geben können, aber sie wollte Jan die Möglichkeit geben, sie einzuholen. Wohin sie fuhren, wollte Frikadelle ihr nicht verraten. Ihre Fragen würgte er mit knappen Worten ab und sagte nur: »Wir halten uns an den Plan!«

Wie auch immer der aussah. Für sie war nach der Auktion der Plan zu Ende gewesen. Wäre alles glattgegangen, wäre sie zurück zur Uni gefahren und hätte auf ihre Überweisung gewartet.

Nun saß sie neben Frikadelle in einem grauen, uralten Mercedes, auf dessen Hutablage ein Wackeldackel rhythmisch mit dem Kopf wippte. Sie hatte sich dieses Abenteuer ganz anders vorgestellt, nicht so nervenaufreibend und etwas spaßiger. Aus Spaß war nun bitterer Ernst geworden, aus dem scheinbar netten Teamkollegen ein Entführer.

Sie passierten ein verschneites Ortsschild, aber der Name hätte ihr sowieso nicht weitergeholfen. Sie kannte sich in Bayern nicht aus. Außerdem war es eher ein Dorf als eine Stadt, an dessen Straßenrand sich Einfamilienhäuser reihten. Die meisten Gärten waren mit Lichterketten und leuchtenden Figuren geschmückt, in der Dunkelheit war es bestimmt wunderschön anzusehen. Jetzt fühlte sich Kira wie in einem schlechten Film.

Langsam bog sie nach rechts ab, Frikadelle lotste sie mit kurzen Anweisungen durch das Winterwunderland. Irgendwann rief er »Stopp!« und deutete auf eine zugeschneite Einfahrt. »Gib mir die Tasche«, befahl ihr Entführer.

Kira beugte sich auf die Rückbank und reichte sie ihm. Er kramte eine Weile darin herum, schließlich atmete er erleichtert auf und zog eine schmale weiße Fernbedienung mit zwei Knöpfen heraus. »In die Garage«, brummte er, während sich durch Knopfdruck das Tor vor ihnen öffnete.

In der Garage gab es eine Tür, die direkt in das Haus führte. Frikadelle hob einige Dosen an, die auf dem einzigen Regal im Raum standen, während das Tor langsam wieder zu Boden surrte. Fluchend schleuderte er die letzte zu Boden, die scheppernd aufschlug. »Verdammte Scheiße!«

»Was ist los?« Kira wagte es kaum zu fragen und zog bereits den Kopf ein, als sie Frikadelles wütender Blick traf.

»Der Schlüssel ist nicht hier.«

»War das denn der Plan?« Diese Frage konnte sich Kira einfach nicht verkneifen.

»Ja, verdammt!« Er fuhr sich mit der Hand an den Kopf, riss sich die Mütze vom Schädel und lief aufgebracht neben dem Auto hin und her.

Kira wich automatisch einen Schritt zurück. »Vielleicht ist es die falsche Tür?«

»Falsche Tür? Nein, der Plan war, dass der beknackte Schlüssel unter einer der Dosen liegen sollte! Sandmann, der Arsch, hat seinen Job nicht gemacht!«

Aha, Sandmann hatte also diese Station vorbereitet. Ob er nach Niklas' Festnahme den Plan für gescheitert erklärt hatte?

»Vielleicht hat er es einfach vergessen«, sagte Kira wenig überzeugend.

Frikadelle winkte ab und beugte sich vor dem Schloss der Zwischentür so weit hinunter, dass seine Jacke hochrutschte und seinen Hintern zum Teil freigab. Schnell wandte Kira sich von dem Anblick ab.

»Die bekomme ich nicht so leicht auf.«

»Vielleicht gibt es eine Terrassentür, die man aufhebeln kann?« Schulterzuckend starrte sie Richtung Rolltor, da richtete sich Frikadelle wieder auf.

»Du bist ja doch zu was zu gebrauchen. Los, komm mit.«

Gemeinsam schlüpften sie durch das Tor nach draußen und umrundeten die Garage, an deren Seite der Garten mit einem hüfthohen Holzzaun abgetrennt war. Im Schnee erkannte Kira, dass hier jemand entlanggelaufen sein musste. Sie vermutete, dass es Sandmann gewesen war, doch warum sollte er... Ein Schrei riss sie aus ihren Gedanken, dann Kinderlachen. Im Garten liefen bestimmt ein Dutzend Kinder herum. Scheinbar hatte sich die halbe Nachbarschaft hier versammelt. Die Wiese bestand aus Schneemauern, und eine Schneeballschlacht war in vollem Gange.

Kira stieß beinahe gegen Frikadelle, der abrupt stehenblieb. Seine Hand wanderte Richtung Jackentasche, in die er seine Pistole gesteckt hatte. »Wenn du das machst, hast du sofort die Bullen samt Hubschrauber hier«, zischte Kira, in der Hoffnung, ihn von dieser dämlichen Idee abzubringen. Es wirkte. Frikadelle ließ die Hand sinken und brüllte stattdessen: »Raus aus meinem Garten, ihr Pestzecken!«

Kira war sich nicht sicher, was sie erwartet hatte, sicherlich nicht, dass die Kinder mit Gebrüll und den Armen voller Schneebälle auf sie zu rannten und sie befeuerten.

Abwehrend hob Kira die Hände vors Gesicht. Frikadelle fluchte, hoffentlich tat er nichts Unüberlegtes, aber auch er wich nur zurück. Wütend schrie er und lief auf einen Jungen zu, der vielleicht acht oder neun Jahre alt war, um ihn mit seinem intakten Arm zu packen. Der Junge zappelte wild, riss sich dann los und folgte seinen Freunden, die nun die Flucht ergriffen. »Ich will euch hier nie wieder sehen, habt ihr verstanden?«, brüllte Frikadelle den Kindern nach und stapfte zur Terrassentür.

Die Tür hatte er tatsächlich nach kurzer Zeit mit seinem Werkzeug aufgebrochen. Wo hatte er das auf einmal her? Hatte er es die ganze Zeit über in seiner Tasche gehabt? Fassungslos sah sie ihm dabei zu, wie er sich den Schnee abklopfte und das Haus betrat. Kira folgte ihm zögerlich, lauschte in die nun eingekehrte Stille hinein. Keine Sirenen, kein Hubschrauber, nichts. Ob sie die Polizei tatsächlich abgehängt hatten?

Durch die Terrassentür kamen sie in einen Wintergarten, in dem ein großer Esstisch mit acht Stühlen stand. Die Hauswand des Raumes zierte eine Art Steinwand mit Wasserfall, der zwar ausgeschaltet war, aber trotzdem ihre Aufmerksamkeit auf sich zog. »Wem gehört das Haus?« Kira musste sich von dem Anblick losreißen, um

Frikadelle in den Nebenraum zu folgen. Ein großer Wohnbereich mit offener Küche empfing sie. Der Boden war dunkel, die Wände cremeweiß mit dekorativen, künstlerischen Leinwänden behangen.

Im Küchenbereich riss Frikadelle eine Schublade nach der anderen auf, seine Laune wurde immer schlechter, was Kira an seinen aggressiven Bewegungen merkte. Mit einem *Rums* fielen die durchsuchten Schubladen wieder zu.

»Ruf Sandmann an! Frag ihn, wo der Scheiß liegt!«

»Was für ein Scheiß?« Nachdenklich zog Kira das Handy aus ihrer Jackentasche und klickte sich durch das Telefonbuch. Dabei stockte ihr der Atem. Sie hatte vergessen, die Simkarte zurückzutauschen, das sollte Frikadelle lieber nicht sehen. Kira durfte sich nichts anmerken lassen. Sie wählte Sandmanns Nummer und nahm das Handy ans Ohr.

Direkt nach dem ersten Klingeln ertönte die dunkle Stimme. »Wo steckst du?«

»Alles in Ordnung. Ich bin mit Frikadelle an diesem Haus. Ich soll dich fragen, wo der Scheiß liegt.«

»Was für ein Scheiß?«, fragte Sandmann irritiert.

Seufzend wiederholte Kira die Frage, doch Frikadelle kam wie eine Dampflok auf sie zu und riss ihr das Handy aus der Hand. »Der Plan war, dass du mir alles im Haus hinterlegst. Nicht einmal der Schlüssel war in der Garage!«, brüllte er in das Handy.

Kira zuckte zusammen, erstarrte sogleich. Angespannt beobachtete sie Frikadelle, sie konnte nur hoffen, dass der nicht zu genau auf das Display sah, auf dem die ursprünglichen Decknamen abgespeichert waren. Aber so aufgebracht, wie er war, hatte er andere Dinge im Kopf, als auf solche Details zu achten. Wenn sie Glück hatte.

»Ach fick dich doch, Sandmann!« Anstatt aufzulegen, hörte er jedoch zu. Sandmann hatte so eine Wirkung auf andere, die einen zwang, ihn zu respektieren. »Ja. Jaa, wir haben die Eier. Konnten abhauen, bevor sie uns erwischt haben. Der Koffer ist in der Hütte. Die Verbindung zu diesem Haus werden sie nicht so schnell finden und wenn doch, sind wir schon weg.« Wieder hörte er zu, während Sandmann sprach. »Ich denke schon ... Ja, ich weiß, dass wir hier safe sind!«

Frikadelle legte auf, warf nur einen flüchtigen Blick auf das Handy und legte es dann auf die Küchentheke.

Erleichtert stieß Kira den angehaltenen Atem langsam aus. Mit einem schnellen Griff packte sie das Handy und schob es zurück in ihre Tasche.

»Zieh die Jacke aus, wir bleiben erst mal hier.«

Kapitel 26

Warum musste es ausgerechnet ein Wohngebiet sein? Insgeheim hatte Jan wieder auf ein abgeschiedenes Hüttchen gehofft, dann wäre die Ortung kein Problem gewesen. Aber hier taten sich zu viele Möglichkeiten auf, sich zu verstecken.

Er musterte die Häuser mit kritischem Blick, während Walter im Schritttempo die Straße entlangfuhr, in der Kira sich höchstwahrscheinlich aufhielt. Sie konnte auch in der Sackgasse daneben sein, aber daran wollte er nicht denken. Wenigstens gab es hier keine Wohnblöcke, sondern Einfamilienhäuser, was ihnen eine realistische Chance ließ, sie zu finden.

Der Truppführer des SEK hatte sich nach langem Hin und Her überreden lassen, mit seinen zwei auffälligen schwarzen Bussen einige Straßen weiter zu warten. So waren Jan und Walter sozusagen als Vorhut unterwegs, um Frikadelle und Kira für deren Einsatz ausfindig zu machen. Unabhängig von der Auffälligkeit war es Jan ganz recht. Die SEK-Leute waren absolute Profis, keine Frage. Aber jeder Einsatz erhielt durch ihr Erscheinen eine zusätzliche Dramatik, und seine Nerven waren ohnehin zum Zerreißen gespannt.

Jan machte sich fürchterliche Vorwürfe, dass er so hart mit Kira ins Gericht gegangen war. Natürlich war ihr Verhalten eine riesige Dummheit gewesen, doch sie bereute es offensichtlich. Womöglich hatte er mit seinen harschen Kommentaren ihr schlechtes Gewissen noch verstärkt und sie unbewusst dazu angestachelt, es wiedergutmachen zu wollen. Womöglich trug er eine Teilschuld daran, dass sie nun in den Fängen dieses Frikadelle steckte.

»Wir finden sie schon«, murmelte Walter aufmunternd und tätschelte unbeholfen seine Schulter. Wenn der Kollege so fürsorglich war, musste Jan die Anspannung deutlich ins Gesicht geschrieben sein. Er lächelte schief.

Am Ende der Straße wendete Walter den Wagen. Sie hatten das Polizeiauto vorsorglich gegen einen unauffälligen dunkelblauen Passat Kombi ausgetauscht. Schließlich war nicht klar, wie lange sie brauchen würden, um die beiden zu finden.

Das Baugebiet schien erst wenige Jahre alt zu sein. Die Häuser wirkten noch neu und gepflegt. In einigen Vorgärten standen Schneemänner. Scheinbar hatten sich bevorzugt junge Familien hier niedergelassen, wie so oft in solchen Wohngebieten. Alles wirkte ein bisschen kahl, was nicht nur am Winter lag, sondern auch daran, dass die Büsche und Bäume noch jung waren.

In einem Garten erblickte Jan eine Horde Kinder. Sie lagen hinter einer Hecke im Schnee und beobachteten das Nachbarhaus. Vermutlich spielten sie Cowboy und Indianer oder Ähnliches und lauerten in ihrer Deckung auf den imaginären Feind. Was allerdings ungewöhnlich war, war die Frau, die hinter ihnen hockte. Zwei der Kinder redeten scheinbar aufgebracht auf sie ein und deuteten immer wieder zum Haus nebenan, welches ruhig und unbeeindruckt dastand. Wären nicht frische Reifenspuren auf der Auffahrt gewesen, hätte Jan vermutet, dass die Bewohner im Urlaub waren, denn es war das einzige in der Straße, bei dem weder der Schnee weggeräumt worden noch der Garten weihnachtlich dekoriert war.

»Halt mal bitte an«, sagte er zu Walter, stieg aus und ging auf die Frau zu. Ohne zu zögern, lief er zwischen den Büschen hindurch in den Garten. Die Frau quittierte sein ungefragtes Eindringen mit kritischem Blick.

»Heute ist wohl der Tag der seltsamen Typen«, rief sie grimmig. »Was wollen Sie?«

»Entschuldigen Sie, dass ich Sie so überfalle.« Er ging hinter einem kniehohen Kirschlorbeer neben ihr in Deckung und wies sich aus.

»Ich habe bemerkt, wie Sie da rüber sehen. Ist Ihnen etwas Ungewöhnliches aufgefallen?« Er versuchte, einen unverbindlichen Ton anzuschlagen, doch in dieser Situation war es kaum möglich, der Frau eine Routineaktion weißzumachen. Sie musterte ihn neugierig, und auch die Kinder schauten ihn mit großen Augen an.

»In der Tat«, sagte sie. »Die Wiesners sind über die Feiertage in den Urlaub gefahren. Sie wollten eigentlich erst nach Silvester zurück sein. Zumindest sollen wir solange für sie schneeräumen.« Sie warf einen kurzen Blick auf die verschneite Einfahrt, als hätte sie ein schlechtes Gewissen.

»Aber?«

»Naja, die Kids waren drüben im Garten, um dort eine Schneeballschlacht zu machen. Das Grundstück ist so groß, das bietet sich an zum Rennen und Toben.«

Wieder machte sie eine Pause. Jan hätte sie am liebsten gepackt, um die Worte aus ihr herauszuschütteln.

»Fabi hat erzählt, ein fremder Mann sei aufgetaucht, und hätte herumgeschrien, dass sie verschwinden sollen. Max hat er sogar am Kragen gepackt und geschüttelt. Ich kann das gar nicht glauben. Selbst wenn die Wiesners wieder da sein sollten, das sind ganz nette Leute. Die hätten nichts dagegen, dass die Kinder in ihrem Garten spielen.«

Jan zog scharf die Luft ein. Natürlich konnte alles ein dummer Zufall sein. Hätte er wetten müssen, dann hätte er jedoch darauf gesetzt, dass der Kerl dieser Frikadelle war.

»Gehen Sie mit den Kindern bitte so unauffällig wie möglich ins Haus«, wies er sie ernst an. Eine Sekunde lang starrte sie ihn an.

Dann nickte sie kaum merklich, stand auf und rief laut: »Los, ihr Racker, wir gehen rein und backen Muffins!«

Auch Jan rappelte sich auf, und die Kinder folgten der Frau johlend zur Haustür. Jan war froh, sie in Sicherheit zu wissen. Gerade als er sich zu Walter umwandte, der im Passat auf ihn wartete, kam ein Auto heran. Irgendwann war es wohl einmal weiß gewesen, doch das ließ sich nur noch erahnen.

Der Fahrer, von dem Jan bloß erkannte, dass es ein Mann war, öffnete das im Gegensatz zu seinem Wagen strahlend weiße, große Sektionaltor des Wiesnerschen Hauses mit einer Fernbedienung.

Nach einem kurzen Schreckmoment drehte sich Jan schnell wieder zu der Frau und den Kindern um. Er winkte ihnen überschwänglich zu, um den Eindruck zu erwecken, dass er zu ihnen gehöre. Rückwärts und weiter winkend näherte er sich langsam dem Passat, in dem Walter auf ihn wartete. Als er eingestiegen war, klopfte er dem Kollegen mit ausladenden Bewegungen auf die Schulter.

»Kannst aufhören mit deinem Theater«, meinte Walter mit schiefem Grinsen. »Der Typ ist in die Doppelgarage gefahren, und das Tor geht gerade zu.« Trotzdem wagte Jan nicht, sich umzudrehen.

»Hast du drinnen was gesehen?«

»Ein alter Daimler steht in der Garage. Von dem müssen die Spuren auf der Auffahrt stammen. Ansonsten habe ich nichts erkannt.«

Jan erzählte ihm kurz, was die Frau ihm berichtet hatte, während Walter sich ausgiebig am Kopf kratzte. Zum Glück hatte er seine Polizeimütze vorsorglich auf die Rückbank geworfen und eine zivile Winterjacke übergezogen. Jan konnte zwar nicht abschätzen, wie gut man vom Haus aus in den Wagen sehen konnte, doch der Schneefall hatte aufgehört und sicherer war es so allemal.

»Das klingt verdächtig.«

»Finde ich auch.«

»Ich fahre eine Runde für den Fall, dass wir ihnen aufgefallen sind. Dann gehen wir zum Haus und schauen uns um.«

Jan nickte, und Walter startete den Motor. Die Sekunden zogen sich wie Kaugummi. Nervös trommelte er auf der Verkleidung der Autotür herum. Schließlich parkte Walter den Wagen einige Häuser weiter am Straßenrand. Gemeinsam gingen sie zurück, zügig, aber darauf bedacht, nicht in einen Laufschritt zu verfallen. Jan bog bereits ein Haus vorher ab, um in Deckung zu bleiben, und Walter folgte ihm. Sie pirschten sich durch den fremden Garten, und Jan hoffte inständig, dass der Hausbesitzer nicht auftauchen würde, um sie zur Rede zu stellen.

Die Gärten waren durch einen hüfthohen Holzzaun voneinander getrennt, hinter dem sie gut in Deckung gehen konnten. Vorsichtig spähten sie hinüber. Jan sah eine Bewegung am Fenster, konnte jedoch nichts erkennen. Darum suchten sie sich eine versteckte Stelle hinter einem großen Komposter und kletterten hinüber. Mit wenigen schnellen Schritten waren sie am Haus und zogen vorsorglich ihre Pistolen. Geduckt schlichen sie weiter, bis die Terrasse in Sicht kam. Die Tür war aufgehebelt worden. Der Schaden am Rahmen war selbst aus der Distanz gut sichtbar. Derjenige, der sie aufgebrochen hatte, war nicht zimperlich mit ihr umgegangen. Ein Mann fürs Grobe eben. Jan war inzwischen davon überzeugt, dass sie im Haus auf Frikadelle stoßen würden.

Als hätte er Jan eine Bestätigung liefern wollen, lief Frikadelle in diesem Moment innen an der Terrassentür vorbei. Er hatte die Hände in den Hosentaschen vergraben und unterhielt sich mit jemandem außerhalb von Jans Sichtfeld. Gedämpft drangen Männerstimmen zu ihnen heraus. Doch wo war Kira? Bisher hatte er sie nicht entdeckt.

Kaum entfernte sich Frikadelles Stimme, lief Jan geduckt auf die Terrasse zu und versteckte sich hinter einem großen Gasgrill, der unter einer grauen Nylonhaube Winterschlaf hielt. Walter heftete sich an seine Fersen und ging neben ihm in Deckung. Vorsichtig lugte Jan seitlich am Grill vorbei in das Innere des Hauses. Erleichtert atmete er aus, als er Kira erblickte. Sie saß auf einem Stuhl und schien wohlauf zu sein. Der Mann, der eben gekommen war, lehnte mit verschränkten Armen neben ihr am Tisch, und Frikadelle tigerte noch immer im Zimmer auf und ab.

Er musste dem SEK Bescheid geben, sonst würde es Ärger geben. Doch keiner konnte von ihm verlangen, dass er dabei zusah, wie sich die Zielpersonen in der Zwischenzeit aus dem Staub machten.

»Gib dem SEK unsere Position durch«, sagte Jan zu Walter und entsicherte seine Waffe.

Kapitel 27

Um nicht so nervös herumzulaufen wie Frikadelle, der aussah wie ein übergewichtiger Tiger im Käfig, hatte Kira sich an den dunklen Esstisch gesetzt. Das Haus wirkte durch die fehlende Weihnachtsdeko ein bisschen trist. Das Licht hatten sie nicht angemacht, um nicht noch mehr Aufmerksamkeit auf sich zu ziehen. Die beiden Männer schienen noch nervöser zu sein als sie selbst. Vermutlich lag es daran, dass Kira im Gegensatz zu ihrem verbliebenen Team hoffte, dass die Polizei kommen würde.

»Die Verzögerung ist kein Problem«, erklärte Sandmann, nachdem er sein Telefonat beendet hatte. »Er ist jedoch besorgt wegen der Sache auf der Autobahn und will deshalb erst nach Erhalt der Ware den Rest des Geldes überweisen.«

»Woher weiß er davon?« Auf Frikadelles Gesicht spiegelte sich Entsetzen wider. Auch Kira ahnte, dass der Unfall zu viel Aufmerksamkeit auf sich zog.

»Das Radio und das Fernsehen sind voll davon. Es wird nach euch beiden gefahndet. Sie sind euch auf den Fersen.«

»Woher weißt du das mit dem Fahndungsaufruf?«, polterte Frikadelle sogleich los.

Das fragte sich auch Kira. Sandmann zeigte mit dem Finger demonstrativ auf Frikadelle. »Das ist irrelevant.

Außerdem habe ich herausgefunden, dass du jemanden angeschossen hast. Der Kerl ist im Krankenhaus.«

»Wen hat er angeschossen?«, fragte Kira schockiert. Sie hatte nicht erwartet, dass er jemanden getroffen hatte. Hoffentlich war es nicht Jan. »Er ist nicht tot, oder?«

»Scheiß egal«, warf Frikadelle ein.

»Nein, ist es nicht! Wenn du jemanden getötet hast, dann wirst du wegen Mordes gesucht!« In ihrem Kopf malte sie sich Horrorszenarien aus, wie Jan auf dem Rastplatz lag, um sein Leben kämpfend. In ihren Augen sammelten sich Tränen. »Es hieß, niemand wird verletzt! Es hieß auch: Es werden keine Waffen benutzt. Du hast dich nicht daran gehalten!«, platzte es aus Kira heraus. Die Angst verwandelte sich nun in Wut.

Mit einem Handgriff zog Frikadelle seine Waffe aus dem Hosenbund und richtete sie auf Kira, diese blieb reglos auf ihrem Stuhl sitzen. »Pass bloß auf, was du sagst. Was hattest du eigentlich bei dem Bullen zu suchen? Wärst du nicht gewesen, wäre es ganz anders gelaufen.«

»Anders? Du bist auf die grandiose Idee gekommen…«

»Es reicht!«, unterbrach Sandmann die Diskussion. »Beruhigt euch. In den Nachrichten wurde nur gesagt, dass ein Mann angeschossen wurde. Was geschehen ist, ist geschehen. Wir müssen jetzt konzentriert bleiben, damit wir hier ungeschoren rauskommen. Macht euch das bewusst!«

Tief einatmend versuchte Kira, die Angst und ihren Ärger zurückzudrängen.

Frikadelle setzte zum Fluchen an, winkte dann grummelig ab und ließ die Waffe sinken. »Wir haben es ja geschafft und sind erst mal safe«, brummte er. Der große Frikadelle, plötzlich ganz klein, und das vor einem Mann wie Sandmann, der Kira kaum ans Kinn reichte. Es war unglaublich, was Sandmann für eine Dominanz besaß, sie alle nach seiner Pfeife tanzen ließ. Was genau dahintersteckte, wusste Kira nicht, aber er musste viele Kontakte haben, einiges an Geld und Macht. Mit Widerwillen war Sandmann hergekommen, normalerweise schickte er seine Leute zu solchen Aufgaben, doch dieser Coup war Niklas' Idee gewesen, und der hatte darauf bestanden, dass Sandmann niemandem davon erzählte und alle Aufgaben persönlich erledigte. Das hatte Niklas ihr bei ihrer Einweisung erklärt, um ihr zu verdeutlichen, dass auch sie den anderen Männer im Team mit Respekt begegnen sollte.

»Hier hast du deinen Pass und das Flugticket.« Mit Schwung warf Sandmann eine Mappe auf den Tisch, sodass die dunkelrote Hülle eines Reisepasses teilweise herausrutschte. Frikadelle schob die Waffe zurück in den Hosenbund und ging näher an den Tisch heran.

»Kira, für dich habe ich auch noch einen neuen Ausweis dabei. Frikadelle gibt dir gleich Geld für ein Zugticket, dann fährst du zu unserem Kontakt in Tschechien. Den Endbahnhof sage ich dir noch.«

Erleichtert nickte Kira. Bald war sie die beiden los. Vielleicht konnte sie herausfinden, wohin Frikadelle sich absetzen wollte, oder reichte es aus zu wissen, dass er fliegen wollte? Sobald die Männer weg waren, würde sie die Polizei informieren, die die Flughäfen überwachen konnte.

Immer noch hatte Kira das scheußliche Geräusch des LKW-Unfalls in den Ohren. Ihr Herzschlag beschleunigte sich, wenn sie daran zurückdachte. Übelkeit stieg in ihr auf, wenn sie sich ausmalte, was Jan alles passiert sein könnte. Vom ausschlagenden LKW-Auflieger erwischt oder von Frikadelle angeschossen, beides wäre schrecklich. Besser sie lenkte ihre Konzentration auf ihre missliche Lage. Um Jan konnte sie sich später noch genug sorgen.

Während Frikadelle die Tasche mit den Eiern an Sandmann übergab, sah Kira durch die Fensterscheibe in den Garten. Es hatte aufgehört zu schneien, die Sonne kämpfte sich ihren Weg an den Wolken vorbei, und die helle Schneedecke reflektierte strahlend weiß ihr Licht. Was für ein Wetter, es war wunderschön, aber Kira konnte es kein bisschen genießen.

Zum Abschied klopfte Sandmann auf den Tisch. »Passt auf euch auf!« Diese Floskel hätte sie nicht von ihm erwartet, sein durchdringender Blick traf Kira, sie lächelte schwach.

»Du auch«, erwiderte sie zaghaft und sah ihm nach, wie er im Küchenbereich die Zwischentür zur Garage durchschritt, hörte entfernt, wie mit einem leisen Surren das Garagentor aufglitt.

Frikadelle war immer noch angespannt, verließ den Raum und ging in den Flur, der zur Haustür führte. Es war auch für ihn an der Zeit, hier zu verschwinden.

»Fuck!«, hörte sie Frikadelle fluchend zurücktraben.

»Was ist passiert?« Mittlerweile war Kira die Kraftausdrücke gewohnt, die in jeder Situation von ihm kamen. Daher blieb sie relativ gelassen sitzen. Sie erwartete, dass die Kinder vielleicht zurückgekommen waren.

»Sandmann wird verfolgt.«

»Was ist los? Wer?« Erschrocken blickte sie auf. Erleichterung folgte dem Schreck. Sie hatten sie gefunden. Es war vorbei.

»Das SEK, ein dunkler Wagen mit zwei Männern fährt ihm hinterher. Scheiße, sie haben uns gefunden.« Ein eiskalter Blick fixierte sie, in der nächsten Sekunde richtete

Frikadelle seine Waffe auf Kira. »Das haben wir dir zu verdanken, du kleines, verräterisches Miststück!«

Wie erstarrt blieb sie stocksteif auf dem Stuhl sitzen, ihre Hände hob sie mit den Handinnenflächen nach vorn gerichtet hoch. »Ich habe nichts getan, wirklich! Das musst du mir glauben!«

»Wie haben sie uns dann gefunden?« Spucke spritze ihr entgegen, als er die Worte herausschrie.

»Ich weiß es nicht, wie soll ich es denn gemacht haben?« Ihre Stimme war zittrig. Panik ergriff sie, die Gewissheit war allgegenwärtig, dass Frikadelle schießen würde.

Sein durchdringender Blick glitt an ihr herunter und verharrte auf der Manteltasche, in die sie ihr Handy gesteckt hatte. Mist. Es ratterte beinahe hörbar in seinem Kopf, bis seine Miene plötzlich den Geistesblitz anzeigte. »Dein Handy.« Er griff so flink in die große Tasche, dass sie nicht mehr als erschrocken zusammenzuckte. Sekunden später tippte er auf dem Display herum.

Da es das neue Gerät war, gab es keine Sperre und Frikadelle gelangte sofort in das Telefonbuch der Simkarte. »Du wurdest bestimmt geortet! Keine Ahnung, was da mit dir und dem Bullen läuft, aber du warst es mit Sicherheit, du kleines verräterisches Biest! Ey, Sirene, ich schwöre dir, du kommst mir nicht ungeschoren davon!« Wütend schleuderte er das Gerät auf den Boden. Das Display splitterte, die klare Oberfläche verwandelte sich in ein hässliches Spinnennetz.

Nun hämmerte ihr Herz so schnell, dass ihr Körper schlagartig unter Strom stand. »Ich musste doch irgendwie hinterher. Das war die einzige Möglichkeit, über den Bullen an dich heranzukommen.«

»Du Lügnerin! Dir glaube ich nichts mehr. Alles, was

aus deinem Mund kommt, sind Lügen!« Es hatte keinen Zweck, in seinem Blick erkannte sie Wut, Wahnsinn und Entschlossenheit. Er würde abdrücken, wenn sie ihn nicht irgendwie vom Gegenteil überzeugte.

»Hör zu, Frikadelle. Wenn du mich erschießt, suchen sie dich wegen Mordes, und jetzt, wo sie wissen, wo wir stecken ...« Beschwichtigend erhob sie sich, um auf ihn zuzugehen, da ertönte ein Knall.

Frikadelle hatte tatsächlich abgedrückt. Lange Sekunden verstrichen, bis der Schmerz in ihrem Gehirn ankam und Kira an sich hinunterblickte. Der verdammte Idiot hatte auf sie geschossen! Blut, alles war rot, ihre Beine zitterten, sie hatte keine Kraft mehr, und der Schwindel ... Kira sackte zurück auf den Stuhl.

Kapitel 28

Frikadelle hatte den Raum verlassen, das war seine Chance! Er musste Kira rausholen! Doch gerade, als Jan hineinstürzen und sie in Sicherheit bringen wollte, tauchte er wieder auf. Verdammt, jeden Moment würde das SEK stürmen.

Die Stimmung drinnen heizte sich von Sekunde zu Sekunde weiter auf. Frikadelle und Kira stritten sich, die Stimmen drangen aufgebracht zu ihnen heraus. Jan reckte den Hals, doch Frikadelle, der mit dem Rücken zu ihm stand, verdeckte Kira. Erst als er einen Schritt zur Seite machte und ihr etwas aus der Tasche zerrte, kam sie wieder in sein Blickfeld. Kira hatte die Augen aufgerissen, ihre Bewegungen waren fahrig. Sie sah aus, als hätte sie Todesangst. Was war da drinnen los? Das untrügliche Gefühl, dass etwas richtig schieflief, und er keine Zeit verlieren durfte, ließ ihn aufspringen. Die Waffe auf Frikadelle gerichtet, verließ er seine Deckung und steuerte auf die Terrassentür zu. Gerade als er rufen und Frikadelle die Möglichkeit zur Aufgabe geben wollte, richtete der seine Pistole auf Kira. Jan zögerte nicht und schoss. Doch es war zu spät. Zwei Schüsse verschmolzen zu einem einzigen lauten Knall, zerrissen die Luft. Während Frikadelle zu Boden ging, stürzte Jan in den Raum.

Von Frikadelle schien keine Gefahr mehr auszugehen. Er hatte seine Waffe fallen lassen und hielt sich keuchend die blutende Seite. Vermummte Gestalten strömten in das Haus.

Jan hatte Mühe, nicht in Panik zu verfallen, als er vor Kira auf die Knie ging. Sie saß noch immer auf einem der Esszimmerstühle, ihr Gesichtsausdruck glich purem Erstaunen. Sie sah an sich herunter, als könne sie es nicht fassen, wie das Blut aus ihrem Unterleib quoll.

Jan schrie nach einem Arzt, seine Stimme hörte sich fremd an. Er ließ die Waffe fallen und drückte seine Hände auf Kiras Becken. Das Blut sickerte unaufhaltsam durch seine Finger.

Unverwandt blickte sie ihn an. Fast fürchtete er, sie sei schon so entrückt, dass sie ihn nicht erkannte. Doch dann huschte trotz allem ein Lächeln über ihr Gesicht.

»Du lebst! Ich bin so froh, dass es dir gut geht.« Ihre Worte rissen an seinem Herz.

»Es tut mir so leid«, flüsterte er. »Ich hätte nicht so garstig zu dir sein dürfen. Natürlich hab ich verstanden, dass du das alles so nicht wolltest.«

Sie schloss die Augen.

»Es wird alles wieder gut, Kira. Bleib bei mir, mach die Augen auf.«

»Es tut plötzlich so weh«, keuchte sie.

»Der Arzt ist gleich da«, sagte Jan und hoffte inständig, dass es keine Lüge war. Mit der einen Hand drückte Jan weiter auf die Wunde, während er mit der anderen vorsichtig zwischen Kira und die Lehne des Stuhls fuhr und ihren unteren Rücken abtastete. Er fand keine Austrittsstelle, das Projektil steckte also noch in ihrem Körper, vermutlich hatte der Beckenknochen es aufgehalten.

»Versuche, dich möglichst wenig zu bewegen«, sagte er. Doch Kira machte ohnehin keine Anstalten, sich zu rühren. Schlaff hing sie auf dem Stuhl, ihre Augenlider flatterten.

»Wenn du wieder fit bist, müssen wir zusammen snowboarden«, sagte er hilflos. Er kam sich blöd vor, in einer solch dramatischen Situation über Belanglosigkeiten zu reden, doch alles war besser als das Schweigen, das die Sekunden zu kleinen Unendlichkeiten ausdehnte.

Mühsam öffnete sie die Augen. »Willst du das denn noch? Mit mir zusammen snowboarden?« Er erahnte ihre Worte mehr, als dass er sie hörte. Sie klang so verdammt schwach.

»Natürlich will ich das«, seine Stimme brach. Die Hände waren nass von ihrem Blut, die Wangen nass von seinen Tränen.

Ein Mann mit roter Notarztjacke ging neben Jan in die Hocke. Er hatte ihn nicht kommen hören.

»Steckschuss, neun Millimeter«, sagte er mechanisch. Die kleinen Hände einer Sanitäterin packten ihn energisch an den Schultern und zogen ihn weg. Er war im Weg.

Jan blieb da, wo sie ihn losließ, und hockte sich auf den Boden. Wie in Trance beobachtete er die geschäftigen Handgriffe des Rettungsdienstes.

»Kennen Sie ihre Blutgruppe?«, rief der Notarzt ihm unvermittelt zu. Jan schüttelte den Kopf. Oh Gott, sie hatte so viel Blut verloren. Betroffen schaute er auf seine rot gefärbten Hände. Sie zitterten.

»0 negativ also«, wies der Arzt die Sanitäterin an.

Walter ging neben ihm in die Hocke. »Komm, wir waschen dir die Hände.«

Er spürte die Hand des Kollegen auf seiner Schulter. Stumm schüttelte er den Kopf und starrte weiter zu Kira, die inzwischen auf eine Liege gebettet worden war und beatmet wurde.

Die Sanitäterin griff nach einem Personalausweis, der direkt hinter dem Stuhl, auf dem Kira gesessen hatte, auf dem Tisch lag. »Barbora Horáková«, las sie laut vor.

»Das ist nicht ihr Name«, sagte Jan mechanisch. »Sie heißt Kira Noll.«

Unverwandt sah die Sanitäterin ihn an. Schließlich wanderte ihr Blick zu Walter, der bestätigend nickte. Dank seiner Uniform galt sein Wort wohl mehr als Jans. Schließlich nickte sie und warf den Ausweis auf den Tisch zurück.

»Kira Noll also«, murmelte sie achselzuckend.

Da schob Walter sich in sein Gesichtsfeld. Er ging vor ihm in die Hocke und packte ihn mit beiden Händen an den Schultern. Eindringlich schaute er ihn an. »Du kannst ihr jetzt nicht helfen. Sie ist in guten Händen. Komm, wir waschen dir das Blut ab und dann fahr ich dich zu ihr ins Krankenhaus.«

»Ich will mit dem Krankenwagen mitfahren.«

»Da störst du nur.«

Walters Worte gefielen ihm nicht. Doch der Rettungsdienst hatte mit Kira wirklich alle Hände voll zu tun. Vermutlich hatte der Kollege recht.

Schwerfällig ließ er sich von Walter hochziehen.

»Aus dem Weg«, herrschte ihn die kleine Sanitäterin an. Sie wirkte angespannt.

»Siehst du«, kommentierte Walter die Situation und zog Jan zur Seite, damit sie Kira in den Flur schieben konnten. Jan stieß zittrig die Luft aus und nickte widerwillig.

Sie folgten dem Rettungsdienst bis zur Haustür, und Walter erkundigte sich bei dem Sanitäter, in welches

Krankenhaus sie Kira bringen würden. Jan sah ihnen nach und fühlte sich hilflos, während Walter die beiden Türen öffnete, die vom Flur abgingen. Hinter der zweiten fand er das Gäste-WC und schob Jan hinein.

Wie eine Mutter, die ihr Kind nach dem Spielplatz sauber macht, wusch Walter ihm die Hände. Jan stand nur da, als hätte ihm jemand den Stecker gezogen. Alle Kraft war aus ihm gewichen. Er fühlte sich nicht einmal im Stande, sich bei Walter für seine Fürsorge zu bedanken, obwohl er unendlich froh war, ihn gerade an seiner Seite zu haben. Irgendwann ließ er sich auf den Toilettendeckel plumpsen. Was, wenn er Kira endgültig verloren hatte? Was, wenn sie starb, weil er zu zögerlich gewesen war? Hätte er diesen furchtbaren Frikadelle doch nur gleich über den Haufen geschossen!

Sein Kopf fühlte sich an, als wolle er zerspringen. Jan schlug sich die inzwischen sauberen aber noch nassen Hände vors Gesicht und weinte. Walter tätschelte ihm unbeholfen die Schulter, doch die Geste vermochte ihn nicht zu beruhigen. Nicht mal ein bisschen.

Kapitel 29

Die Parkplatzsuche vor dem Notfallzentrum Bogenhausen machte Jan fast wahnsinnig. Er war kurz davor, einfach die Beifahrertür aufzureißen und hinauszuspringen. Endlich steuerte Walter den Wagen in eine Parklücke, doch die war in der Englschalkinger Straße, also nervenaufreibend weit vom Eingang entfernt. Wenigstens fiel der Kollege in Jans Laufschritt mit ein, und so trabten sie gemeinsam über die kurvigen Wege zur Klinik. War Grün nicht die Farbe der Hoffnung? Jan versuchte sich einzureden, die grasgrünen Balkone seien ein gutes Omen, doch seine Nerven lagen blank.

Gehetzt sah er sich im Eingangsbereich um und versuchte sich zu orientieren, während Walter sich am Informationsschalter nach Kira Noll erkundigte. Die junge Dame, die dort saß, wirkte routiniert und ließ sich Zeit, als sie zum Telefonhörer griff und parallel mit ihrer Computermaus herumklickte.

»Sie wird gerade operiert, wird also noch eine Weile nicht verhörfähig sein«, erklärte sie schließlich mit Blick auf Walters Uniform. Jan würde sich auf keinen Fall abwimmeln lassen. Er musste sich etwas einfallen lassen!

Hastig stürzte er zum Schalter.

»Ich bin der Ehemann. Wo kann ich warten?«

In dem Gesicht der Frau war nicht abzulesen, ob sie ihm glaubte. Im Augenwinkel bemerkte er, dass Walter ihn irritiert anstarrte. Er würde doch hoffentlich dichthalten? Schließlich erklärte sie ihnen den Weg, der sie scheinbar durch die halbe Klinik führen würde. Als Walter zögerte, packte Jan ihn am Arm. »Lass mich nicht allein.«

Überraschung huschte über sein Gesicht, doch dann nickte er.

»Natürlich nicht.« Während sie sich gemeinsam in Bewegung setzten, klopfte er Jan aufmunternd auf die Schulter.

Die Wege und Abteilungen in der Klinik waren verhältnismäßig gut ausgeschildert, sodass sie nur einmal falsch abbogen und ohne große Probleme den Wartebereich erreichten, von dem die Dame am Informationsschalter gesprochen hatte. Hilflos sah Jan sich um, bis er eine Krankenschwester entdeckte. Sofort eilte er zu ihr und fragte nach Kira. Im Vergleich zur Empfangsdame machte sie ein mitfühlendes Gesicht. Sie versprach, sich gleich zu erkundigen und dann zurückzukommen. Ihr langer, rotblonder Flechtzopf tanzte über ihren Rücken, als sie davoneilte.

Mit beiden Händen fuhr Jan sich über das Gesicht. Er war müde und aufgekratzt zugleich. Plötzlich tauchte Walter mit zwei dampfenden Plastikbechern neben ihm auf. Dankbar nahm er einen davon entgegen, und sie setzten sich. Jan verbrannte sich die Lippe am Kaffee. Fluchend stellte er den Becher auf den freien Stuhl zu seiner Rechten.

Trotz ihres Versprechens, gleich zurückzukommen, dauerte es unerträglich lange, bis die Schwester wieder auftauchte. Ihr Gesicht war ernst. Jans Eingeweide verkrampften sich.

»Sie sind der Ehemann?«

Er nickte knapp.

»Ihre Frau hat viel Blut verloren. Gerade wird sie operiert. Mehr kann ich zum jetzigen Zeitpunkt leider nicht sagen.« Echtes Bedauern lag in ihren hellblauen Augen.

Jan hatte das Gefühl, sich übergeben zu müssen. Hastig trank er einen Schluck Kaffee, der inzwischen kalt geworden war.

Er war katholisch aufgewachsen, doch im Teenageralter hatte er irgendwann aufgehört, in die Kirche zu gehen. Nun warf ihn die Angst um Kira mit aller Kraft in den Glauben zurück. Verzweifelt schickte Jan stumme Gebete zum Himmel.

Die Zeit zog sich zäh wie Honig. Es dauerte nicht lange, da konnte er nicht mehr sitzen. Unruhig tigerte er im Wartebereich auf und ab, und auch Walter rutschte auf seinem Stuhl hin und her.

Die rotblonde Schwester ging mit entschuldigendem Gesicht wieder an ihnen vorbei. Es gab nichts Neues von Kira. Jan ballte die Faust.

Plötzlich sprang Walter auf und lief zu ihr. »Entschuldigen Sie. Wir interessieren uns noch für einen weiteren Notfall, der heute zu Ihnen gekommen ist. Sein Name ist Reinhard Mattes.«

Die Schwester runzelte die Stirn. Obwohl Walter seine Uniform trug, wies er sich aus, und erklärte, dass Mattes Leiter eines Sicherheitsunternehmens sei, mit dem er zusammenarbeitete.

»Sie sind also nicht verwandt«, stellte sie nüchtern fest.

Walter schüttelte den Kopf. »Nein. Aber ich würde sehr gerne wissen, ob es ihm gut geht.«

»Ich werde sehen, was ich machen kann«, sagte sie unverbindlich und eilte davon.

»Woher weißt du, dass Mattes hier ist?«, fragte Jan, der das Gespräch mitgehört hatte.

»Ich weiß es nicht. Aber es ist nicht unwahrscheinlich, oder?«

Jan nickte. Um ehrlich zu sein, hatte die Sorge um Kira den Vorfall mit Mattes völlig aus seinem Gehirn verdrängt. Er rieb sich die Augen und stieß zitternd die Luft aus.

Da vibrierte es in seiner Manteltasche. Er zog sein Handy heraus und warf einen Blick auf das Display. Die Nummer war ihm nicht bekannt. Seufzend drückte er auf den grünen Hörer.

»Ja?«

»Berger! Ich gratuliere Ihnen!« Es war Teflon-Klaus. Seine überschwänglichen Rufe waren Jan zuwider, passten sie doch so gar nicht zu seiner eigenen Stimmung. Er blieb teilnahmslos, aber das schien seinem Chef nicht aufzufallen.

Munter plapperte er weiter. »Gerade wurde ich informiert, dass Sie zwei weitere Komplizen zur Strecke gebracht haben. Und wie diskret Sie bei der Auktion vorgegangen sind – die Bürgermeisterin ist äußerst angetan und lobt Sie in höchsten Tönen!« Irritiert lauschte Jan den Ausführungen seines Chefs. Nichts passte zusammen. Er fühlte sich wie ein Versager, wollte das Lob von Teflon-Klaus oder der Bürgermeisterin nicht hören. Überfordert drückte er auf den roten Hörer und schaltete das Handy aus.

Als er von seinem Telefon aufsah, bemerkte er, dass die Schwester bei Walter stand. Beide lächelten. Hoffnung blühte in Jan auf, und mit wenigen schnellen Schritten war er bei ihnen. »Gibt es was Neues von Kira?«

Das Lächeln wurde schief, während die Schwester den Kopf schüttelte.

»Leider noch nicht«, sagte Walter. »Aber gute Neuigkeiten von Mattes. Bald ist er wieder auf dem Damm.«

Jan nickte. Er war erleichtert und unzufrieden zugleich. Beinahe schämte er sich wegen seiner Enttäuschung, nichts Positives von Kira zu hören. Natürlich freute auch er sich, dass Mattes überleben würde.

»Geben Sie ihm Zeit, er ist noch sehr schwach«, ermahnte die Schwester Walter. »Wenn Sie ihn besuchen möchten, warten Sie bitte ein oder zwei Tage.«

Plötzlich veränderte sich ihr Gesichtsausdruck. Aufmerksam sah sie an Walter vorbei. Jan folgte ihrem ernsten Blick und erstarrte. Ein dunkelhaariger Mann kam direkt auf sie zu. Zwar trug er keinen Kittel, wie es im OP üblich war, doch seine Kleidung verriet trotzdem, dass es sich um einen Chirurgen handelte.

»Herr Noll?« Fragend blickte er zwischen Walter und Jan hin und her.

»Das bin ich.« Jans Stimme war mehr ein Krächzen.

»Guten Tag, mein Name ist Dr. Matosoglu.« Mechanisch schüttelte Jan die angebotene Hand.

»Ihre Frau hatte einen Steckschuss im seitlichen Beckenbereich.«

»Ich weiß.«

»Dadurch hat sie einiges an Blut verloren, was wir teilweise durch Transfusionen ausgleichen konnten.«

Warum sagte er nicht, dass es ihr gut ging? Nackte Panik griff nach Jans Kehle und wollte ihn würgen. Er griff sich an den Hals, doch das Gefühl ließ sich nicht verscheuchen.

»Wir haben die Kugel entfernt, sie ist allerdings sehr

geschwächt. Es wird trotz des glimpflichen Ausgangs einige Zeit dauern, bis sie sich vollständig erholt hat.«

Wie in Zeitlupe tropfte die Erkenntnis in Jans Gehirn. Kira lebte! Sie würde wieder gesund werden! Er wusste nicht, ob er lachen oder vor Erleichterung weinen sollte, und am liebsten hätte er den Arzt geohrfeigt, dass er ihn so auf die Folter gespannt hatte. Dem schien Jans Gefühlsaufruhr gar nicht bewusst zu sein. Spontan umarmte er Walter, schluchzte und lachte und hatte das Gefühl, nie in seinem Leben glücklicher gewesen zu sein. Die Schwester versprach ihm, ihn zu holen, sobald sie Kira auf die Station gebracht hatten.

Walter verabschiedete sich. Er wollte dafür sorgen, dass zu Kiras Schutz ein Polizist vor ihrem Zimmer postiert wurde. Frikadelle hatte nämlich auf der Fahrt in einem regelrechten Tobsuchtsanfall herumgeschrien, dass er eine gewisse Sirene büßen lassen würde. Es war zwar nicht hundertprozentig klar, ob damit Kira gemeint war, doch scheinbar hatten alle in dieser Gang seltsame Decknamen. Auch wussten sie nach wie vor nicht genau, ob sie nun sämtliche Komplizen erwischt hatten, und wollten kein Risiko eingehen.

Die Zeit verging einfach nicht schneller, egal wie oft er zur Uhr sah. Jedes Mal, wenn Jan Schritte oder eine Tür hörte, stand er auf, nur um sich resigniert wieder zu setzen. Endlich holte ihn die Schwester ab. Schweigend führte sie ihn durch die Gänge. Vor einer Tür blieb sie stehen, nickte ihm aufmunternd zu und verschwand wieder. Fast ehrfürchtig betrat er einige Zeit später das Zimmer. Zwei Betten standen darin, das hintere war leer, und im vorderen lag Kira. Sie hatte die Augen geschlossen, das blonde Haar floss über das Kissen und umrahmte ihr blasses Gesicht. Leise trat Jan ein und zog sich einen Stuhl an ihr Bett. Vorsichtig streichelte er ihre Hand. Er wollte sie nicht wecken, doch der Drang, ihr nahe zu sein, war in den letzten Stunden auf ein unerträgliches Maß angewachsen.

Sie wirkte so klein und zerbrechlich, als sei sie in der Zwischenzeit geschrumpft. Jan beugte sich vor, und legte erschöpft seinen Kopf zu ihr auf die Matratze.

Gerade als der Schlaf sich wie ein Nebel über ihn legen wollte, spürte Jan plötzlich eine Berührung. Zarte Finger fuhren ihm sachte durch das Haar, sodass er den Kopf hob. Müde und ein wenig verdattert sah Kira aus, doch ihr Lächeln war trotzdem bezaubernd.

Er richtete sich auf und rutschte näher zu ihr. »Wie fühlst du dich?«, flüsterte er.

Sie kniff gequält die Augen zusammen. Vermutlich war das nach einem Steckschuss mit anschließender OP nicht unbedingt die cleverste Frage gewesen.

»Es wird mit jedem Tag besser werden«, versuchte er, sie zu trösten.

»Das hoffe ich.«

Unbeholfen fixierte Jan seine eigenen Hände. So viel Ungesagtes waberte zwischen ihnen, und gleichzeitig gab es so Vieles, das er ihr sagen wollte.

»Ich bin froh, dass du da bist«, sagte sie und lächelte ihn an. In ihren Augen las er dennoch dieselbe Unsicherheit, die auch ihm zu schaffen machte. Vielleicht sollte er sie in Ruhe lassen und ihr Zeit geben. Schließlich war sie geschwächt und durcheinander. Doch er war so froh, sie nicht endgültig verloren zu haben, dass er es nicht über sich brachte zu warten.

Vorsichtig nahm er wieder ihre Hand.

»Ich habe mich in Antonia verliebt, und als sie plötzlich

weg war, war das schlimm für mich.« Er kam sich ein bisschen blöd vor, so offen über seine Gefühle zu reden. Aber ihr aufmerksamer Blick ermutigte ihn. »Inzwischen habe ich gemerkt, dass Kira sogar interessanter sein könnte. Und ich würde sie gerne besser kennenlernen.«

Sie drückte leicht seine Hand. Ein Lächeln huschte über ihr Gesicht, trotz der offensichtlichen Erschöpfung, die sie ausstrahlte. »Komm her«, flüsterte sie und zog schwach an seiner Hand.

Er folgte ihrer Bewegung. Zaghaft küsste sie seine Finger. Jan kroch weiter zu ihr hinauf und legte behutsam seine Lippen auf ihre. Sie seufzte unter seinem Kuss.

Vor dem Zimmer hörte Jan, wie Walter mit einem anderen Mann sprach. Vermutlich war das der Beamte, der zu Kiras Schutz vor der Tür postiert werden sollte. Doch Jan konnte sich nicht darauf konzentrieren. Die Worte drangen nur dumpf und wie aus weiter Ferne an sein Ohr. Er war gefangen in Kiras Bann und hoffte, nie wieder daraus befreit zu werden. Ihre Küsse waren wie Zimtsterne, er würde niemals genug davon bekommen.

Kapitel 30

Der Wind wehte den Duft nach frischem Grün durch das Autofenster. Kira öffnete die Augen, konnte sich aber kaum auf die vorbeiziehende Landschaft konzentrieren. Es war wunderschön hier, die hügeligen Weiden, auf denen Kühe grasten, die Berge inmitten von Wäldern, mit kleinen Dörfern an ihren Ausläufern. Trotzdem schweiften Kiras Gedanken immer wieder ab, sie fröstelte, wenn sie an die bevorstehende Begegnung dachte.

»Bist du nervös?« Jan konnte wohl ihre Gedanken lesen.

»Ich bin mir nicht sicher, ob ich schon so weit bin«, begann sie voller Zweifel.

»Die Sache ist fast ein halbes Jahr her.« Aufmunternd warf Jan ihr ein Lächeln zu, bevor er sich wieder auf die Straße konzentrierte.

»Aber ich habe Angst, dass sie mich wie eine Straftäterin behandeln. Sie haben sich für ihren einzigen Sohn bestimmt eine bessere Partie vorgestellt.« Schließlich war sie wirklich eine Straftäterin. Auch wenn das Verfahren gegen sie eingestellt wurde, da sie dabei geholfen hatte, Frikadelle und Sandmann zu stellen, die nun gemeinsam mit Niklas hinter Gittern saßen. Ihr schlechtes Gewissen quälte sie immer noch täglich. Es hatte nicht, wie die Schusswunde, mit der Zeit zu schmerzen aufgehört.

»Mach dir keine Sorgen! Sie wissen, dass du mitgeholfen hast, zwei gesuchte Straftäter zu fassen. Niemand wird dir wegen deines Handelns Vorwürfe machen. Schließlich hast du es wiedergutgemacht.« Seine Stimme klang zwar beruhigend, löste ihre Anspannung jedoch nicht auf.

»Sie wissen aber auch, dass ich es getan habe, um an Geld zu kommen. Kein sonderlich ehrenwertes Motiv.« Außerdem war die Sache immer noch nicht vollends geklärt. Jan hatte zwar versprochen, ihr bei diversen Anträgen auf staatliche Zuschüsse zu helfen, dennoch war Kira unsicher, ob das genügen würde.

»Du hast es für die Pflege deiner Oma gebraucht. Das erscheint mir durchaus ehrenwert. Hör auf, dir Gedanken zu machen.«

Natürlich konnte sie nicht damit aufhören, aber sie schwieg lieber. Jan nahm seine Eltern in Schutz, und Kira würde es ihnen nicht verdenken, wenn sie ihr nun mit einer gewissen Distanz begegneten.

Nach einer Weile passierten sie das Ortsschild von Garmisch, sie waren fast da. Kira spürte bereits den Kloß in ihrem Hals. »Hier bist du aufgewachsen?«, fragte sie, um sich selbst abzulenken. Ein wenig Small Talk half vielleicht.

»Ja, erst nach dem Abi bin ich weggezogen. Möchtest du sehen, wo ich zur Schule gegangen bin? Ist nur ein kleiner Umweg.«

»Klar, gerne!«

Sie bogen nach einer kurzen Weile links ab in die Wettersteinstraße. Der Name passte zur Alpenregion, die der Gegend ihren unverwechselbaren Charme verlieh. Vor einem cremefarbenen, verschachtelt wirkenden Gebäude mit weißen Sprossenfenstern wurde Jan langsamer. Kinder und Jugendliche strömten heraus, was die Erinnerung an Jans Schulzeit richtig lebendig erscheinen ließ.

»Sieht hübsch aus!«

»Ja, war ganz gut«, meinte Jan, während er langsam an einem wartenden Schulbus vorbeifuhr. »Aber lieber als in der Schule war ich immer in den Bergen. Vielleicht können wir morgen die Höllentalklamm besuchen oder zur Zugspitze hoch? Damit wir dich nicht überanstrengen, können wir ja die Seilbahn nehmen.« Seine Augen leuchteten auf.

Kira streichelte ihm liebevoll durch das dunkelblonde Haar. Da hatte sie sich wohl einen Naturburschen geangelt.

»Höllental klingt nicht vertrauenserweckend«, lachte sie. »Aber zur Zugspitze wollte ich schon immer mal!«

Jan lächelte selig, bog in eine gepflasterte Einfahrt ein und blieb vor der Doppelgarage stehen. »Wir sind da.« Er beugte sich zu ihr rüber und küsste sie. Ihre Bedenken konnte er damit nicht vertreiben.

Während Jan ausstieg, schloss Kira für einen Moment die Augen und atmete tief durch. »Wird schon schief gehen«, murmelte sie leise, bevor auch sie die Autotür öffnete und in die strahlende Frühlingssonne trat. Hier war es traumhaft schön. Jan hatte wirklich Glück, in solch einem malerischen Ort in einem warmherzigen Zuhause aufgewachsen zu sein. Sie beneidete ihn dafür, wünschte, ihr Vater wäre so liebevoll wie Renate und Harald.

Das Herz hämmerte wild gegen ihre Brust, ängstlich blieb sie einen Schritt hinter Jan zurück, als dieser klingelte. Bevor sich die Tür öffnete, griff er nach ihrer Hand und zog sie näher zu sich heran. »Keine Sorge«, flüsterte er, da glitt schon die Haustür auf, und Renate stand vor ihnen.

»Ja mei, da seids ja scho!« Erfreut klatschte Jans Mutter in die Hände und riss die Arme nach vorne. Anstatt Jan zu umarmen, drängte sie sich an ihm vorbei und drückte Kira an sich. »Wie schön, dass ihr uns endlich mal zusammen besuchen kommt.« Ein Wangenkuss, dann griff die übereifrige Bayerin nach Kiras Oberarmen, um sie auf Abstand zu schieben. »Lass dich anschaun. Wie geht es dir?«

Irritiert sah Kira an Renate vorbei zu Jan, der breit grinste. »Gut«, antwortete sie nur, was ihr als Antwort auszureichen schien.

Renate nickte zufrieden und schloss dann ihren Sohn in die Arme. »Kommt rein. Ihr seid bestimmt hungrig! Essen ist gleich fertig.«

Drinnen am Tisch saß Harald, blickte lächelnd in ihre Richtung, als sie den Raum betraten, und legte seine Zeitung weg. »Schön, euch zu sehen.«

Kira ging auf ihn zu und reichte ihm ihre Hand, auch Harald erhob sich, um sie kurz in den Arm zu nehmen. Überfordert mit der Herzlichkeit von Jans Eltern trat sie zur Seite, um Jan Platz zu machen.

Während Jan seinen Vater begrüßte, sah sie sich im Wohnzimmer um. Entgegen ihrer Vorstellungen war der Raum recht modern eingerichtet. Sie hätte Blümchentapete und ein dazu farblich abgestimmtes Sofa erwartet. Stattdessen gab es ein braunes Ledersofa und helle Wände mit vielen Familienfotos. Neugierig und wie von selbst, trat sie näher an die Wand heran.

»Ich liebe Familienfotos«, sagte auf einmal Renate neben ihr. Sie deutete auf eines der Bilder. »An dem Tag hat Jan sein Seepferdchen gemacht.« Auf dem Foto grinste ein etwa fünf- oder sechsjähriger Junge in Badehose und entblößte dabei eine Zahnlücke. »War er nicht goldig?«

»Auf jeden Fall«, antwortete Kira lächelnd und drehte sich zu Jan um, der mit verschränkten Armen neben seinem Vater stand.

»Wir sind nicht nur hier, damit ihr wieder Geschichten aus meiner Kindheit zum Besten geben könnt!«, warnte er, konnte sich aber ein Grinsen auch nicht verkneifen.

»Natürlich seid ihr deswegen hier.« Renate tätschelte Jans Schulter. »Aber jetzt gibt es erst mal dein Lieblingsessen. Ich habe zwei Bleche Pizza im Ofen.«

Kira schmunzelte. Das war nicht nur Jans Lieblingsessen. Zwar war sie noch Antonia gewesen, als sie diese Gemeinsamkeit entdeckt hatten, doch die Irrungen und Wirrungen ihres Kennenlernens verblassten mit jedem Tag mehr und schufen Platz für neue gemeinsame Erlebnisse.

Nie hätte sie gedacht, dass sie jemals dieses Gefühl der Geborgenheit erleben durfte, hier bei ihm und seiner Familie. Renate erzählte Geschichten von früher, Jan gab sich beschämt, doch sie merkte ihm an, wie sehr er sich darüber freute, an seine unbeschwerte Kindheit erinnert zu werden. Auch Harald gab zwischen einigen Lachern kleine Pointen zum Besten.

Nach dem Essen bat Renate Kira, ihr in der Küche zu helfen. Gemeinsam räumten sie die Spülmaschine ein, dabei entstand ein seltsames Schweigen, dass Renate irgendwann mit einem Seufzen brach. »Kira, ich möchte das Thema nicht unnötig aufbauschen, aber du sollst wissen, dass wir dir keine Vorwürfe machen.«

Kira nickte wortlos, hatte das Gefühl, etwas erwidern zu müssen, sie wusste nur nicht was.

Stattdessen sprach Renate einfach weiter. »Es ist ganz normal, dass man hin und wieder eine falsche Entscheidung trifft. Das Leben wäre auch langweilig, wenn alles nur stur geradeaus laufen würde.«

»Danke« war alles, was Kira zur Antwort hervorbrachte. Sie konzentrierte sich auf den leeren Topf in der Spüle, den sie mit Wasser füllte, um ihn auszuwaschen.

»Wenn ich damals nicht mit Haralds Bruder verlobt gewesen wäre, und der mich nicht mit meiner Cousine betrogen hätte, wäre ich womöglich nie mit meinem Harald zusammengekommen. Das Schicksal nimmt gerne seine eigenen wirren Wege.« Sie lachte auf und scheuchte Kira von der Spüle fort. »Lass mich das mal machen. Schau mal auf den Kühlschrank, da liegt ein Umschlag für dich.«

Verwirrt folgte Kira ihren Anweisungen und nahm einen kanarienvogelgelben Umschlag vom Kühlschrank herab. Er war nicht zugeklebt, sodass sie den Zettel einfach herausziehen konnte.

Als sie das Blatt auffaltete, erkannte sie das Familienrezept für Zimtsterne.